# 王子與乞丐

# The Prince and the Pauper

Mark Twain
馬克・吐溫 著
藍弋丰、江則誼、夏明煌 譯

獻給每個世代年輕人的傳奇故事

——馬克・吐溫，一八八一年

# 目次

# 前言

我要寫下一個我所聽說的傳奇故事，告訴我這個故事的人，是從他的父親那裡聽來的，他父親則是由他父親的父親那裡聽來的，就像這樣一代傳給一代，一再回溯，直到超過三百年前，這個故事由無數父子之間口耳相傳而保存下來流傳至今。它或許是一段歷史，它或許只是個傳奇，只是個傳統，它或許曾經發生，或許不曾發生：但它可以是曾發生過的事。或許在往日時光，那些智慧飽滿與博學多識的人們信服這個故事；或許在現在，只剩下未受教育與心思單純的人才會喜愛且相信這個故事。

**伍斯特教區主教休．拉諦默致克倫威爾大人之書信，論及威爾斯親王（日後的愛德華六世）的誕生。**

（以下內容摘自不列顛政府所保存之國家手抄本文件）

萬分可敬的耶穌基督，與不論是初次來到或是曾蒞臨過的各位到場嘉賓，願你們安康，歡迎參加這個慶祝我們渴求了如此之久的王子之誕生宴會，而這又恰巧（我想）同時是施洗約翰的誕辰。關於這個喜訊，爾朗斯大師會告訴你們，神賜與我們所有人恩典，感謝我們的上帝，英格蘭的上帝，賜予英格蘭男性子嗣。祂已證明了祂是英格蘭的上帝，或是一個英格蘭人的上帝，如果我們好好思量祂一直以來對待我們的行止，祂以無比善心克服了我們的疫病，因此我們萬分順從的服侍祂，追尋祂的榮耀，發揚祂的話語，若是萬邪之邪不在我們之中，我們如今擁有善信的停駐與善見的停留，讓我們都祈求受到祂保護。而我本人將祈求，敬愛的王子從現在此刻開始，將一直擁有正確判斷的治理者、指引者、與服務者。**並非天縱英明，而只是擁有最好的教育。**

但我又是何許人也？所以，請盡可能毫無保留的，一次次的真誠奉獻！如此一來英格蘭的上帝將永遠在你們所有的善行之中，與你們同在。

伍斯特教區主教休·拉諦默，現於赫特伯瑞，敬上

十月九日

如果你聽到這個喜訊，興奮到超乎想像，或動身宣傳這件喜事。你可行善，非為了我，而是為了你自己。

寬恕的特色……
就是雙方都會受到祝福；
施者會受到祝福，而受者亦會受到祝福；
它有超乎一切的強大力量：比王冠更能顯出一個君王的高貴。

——《威尼斯商人》

# 第一章　王子與乞丐的誕生

在古老的城市倫敦，正當十六世紀中葉的秋季某一天，一個男孩誕生在名為康迪的窮苦家族中，這家族並不想要他。同一天，另一名英格蘭兒童誕生在一個名為都鐸的富貴家族中，這家族想要他。整個英格蘭也都想要他，英格蘭渴望他很久了，而且對他滿懷希望，為他向神祈禱，現在他真的降臨了，人們欣喜若狂，點頭之交也相互擁抱親吻並喜極而泣，每個人都把這天當成假日，無論上流與底層、富有與貧苦，大家都盡情盛宴、跳舞、唱歌，無比快活，這場歡宴持續了幾天幾夜。在白天，倫敦城是一幅不可錯過的美妙光景：華麗的旗幟飄揚在每一個陽臺與屋頂上，還有盛大的遊行隊伍沿街行進。在晚上，又是另一番不可錯過的美妙光景：這城市每個街角都燃起大型的篝火，飲酒狂歡的人組成隊伍圍著篝火歡慶。整個英格蘭的話題全都圍繞著那個新誕生的小寶寶：威爾斯親王，愛德華・都鐸[1]，他正躺著，裹在層層絲綢與緞子中，沒有察覺四周所有的大驚小怪、不知道一群偉大的爵爺

[1] 愛德華・都鐸（Edward Tudor, 1537~1553），英王亨利八世與第三任王后珍・西摩的兒子，一五四七年一月二十八日即位為國王，二月二十日加冕，是為愛德華六世，在位六年，於十五歲時過世。威爾斯親王是英格蘭王位繼承人的頭銜。

與貴婦正服侍著並照看著他，他也一點都不在乎。只不過另一個小寶寶，湯姆・康迪，正裹在他可憐的破布裡沒有任何人注意，只除了他的乞丐家人。對他們來說，他的存在只為他們帶來麻煩。

# 第二章　湯姆的童年時期

讓我們跳過幾年的時光。

倫敦已經有一千五百年的歷史，是座偉大的城鎮，在那個時代，她擁有十萬居民，有人則認為應該有兩倍之多。街道十分狹窄、彎曲又骯髒，特別是在湯姆・康迪住的地方更是如此，那裡離倫敦橋並不遠。房屋都是木造建築，第二層樓板突出於一樓，第三層樓的肘角又突出於第二層樓板。這些房屋越高，上方也就越寬。房屋以交叉的堅固木樑為骨架，其間點綴著結實的材料，並塗上一層灰泥。木樑依屋主的偏好塗上紅色、藍色或黑色，使得房屋外觀有如圖畫一般。窗戶都很小，嵌上小型的菱形窗玻璃，有絞鍊可以往外開啟，就像屋門一樣。

湯姆的父親所居住的房屋聳立在一座名為「渣滓院」的污穢小口袋區塊裡，就在「布丁巷」的外面。它既小且破又東倒西歪，但是裡面擠滿了數個可憐的窮苦家庭。康迪一家就住在三樓的一個房間裡。母親與父親在角落有一張勉強可算是床的床架；但是湯姆、他的祖母與他兩個姊姊，小貝與小南，則無拘無束，有一整塊地板給他們睡，愛睡哪兒就睡哪。屋裡有一、兩張毛毯的殘片，還有幾捆老舊骯髒的乾草，但這些東西仍舊算不上是床，因為無法組合起來；每天早上這些東西都被踢成一團，到了晚上才從一團亂中挑出一些堪用的來用。

小貝與小南是一對十五歲的雙胞胎。她們是全身髒污，穿著破衣的好心腸女孩，而且全然懵懂無知。女孩的母親和她們一樣。但是父親與祖母則是一對酒鬼，總是今朝有酒今朝醉，酒後兩人要不彼此鬥毆，要不就是跟他們碰上的任何人大打出手，不管是喝醉也好，酒醒也好，總是滿口穢言、咒罵不止；約翰·康迪是個小偷，他的母親則是個乞丐。他們將孩子們訓練成乞丐，不過沒辦法教會他們當竊賊。在聚居這棟房屋裡的可怕底層群眾之中，有位與眾不同的好心老神父，之前國王將他趕出他老家的房子，只給他一點花星幣[1]作為補償金，神父常將孩子們帶到一邊，悄悄地教導他們正確的處世之道。安德魯神父也教導湯姆些許拉丁文，以及如何閱讀與書寫；他也同樣想教導女孩子們，但是她們害怕遭到朋友嘲笑，她們的朋友們無法忍受他們之中有人有古怪的教養。

整個渣滓院與康迪一家可說是一丘之貉。酗酒、暴動、爭吵是家常便飯，每晚上演，而且幾乎持續整夜。在這個地方頭破血流就像挨餓一樣稀鬆平常，不過小湯姆並不會感到不快樂。他沒有察覺自己過著艱苦的生活，渣滓院的所有男孩都過著這樣艱苦的生活，所以他以為這樣是正常又舒適的生活。當他晚上兩手空空地回到家，他知道父親會率先咒罵他並拳腳相向，等父親打罵完，又輪到恐怖的老祖母重複一遍，還打得更兇；到了半夜這一切都過去，他那挨餓的母親會悄悄地塞給他一些少得可憐的剩飯或麵包皮，那是她自己餓著肚子，盡可能留下來給他吃的，儘管她常因為被逮到這麼做，被視為不忠，而遭到自己的丈夫痛打。

[1] 花星（Farthing），英格蘭古幣名，一枚值四分之一便士或九百六十分之一英鎊，雖名為銀幣但含銀量極低，主要用於小額交易。

是的，湯姆的生活過得還不錯，特別是夏天。他只要乞討足夠養活自己的量就夠了，因為那個時節禁止乞討的法律非常嚴厲，罰款相當重；所以他能好好利用剩下的時間傾聽好心的安德魯神父述說迷人的古老故事與傳奇故事，故事內容述說著巨人與妖精，侏儒與鬼怪，還有施了魔法的城堡以及許多華麗的國王與王子。他的腦袋裡逐漸裝滿這些美妙的故事，在好幾個夜晚，當他在黑暗中躺在稀疏又刺人的乾草堆上，又累、又餓，又因挨了一陣痛打而陣陣發疼時，他會釋放自己的想像力，幻想自己是受寵的王子，在王宮裡過著迷人的生活，他沉浸於這些怡人的幻想之中，很快就忘卻了疼痛與苦楚。自此時起，他的心頭開始日日夜夜縈繞著一個願望，那就是想親眼見到一位真正的王子。有次他把這件事說給渣滓院的一些同伴聽；但是他們只是揶揄他，並無情地嘲笑他，使得他在此之後，只願意把這個夢想藏在自己心中。

他經常閱讀神父的舊書堆，請他講解並補充書中的內容。他的夢想與閱讀逐漸在他身上造成了改變。他夢中的人物如此體面，讓他厭惡起自己破舊的衣服與滿身骯髒，希望能讓自己穿上乾淨、更講究的衣服。他一如往常地享受在泥巴堆裡玩耍；過去他只把在泰晤士河中打水仗當成純粹的玩樂，但現在他開始發現這件事還帶來額外的好處，那就是可以順便洗滌與清潔身體。

湯姆總是能夠在窮鋪塞街的五月柱和市場裡湊上熱鬧，他與其他倫敦市市民不時能有機會看見士兵行軍，那是不幸的人遭押送前往倫敦塔囚禁的隊伍，每當押囚隊伍或經陸路，或乘船而來，市民們就有熱鬧可看。某年夏日，他看見可憐的安・厄斯裘與其他三個人被綁在史密斯廣場的柱子上處以火刑，還聽一位前任主教對他們講道，只不過他對這場佈道會沒啥興趣。是的，整體來說，湯姆的生活多彩多姿充滿樂趣。

逐漸的，湯姆關於王侯般生活的閱讀與想像，對他的影響之深，讓他不知不覺中開始扮演起王子。他的言行舉止變得出奇隆重有禮，他的密友因此對他大加讚賞，並引以為樂。但是湯姆在這些年輕人當中的影響力開始增長，日復一日，直到後來他們帶著一種奇特的敬畏看待他，認為他是更優秀的上等人。他似乎博學多識，而且他能做出了不起的事。此外，他是如此有深度、有智慧。男孩們把湯姆的言論與湯姆的成就告訴他們的長輩們，而這些長輩不久也開始談論起湯姆・康迪，認為他是天賦異秉的了不起大人物。一些成年人請教湯姆如何處理他們的困擾，他的解決方法充滿機巧與智慧，常常讓他們無比驚訝。事實上，每個認識他的人都當他是個英雄，只除了他的家人以外，他們認為他一無是處。

不久之後，湯姆私下組織了一個小王廷，他自己就是王子。他的密友則充任護衛、總管、侍從官、一旁服侍的爵爺與貴婦，還有王室家族。每一天，這位假王子按照他從浪漫讀物中學來的儀式接受大家朝拜；每一天，王室會議都要討論這個虛假王國的國政大事，每一天，這位假殿下都要對想像中的陸軍、海軍與總督們發出詔令。

在那之後，他依舊穿著破衣出發，乞討幾個花星幣，吃著少得可憐的麵包皮，承受習以為常的毆打與虐待，然後在自己那塊小小的污穢乾草堆上伸懶腰，接著在夢中恢復自己空虛的威嚴。

他想親眼看一次活生生的、真正的王子的願望不斷滋長，日復一日，週復一週，直到最後吸收了其他的渴望，變成他生命中唯一的熱情。

元月的某一天，一如往常的乞討路上，他沮喪地在密僧巷與小東窮鋪街[1]之間的地區四處徘徊，時間一個小時一個小時的流逝，赤著腳又發冷的他，瞥著小飯館的櫥窗，渴望著嚇人的豬肉派與其他陳列在那兒的要人命美食，對他來說這些佳餚是只應天上有，聞起來也真的是天邊的美味，他運氣沒有好到能嘗過一個。冷冽細雨飄落，空氣沉沉發悶，這是陰鬱的一天。湯姆晚上到家時是那麼的溼淋淋、又累、又餓，他父親與祖母不可能看見他的淒慘情狀還不為所動，只不過他們以他們的作風來回應，那就是馬上痛快的賞他幾個耳光，再打發他上床睡覺。因為渾身疼痛又飢餓難耐，以及整棟房屋內正在咒罵鬥毆的聲響，讓他遲遲無法入睡；但是最後他的思緒還是漂向了遠方浪漫的國度，跟著一群穿金戴銀的小王子們進入夢鄉，這群小王子住在巨大的宮殿裡，有一群僕人在他們面前額手行禮，或是飛奔著執行他們的命令，接著，一如往常，他夢到自己就是個小王子。

一整晚，他沐浴著王室宮廷的燦爛光輝；他行走在一群偉大的爵爺與貴婦之間，在閃耀的燈火下，聞著香水的芬芳，在美妙的音樂中品酒，當閃亮的人群讓路給他並向他致敬，他一一答禮，在這兒展露微笑，在那兒威嚴地點頭。

當他一早醒來，看著他四周的窮酸樣，他的美夢如同以往，讓他感覺四周的骯髒比實際更強了千倍。接著痛苦、心碎與眼淚都湧了上來。

[1] 密僧巷（Micning Lane），倫敦街名，現為一條單行道，名稱可能轉音自古盎格魯語的「僧侶」（Mynchens）。小東窮鋪街（Little Eastcheap），倫敦橋附近的街道名。

# 第三章　湯姆與王子相遇

湯姆在飢餓中起床，空著肚子四處閒逛，但昨夜燦爛的夢如影隨形，一直留連在他的思緒中。他在這座城市裡四處游蕩，完全沒注意他前往何方，或者四周發生了何事。人們推擠他，有人粗魯罵他，但是這個陷入沈思的男孩全不當一回事。不久他發現自己來到聖殿關[1]，這是他從家裡往這方向所到過最遠的地方。他停下來並想了一會兒，然後再度陷入自己的想像中。穿過倫敦城牆來到城外，河岸街[2]在這已經不再只是條鄉村小道，而稱得上是條街了，但街道兩旁緊夾著建築物；雖然街道的一邊房屋緊密成排，另一邊卻只散布幾棟龐大的建築，那都是有錢貴族的豪宅群，有著廣闊又漂亮的草地往河邊延伸，而河邊地帶則緊臨著布滿磚石的陰森地段。

1 聖殿關（Temple Bar），中古後期在倫敦古城牆外建立的木造關口，對往來舊倫敦的商旅徵收通行費，這個收費關口靠近南側的聖殿教堂而命名為聖殿關，關口以東的道路稱為「艦隊街」通往舊倫敦市中心，以西的道路稱為「河岸街」通往西敏市（王室居所），舊聖殿關在一六六六年後拆除。

2 河岸街（the Strand），有時亦直譯為「河岸」，舊倫敦通往西敏的重要道路，十二世紀至十七世紀初，許多王公貴族在河岸街兩旁置產，建立豪宅。今日的河岸街長度比十六世紀短，西達查令十字，東到聖殿關舊址，約長一二〇〇公尺。

不久湯姆發現查令村，在一座美麗十字架下休息[1]，那是由早年某位喪偶先王所下令建立的，他沿著一條幽靜美麗的道路漫步而行，經過大樞機主教的豪宅，前往下一座更加龐大宏偉的宮殿——西敏宮[2]。湯姆驚豔不已的注視著這座巍峨的砌石建築，它那廣為展延的廂房，簇擁成群的稜堡與塔樓，碩大的石造城門，有著漆金柵欄與壯觀的成排巨大花崗岩石獅，還有其他英格蘭王室的標誌與紋章。他心靈深處的渴望總算能得到滿足了嗎？這裡確實是國王的宮殿，這可是見到活生生真正王子的大好時機，要是上天允許的話，他難道不想現在就看到王子？

漆金柵門兩側都站著一個活雕像，也就是站得筆挺、莊嚴又動也不動的職業士兵，從頭到腳都包裹著閃亮的精鋼盔甲，許多鄉民與來自城裡的居民敬畏的站在一段距離外，希望有機會一睹任何可能會出現的王室成員。華麗的馬車裡面坐著衣著華麗的人們，外面則有華麗的僕從，在數個穿過王室圍牆的高貴宮門進進出出。

可憐的小湯姆，衣衫襤褸地湊上前，猛跳的心滿懷盼望，緩慢又膽怯地繞過哨兵，就在這一刻，他從金柵欄之間看到一個奇景，讓他幾乎興奮得大喊出聲。門內是一個清秀男孩，皮膚因紮實的戶外運動與鍛鍊曬成褐色，所穿衣物全是漂亮的綾羅綢緞，點綴著閃亮珠寶；臀部繫著一把鑲著寶石小劍與匕首；腳踏著講究的紅色後跟短筒靴，頭戴一頂深紅色無邊帽，有閃亮的大顆珠寶固定垂下的羽

1 查令十字（Charing Cross），十三世紀末，英王愛德華一世為紀念亡妻埃莉諾，在舊倫敦西邊的查令村建立紀念碑，碑頂豎立十字架，是為查令十字，目前為大倫敦都會區的交通樞紐之一。

2 西敏宮（Palace of Westminster），位於泰晤士河西岸的西敏市內，過去曾為英格蘭王室成員的主要居住地，國會也在此召開。西敏宮於十九世紀重建，目前為國會議場，又稱為「國會大廈」。

毛。幾名衣著華麗的紳士站在他附近——無疑是他的僕從。喔！他是王子，一個王子，活生生的王子，真正的王子，絕無任何一丁點的疑問。小乞兒心中的祈禱終於得到回應。

湯姆興奮得呼吸急促，又驚又喜下，雙眼圓睜。一瞬間所有心事都消失，只剩下一個渴望：接近王子，再將他全身上下好好看個夠。他在完全不自覺之下，臉已經貼上了柵欄。下一瞬間，一名衛兵粗魯地拽開他，讓他在鄉巴佬與倫敦佬組成的鬆散人群中轉了好幾圈。這名士兵說：

「注意禮節，你這小乞丐！」

人群嘲諷又大笑；但是小王子滿臉通紅，雙眼燃燒怒火衝向大門，大吼道：

「你們膽敢如此對待一個可憐的小孩子！你們膽敢如此對待我父王最卑微的子民！開門，讓他進來！」

你應該已經看到那些浮噪的群眾當時摘下他們的帽子。你應該已經聽到他們歡呼並大喊：「威爾斯親王萬歲！」

士兵們舉戟敬禮，打開大門，當身穿飄揚破衣的貧窮小王子穿過大門和極端富有的王子握手時，士兵再次敬禮。愛德華．都鐸說：

「你看起來又餓又累；一定是受到不好的對待，跟我來。」

半打僕從衝上前，不知道為了何事？不用說，顯然是想阻止王子。王子一個高貴的手勢令他們退向一旁，在原地呆立不動形同雕像。愛德華帶湯姆前往宮殿內一間豪華的房間，他稱那裡是他自己的廂房。他下令送來一份膳食，那是一份湯姆只在書上看過，從未實際吃過的佳餚。擁有高貴關懷與教養的王子，命僕從全數離開，這樣他卑微的客人就不會因為他們在場而感到尷尬，然後他坐在附近，當湯姆吃飯時對他提問。

「貴姓大名，孩子？」

「湯姆・康迪，回您的話，殿下。」

「奇怪的名字，住在何處？」

「在倫敦市裡，回您的話，殿下。布丁巷外的渣滓院。」

「渣滓院！這真是另一個奇怪的名字。父母俱在？」

「父母俱在，殿下，而且還有一個祖母，但對我來說可有可無，老天寬恕我說話如此冒犯。還有兩個雙胞胎姊姊，小南與小貝。」

「我猜想，你祖母待你不是很好。」

「她對每個人都不是很好，回殿下您的話，她有顆壞心，整天都在做壞事。」

「她虐待你嗎？」

「她有時會高抬貴手——當她睡著了或喝醉酒時。但是當她再次清醒，就會給我一頓痛打，虐待我。」

一抹痛苦的表情映入王子的雙眼，他大吼道：

「什麼！痛打？」

「喔，確實是，回您的話，殿下。」

「痛打！你是如此瘦小，聽著：今晚之前，馬上就把她關進倫敦塔裡，我父王……」

「事實上，殿下，您忘了她的下層階級身分。倫敦塔只關大人物。」

「正是，確實如此，我沒想到這點。我會考慮如何懲罰她。你父親對你好嗎？」

「不會比康迪老太婆好，殿下。」

「或許天下的父親都一樣，我的父親可沒有洋娃娃般的好脾氣。老實說，他都下重手責打他人，只有我能倖免，不過他有時會以言語訓斥我。你母親對你如何？」

「她很善良，殿下，不讓我承受任何悲傷或苦痛，這方面小南與小貝也跟她一樣。」

「她們多大？」

「十五歲，回您的話，殿下。」

「我的姊姊伊莉莎白[1]女士，今年十四歲，我的表姊珍・葛雷[2]女士，跟我同歲，都很漂亮又親切；但是我的姊姊瑪麗[3]女士，她的態度憂鬱而且……我問你：你的姊姊們會不准她們的僕從發笑，以免傷害她們的靈魂嗎？」

「她們？噢，殿下，您想想看，她們會擁有僕從嗎？」

---

1 伊莉莎白（Elizabeth, 1533~1603），亨利八世與第二任王后安妮・博林所生的女兒，一五五八年即位為女王，是為伊莉莎白一世，因終身未婚，後世稱其為「聖潔女王」。

2 珍・葛雷（Jane Grey, 1537~1554），亨利八世表妹的女兒，愛德華六世的遠房表姊，愛德華六世在一五五三年死後繼位為女王，但九天後遭樞密院認定得位不正關入倫敦塔，因其父加入叛軍反抗瑪麗一世，珍與其夫婿遭處死，後世稱其為「九日女王」。

3 瑪麗（Mary, 1515~1558），亨利八世與首任王后亞拉岡的凱瑟琳所生的女兒，曾遭到安妮・博林虐待，愛德華六世死後，樞密院罷黜珍・葛雷女王，擁護瑪麗即位為女王，是為瑪麗一世，因屠殺政敵與基督新教徒，後世稱其為「血腥瑪麗」。

小王子注視著小乞丐一會兒，然後說：

「請問，為何沒有呢？不然晚上誰幫她們脫衣？起床誰幫她們打扮？」

「沒有人，殿下。要是她們脫了衣，豈不是就要像野獸一樣光著身子睡覺了嗎？」

「我是指她們的外衣！她們難道身上只穿一件衣裳嗎？」

「是啊，回大人您的話，她們要一件以上的衣服做什麼？沒錯啊，她們又沒有兩副身體。」

「多麼離奇又讓人吃驚的想法啊！恕我無禮，我沒有嘲笑的意思。你家好心的小南與小貝會得到許多衣裳還有足夠的僕從，我的財務官馬上會去張羅。不用感激我，那沒什麼。你說話流暢，而且從容文雅。讀過書嗎？」

「我不知道那算不算，殿下。有位名叫安德魯神父的善良教士出於好心，以他的書本教導我。」

「你會拉丁文嗎？」

「我恐怕只會一點點，殿下。」

「學下去，孩子，難只難在一開始。希臘文還比較難；不過我想這兩種語言，或是任何語言，都難不倒伊莉莎白女士和我表姊。你應該來聽聽這些少女說外文！倒是跟我說說你的渣滓院，你在那裡愉快嗎？」

「說真的，是的，回您的話，殿下，不過餓肚子時就另當別論。那邊有傀儡戲，有猴子——牠們真是滑稽的生物！穿著華麗的衣服！——還有野臺戲，在裡頭演員們表演彼此大吼大叫、大打出手，直到所有人都被殺光光，那實在很好看，而且看一次只要一枚花星幣，雖然要得到一枚花星幣實在困難。回您的話。」

「再多告訴我一點。」

「我們渣滓院的小孩們有時也會拿著棍棒互相鬥毆，就像那些野臺戲演得一樣。」

王子的眼裡閃爍著光芒，他說：

「天呀，我喜歡那樣，再告訴我更多。」

「我們還會賽跑，殿下，看看誰跑最快。」

「我也喜歡那樣，繼續說。」

「夏天的時候，殿下，我們會在運河和河流裡涉水與游泳，每個人都把身邊的人按下水去，互相潑水，還有潛水並大叫再翻滾，然後……」

「要是能這樣玩一次，就算以我父親的王國為代價也值得啊！請繼續說。」

「我們在窮鋪塞街的五月柱四周又唱又跳；我們在沙堆裡玩，每個人用沙子把身邊的人埋起來；有時我們會用泥巴做成糕餅外皮——喔，好玩的泥巴，世上再也沒什麼比泥巴更有趣的了！——殿下，您就另當別論，可我們真的好愛在泥巴中打滾。」

「噢，請別再說下去，那太好玩了！如果我能夠穿上像你一樣的衣裳，打著赤腳，在泥巴堆裡玩上一次，沒人非難也沒人阻止，只要一次就好，為此我願意放棄王冠！」

「而如果我能穿上您穿的衣服一次，好心的殿下，那怕只有一次也好……」

「啊哈，想穿成這樣？那就來交換吧。脫下你的破衣，穿上這些華服，孩子！這麼做或許只有短暫的快樂，不過多少能滿足互換身分的渴望。趁現在我們有機會，馬上來交換，再趁沒人打擾以前換回來。」

幾分鐘後，小威爾斯親王穿上湯姆那套快要散裂的破衣，同時乞丐國的小親王則套上王族俗麗的華服。兩個人來到一面大鏡子前並肩站著，瞧，真是不可思議：好像從沒換過衣服一樣！他們彼此對望，然後望向鏡子，再彼此對望。最後疑惑的小王子說：

「你說這如何解釋？」

「啊，您心腸好，別要求我回答。我的階級不適合就這種事發表意見。」

「那就由我來說吧，你有與我相同的頭髮、相同的眼睛、相同的聲音與舉止、相同的外貌與身高、相同的臉孔與表情。我敢說，如果我們都赤身裸體，沒人能分辨出哪個是你，哪個是威爾斯親王。現在，穿上了你穿過的衣服，我似乎能更加體會你面對那個殘暴士兵的感覺。唉呀，你手上是不是有個瘀傷？」

「是的，但不過小事一樁，您知道那位可憐的職業士兵……」

「住口！那是可恥又殘忍的事！」小王子大叫，跺著他的光腳，「如果國王……留在這直到我回來！這是命令！」

不一會兒，他拿起桌上一件國政要物收了起來，然後穿著破衣走出門口，飛也似地跑過宮廷草地，他的臉孔發熱，雙眼通紅。他一來到大門，就抓住柵欄，試著搖晃並大叫：

「打開！打開大門！」

方才虐待湯姆的士兵馬上聽令；當王子衝過大門，正氣得七竅生煙時，那名士兵給了他一記響亮的耳光，讓他跌在路上滾著圈，士兵說：

「吃我一記，你這乞丐小鬼，這一下是為了你害我被殿下罵！」

人群大聲嘲笑，王子從泥巴堆裡爬起身，惡狠狠地撲向衛兵大吼：

「我是威爾斯親王，身體神聖不可侵犯；你居然用手碰我，該受絞刑！」

這名士兵舉戟敬禮並語帶嘲諷地說：

「向高貴的殿下致敬。」接著怒罵，「滾，你這瘋子廢人！」

心存嘲弄的群眾緊圍著可憐的小王子，硬推著他沿著道路越走越遠，對他大聲喧囂，一邊吼道：

「讓路給高貴的殿下！讓路給威爾斯親王！」

# 第四章　王子落難

那群烏合之眾簇擁著小王子不停騷擾著他，持續了好幾個小時以後，才總算丟下小王子一個人不管。只要他還有力氣反抗，不管是向這些暴民表示震怒、以親王的口吻威脅他們，或是發號施令，都成了暴民們取笑的好題材，他真是有趣極了；當他累得不得不沉默下來，他對這些騷擾者來說就沒了用處，所以他們都到其他地方找樂子去了。他環顧四周，但無法確認自己在何處，只知道是在倫敦市的某處。他漫無目標地漫步，不一會兒來到一個房屋稀少、路人也不多的地方。他把流著血的雙腳泡進路旁一條小河清洗，小河流經之處，現在是法鈴堂街[1]；他休息一會兒，然後繼續往前走，沒多久他來到一塊廣大空地，上面只零零落落散布幾棟房屋，以及一座巨大的教堂。他認出這間教堂。教堂正在進行大規模整修，四處是鷹架，工人成群。王子一下子精神振奮了起來，他覺得苦難即將結束。他自言自語道：「這是古代的灰袍修士教堂，我父王從僧侶那邊接手，設立貧童與棄嬰的永久庇護所，並改名為基督堂[2]。他們應該會樂於善待父王的兒子，畢竟父王曾經對他們如此慷慨，再說，現

---

1　法鈴堂路（Farringdon Road），倫敦路名，原本是泰晤士河支流艦隊河，一八四〇年至一八六〇年蓋住河道築成法鈴堂路，使艦隊河變成地下水道。

2　灰袍修士教堂（Grey Friars' church），灰袍修士指的是方濟會（Franciscan）修士，本教堂位於倫敦新門街，建於十三

在這位國王的兒子本人，就如同這裡目前或往後所收容的兒童一樣，既窮困又絕望。」

他很快置身於一群男孩中，他們又跑又跳，有的玩球，有的跳背，其他的自得其樂，也十分喧鬧。他們穿的衣服樣式都一模一樣，是那個時代在僕人與學徒之間最流行的服裝樣式（原註1）：每個人頭上都戴著一頂茶碟大小的黑扁帽，這帽子要用來蓋住頭部嫌太小，毫無實用價值，也沒有什麼裝飾作用。帽底下的頭髮不分邊，直直垂下，蓋住半個額頭，修剪成齊平；脖子上圍著一條僧侶用白寬領帶；藍長袍緊套著身體，垂到膝蓋以下；寬鬆的大袖；紅色的寬腰帶；亮黃色的長襪，襪帶繫在膝蓋上方；短筒鞋有著大金屬扣。真是醜到極點的平民服飾。

男孩們停止玩樂，聚在王子周圍，他以天生威嚴的話語說：

「各位好孩子，告訴你們的導師，威爾斯親王愛德華想要和他說話。」

王子的發言引起一陣喧囂，其中一個粗魯的傢伙說：

「唉呀，你是親王閣下的信差嗎，乞丐？」

王子氣得滿臉通紅，他右手伸向臀部，不過那裡什麼都沒有。這舉動引來一陣瘋狂大笑，一個男孩說：

「看到了沒？他幻想自己有把劍耶，他以為他真的是王子本人。」

這句俏皮話帶來更多笑聲。可憐的愛德華自豪地挺直了身體說道：

---

世紀，一五三八年至一五四五年，因宗教衝突造成教堂受損，一五四六年亨利八世讓渡該教堂給倫敦市進行修復，改名基督堂（Christ's Church），同時收容貧童以解決貧窮問題，一五五二年愛德華六世在此設立基督公學（Christ's Hospital），針對貧童進行教育，該校在一九〇二年遷出倫敦。本教堂在一九四〇年毀於空襲，目前僅剩尖塔。

「我就是王子，你們靠著我父王的恩賜養活自己，卻如此對待我，這樣不好。」

他們大笑出聲，顯然覺得這簡直有趣極了。最先說話的小伙子對他的同伴吼道：「喔，你們這些蠢豬，奴才，還有靠著殿下高貴父親恩賜過活的傢伙，禮貌都丟哪去啦？所有人，低下你們的賤骨頭，向擁有高貴外表與王家破衣的傢伙致敬。」

他們在一片嘻笑吵鬧聲中一齊跪下，以嘲弄的態度，向他們取笑的對象朝拜。王子一腳踢開離他最近的男孩，惡狠狠地說道：

「給你一記，到了明天我會為你們建一座絞刑臺！」

啊，但這並不是個玩笑，這已經超過取樂的程度。笑聲登時停止，憤怒的情緒取而代之。十幾個男孩大吼：

「拉他出去！帶去洗馬池，帶去洗馬池！狗在哪裡？喝，阿獅在那！喝，牙牙！」

接下來發生的事在英格蘭前所未見，神聖不可侵犯的王位繼承人遭到粗魯的平民徒手毆打，又遭放狗攻擊撕咬。

當那天的夜幕降臨，王子發現自己已經深入這座城市房屋密集的地區。他渾身瘀傷，雙手還在流著血，身上的破衣沾滿污泥。他不斷徘徊，也越來越不知所措，他疲憊不堪累得發昏，只能勉強拖著腳步蹣跚前行。他不再向任何人問問題了，因為問了不只得不到有用的訊息，還會遭到對方羞辱。他不停地喃喃自語：「渣滓院，就是這個地名；如果我能在力竭倒地以前找到這地方，就能得救，因為他的家人會帶我去王宮，證明我不是他們的家人，而是正牌的王子，而我就能再度成為我自己。」他不時回想起基督公學那群粗魯男童對他做的事，他說道：「當我成為國王，不能只是提供他們食物與住所，還要教他們念書；當頭腦與善心空虛，只是填飽肚子也沒有太大作用。我要用心記住這件事，今天的教訓不只是讓我受苦，我的子民也同樣受難。教育能軟化鐵石心腸，滋養文雅與慈善。」（原註2）

街燈開始一明一滅，雨點落下，颳起強風，風強雨急的夜晚來臨。無家可歸的王子，無家可歸的英格蘭王位繼承人仍往前走著，身不由己地深入這個由污穢巷弄所組成的迷宮，這個許多貧窮可憐家庭聚集之處。

忽然有個醉醺醺的高大惡棍一把抓住他的衣領說：

「又在外面待到半夜這麼晚，而且我敢說你連一枚花星幣都沒帶回家！若真是如此，不把你那瘦小身體內的每根骨頭全打斷，我就改名換姓，不叫約翰．康迪。」

王子身體扭了扭身體掙脫，無意識地輕拍遭到對方玷污的肩膀，並急切地說：

「喔，是他的父親，對吧？謝天謝地，你去把他帶走，好讓我能夠回去！」

「他的父親？我不知道你說的是什麼意思；倒是知道我是你的父親，你待會就知……」

「喔，別鬧了，別敷衍了，別再耽擱了！……我累了，我受傷了，我再也受不了。帶我去見我父王，他會讓你變得你作夢都想不到的富有。相信我啊，你這傢伙，相信我！——我沒有說謊，只是陳述事實！——伸出你的援手救救我！我真的是威爾斯親王！」

這男人目瞪口呆地往下凝視這孩子，然後搖搖頭，喃喃低語道：

「你就跟那個湯姆．偶貝憐[1]一樣瘋的徹底！」然後再次抓住他的衣領，發出猥褻的笑聲與一聲

1 湯姆．偶貝憐（Tom o'bedlem），一六〇〇年左右出現在英格蘭諷刺詩歌中罹患精神病的窮人，後引申為有精神病

咒罵，說道：「管你是真瘋還假瘋，我和你的康迪老阿嬷很快會揪出你到底在搞什麼鬼，不然我就不是個真男人！」

他一邊說一邊拖走狂怒著掙扎的王子，消失在前院，後面還跟著一群以此為樂吵鬧不休的人渣。

## 原作者註

原註1：基督公學（Christ's Hospital）的服裝。目前最合理的看法認為這些服裝是仿自當時倫敦平民的服裝，當時學徒與僕人一般穿著藍長袍，通常搭配黃色長襪；這種外套緊貼著身體，但是有寬鬆的大袖，裡面則穿著黃色無袖內衣；腰部繫有紅色皮革腰帶；脖子上圍著一條僧侶用的白寬領帶，再戴上一頂大小接近茶碟的黑色小扁帽，就是完整的裝束了。

——摘自廷伯斯（John Timbs）著《倫敦佚事》（*Curiosities of London*）。[1]

原註2：這顯示基督公學設立之初並不是一所學校；該機構的作用是收容街頭流浪的兒童，並給予他們庇護所、食物、衣服等等。

——摘自廷伯斯著《倫敦佚事》。

---

的乞丐。偶貝憐源自「貝瑟連」（Bethlem），指的是位於倫敦南邊的王家貝瑟連醫院（Royal Bethlem Hospital），是全世界最早的精神病院。

1 基督公學目前的校服型式依然如此，這也是世界上最早的學校制服。

# 第五章　湯姆成為貴族

獨自留在王子房間裡的湯姆．康迪把握良機，他在大鏡子前到處轉圈，讚賞著身上的華服；然後再走開幾步，模仿王子高貴的姿勢，一面看著鏡中的形象。接下來，他拔出漂亮的劍，一個鞠躬，親吻劍身，再把劍橫放胸前，就像五、六個星期前，他曾看過一位貴族騎士向倫敦塔衛隊長官敬禮的動作，當時他們正押送諾福克與薩里兩位高貴的爵爺移交給衛隊監禁[1]。湯姆接著把玩掛在他大腿上那把鑲了珠寶的匕首；他檢視房間內價值不斐的精緻飾品；他試著坐遍每一張奢華的座椅，並想著如果渣滓院的同伴們能窺見他這等威風模樣，那他會感到多麼驕傲。他想著當回到家，把這件驚奇的故事說給大家聽時，他們會不會相信，或者他們只會搖搖頭，認為他的過度幻想終於讓他神智不清。

半個小時後，他忽然意識到王子離開太久了；他馬上開始感到孤單，很快停下動作，不再把玩周遭的美妙物品，只傾聽著等待；他心中不安逐漸滋長，接著轉為憂慮，再轉為苦惱，想著可能會有人

[1] 這裡是指諾福克公爵與薩里伯爵父子，一五四六年年老體衰的亨利八世懷疑薩里伯爵陰謀對王子愛德華不利，下令以叛國罪逮補薩里伯爵，其父諾福克公爵為國務重臣，也遭到逮捕，兩人於十二月十二日關入倫敦塔。薩理伯爵在隔年一月十九日遭處死。

進來，逮到他穿著王子的衣裳，而王子卻不在場，無法幫他解釋。他們該不會就馬上把他吊死，之後才調查這件事？他曾聽說大人物都是迅速地處理小事情。他的恐懼不斷增長，於是顫抖著輕輕打開通往前廳的房門，決心飛奔出去找王子，靠他保護與獲釋。六位衣著華麗的紳士僕從與兩名穿得有如花蝴蝶、出身上流階級的年輕侍童，一下子立正並向他鞠躬。他趕緊退了回來，關上門。他說：

「噢，他們在嘲笑我！他們會說出去。噢！我為何要來這裡送死？」

他在房內地板上來回踱步，內心充滿無以名狀的恐懼，開始傾聽任何一點細微聲響，不久門開了，一位穿著絲質衣裳的侍童說：

「珍．葛雷女士到。」

門關上後，一位穿著華麗衣裳的甜美少女走向他，但是她忽然停下，並用憂愁的語氣說：

「噢，何事憂煩，殿下？」

湯姆差點喘不過氣來，不過他勉力結結巴巴地說出：

「啊，請妳饒過我吧！事實上，我才不是什麼殿下，只是倫敦市渣滓院裡可憐的湯姆．康迪。請讓我面見王子，然後殿下他會把破衣還我，讓我毫髮無傷地離開。噢，請妳饒過我吧，救救我啊！」

此時男孩已經雙膝跪地，眼神中滿是懇求，一邊說，一邊向上伸出雙手。少女似乎也嚇壞了。她叫道：

「噢，殿下，你怎麼跪下？還竟然向我跪下！」

接著她慌張地逃走，而湯姆深陷絕望中，癱在地上喃喃自語：

「沒救了，沒希望了。現在他們會過來抓我。」

當他癱在那裡恐懼得全身麻木時，一股驚濤駭浪正快速襲捲整個王宮。流言總是靠耳語相傳，由奴僕傳給奴僕，從爵爺傳給貴婦，遍布整座迴廊，從一個房間傳到另一個房間，從一間沙龍傳到另一間沙龍，「王子瘋了，王子瘋了！」很快，所有的沙龍與所有的大理石大廳裡，都有成群衣著華麗的爵爺與貴婦，還有成群衣著沒那麼炫目的人們，聚在一起正經地交頭接耳，每個人臉上都驚慌失措。不久，一位衣著華麗的官員來到人群處，發表莊重的宣告：

以國王之名下令：
所有人不准聽信這種虛偽又愚蠢的事情，違者處死，討論者與散播者同上，
欽此。

所有的交頭接耳瞬間停止，有如耳語者全都啞掉了一樣。

沒多久，一陣低語在迴廊上流傳：「是王子！看啊，王子來了！」

可憐的湯姆慢慢走過向他彎腰鞠躬的人群，他試著鞠躬回禮，以不知所措又哀傷的眼神，溫順地瞥著四周的奇怪景象。幾位權貴走在他的兩側，讓他倚靠著他們，維持平穩的步伐，他身後還跟著幾位宮廷御醫與一些僕從。

不久，湯姆發覺自己身處王宮內一座華麗的房間，並聽到身後的門關上。方才與他一起過來的人們站在他四周。

在他前方不遠處，斜躺著一位無比高大又極度肥胖的男人，他有一張寬大又滿是橫肉的臉，帶著

嚴肅的表情。他巨大的頭部布滿灰髮，只在臉孔四周蓄著、有如框在臉上的鬍子，也一樣灰白。他的衣服以昂貴的毛料織成，只是已經老舊，有些地方已經輕微磨損。他的雙腿腫脹，一條腿下面墊著枕頭，而且還纏上繃帶。房內一片寂靜；除了這個人以外，所有人都恭敬地低著頭。這位有著嚴肅外貌的病患，就是令人生畏的亨利八世[1]。當他開口說話時，臉部表情轉為溫和，他說：

「現在如何呢？我親愛的愛德華，我的王子？你是故意開個無情的玩笑來尋我開心嗎？唬弄我這個愛你、善待你的父王。」

可憐的湯姆盡可能振作煥散的心神，傾聽著對方開口說話，但是當他耳聞「我這個國王」這句話時，他臉色發白，頃刻間雙膝跪地，有如中槍倒地似的。他高舉雙手呼喊道：

「您是國王？那我真的完了！」

這句話似乎讓國王目瞪口呆。他的視線漫無目標地游移眾人臉上，最後不知所措地停留在眼前的男孩身上。然後他用極度失望的語氣說：

「唉呀呀，我原本相信真相會破除謠言；但恐怕並不是如此。」他沈重地嘆口氣，用溫和的口氣說：「來父親這裡，孩子，你的狀況不好。」

有人扶著湯姆站起來，他卑微地顫抖著來到英格蘭至尊身旁。國王雙手捧起那張飽受驚嚇的臉孔，熱切又慈愛地凝視著他好一會兒，彷彿在尋找王子能回復理智——若能的話，那真是謝天謝地

---

[1] 亨利八世（Henry Ⅷ, 1491~1547），都鐸王朝第二任國王，迎娶過六位王后，為離婚問題與教廷決裂，另創聖公會。一五三六年比武時大腿受傷，無法運動造成過度肥胖，可能因而染上糖尿病，使得大腿舊傷無法痊癒，成為其死因之一。

——的跡象，接著，他把湯姆滿是捲髮的頭緊貼自己的胸口，輕柔地撫摸著。不久他說道：

「不認得父親了嗎，孩子？別傷了我這老人的心；說你認得我。你確實認得我，不是嗎？」

「是，您是我所畏懼的國王陛下，蒙神護佑。」

「真的，真的，很好，真讓人鬆了一口氣，別發抖了，這裡沒有人會傷害你，沒有人不愛戴你。你現在好多了，你的惡夢結束了，不是嗎？而且你現在想起自己是誰了吧，不是嗎？你不會再叫錯自己的名字了吧，他們說不久前你叫錯了？」

「我祈求陛下您能相信我，我所說的句句屬實，可畏的陛下；因為我是您最卑賤的子民，出生於乞丐之家，是由於不幸的機緣巧合與意外才來到這裡，雖然這完全不是我的錯。我不想年紀輕輕就死掉，而您只要說句話就能饒我不死，噢，請饒我一命，陛下！」

「死？別這麼說，好王子——平靜，平靜，煩擾的內心——你不會死的！」

湯姆雙膝跪下，愉悅的歡呼：

「噢，吾王，上帝會回報您的慈悲，讓您長命百歲以護佑您的王國！」他跳了起來，臉上滿是喜悅，對二位侍立的爵爺大聲叫道：「你們聽到了！我不會死了，這國王剛剛說的！」眾人一動也不動，只鞠躬表達極度敬意，但沒有人開口說話。他遲疑了一會兒，帶著一絲困惑，膽怯地轉身面對國王，說道：「我現在可以走了嗎？」

「走？當然可以，如果你真想離開。但為何不多留一會兒？你想去哪裡呢？」

湯姆視線往下，謙卑地回答：

「或許是我弄錯了，但我想我自由了，所以我想動身再回到我的狗窩，我在那裡出生長大，過著悲慘日子，但是我母親與姊姊們也在那裡生活，所以對我來說那裡就是我的家；儘管這裡壯觀又華麗，我還是住不習慣，噢，回您的話，陛下，讓我走吧！」

國王不發一語，想了好一會兒，內心滋長的苦惱與不安在臉上顯露無遺。不久，他以懷抱些許希望的語氣說：

「或許他只在這件事上發瘋，但是其他方面的才智沒有受到影響。莫非天意如此！我們來做個測試！」

接著他用拉丁文問湯姆一個問題，湯姆以彆扭的拉丁文回答。國王高興溢於言表，朝臣與御醫也露出滿意的神情，國王說：

「這並不是在驗收他的學習成果與能力，而是要證明他的心智只是一時微恙，但並非無可回復。你怎麼說呢，先生？」

御醫對國王鞠躬敬禮，然後說道：

「您說的完全符合我個人的判斷，陛下，您所說的完全正確。」

從高明的醫學權威口中聽見鼓勵的話語，讓國王面露喜色，帶著好心情繼續說道：

「敬告諸卿：我們再來個測試。」

他用法文問湯姆問題。湯姆沉默地站著好一會兒，因成為眾人目光焦點而尷尬萬分，接著他膽怯地說：

「回陛下的話，我未曾學過這種語言。」

國王往後跌坐回躺椅上頭，隨從趕緊趨前協助，但是他只是推開他們，並說道：

「別來煩我，我只不過是因壞血病頭暈而已。扶我起來！對，這樣就好。來這裡，孩子；將你可憐又煩惱的腦袋瓜靠著你父親的心口，並靜下心來。你很快就會好起來，一切不過是短暫的幻想。你別怕，你很快就會好起來。」然後他轉身面對眾人，溫和的舉止不再，雙眼開始射出懾人的閃電。他說道：

「所有人聽著！現在我兒子瘋了，但並不是永遠如此。這種狀況是念書用功過度造成的，還有部分原因是管教太嚴。別讓他碰到書籍與老師！你們如此照辦：帶他運動讓他開心，用所有方法幫他解悶，這樣他就能恢復健康。」他高高挺起身子，用力地說下去：「他是瘋了，但他是我兒子，還是英格蘭的王位繼承人，而且，不論他是發瘋還是清醒過來，都一樣會掌權！你們聽好，本王在此宣告：不管是誰說出這件事，就是國內和平與秩序的公敵，該送上絞刑臺……給我喝的，我渴極了，這件傷心事讓我體力流失……好，把杯子拿走……扶著我，到那邊，這樣就好。他瘋了，是嗎？就算他比現在瘋狂千倍，他還是威爾斯親王，我這做國王的會確保他的王儲之位。明天一到就讓他以正式的古禮策立為王儲。赫福德愛卿[1]，即刻傳我詔令。」

其中一位貴族跪在國王的躺椅前說：

「國王陛下明察，英格蘭世襲大司禮官已遭宣告剝奪私權並囚禁於倫敦塔[2]，一個遭到褫奪私權

1 赫福德伯爵（Earl of Herford），即愛德華・西摩（Edward Seymour, 1500~1552），亨利八世第三任王后珍・西摩的三哥，後擔任愛德華六世的攝政（1547~1549）。

2 英格蘭世襲大司禮官（Hereditary Great Marshal of England），又稱司禮大臣（Earl Marshal），國務重臣之一，負責主持國家儀典或加冕儀式，同時亦為紋章院院長，此職自都鐸王朝以來幾乎由諾福克公爵世襲擔任。目前英國的司

的人士不適合擔任此職。」
「住口！不准說出那令人厭惡的名字玷污我的雙耳。這個人能長生不死嗎？我的意志會因此受阻嗎？無法正式策立王儲，只因國內缺了一個沒有叛國污名的司禮大臣以其榮譽加持他的策立大典，豈有此理？老天在上，沒這回事！警告我的國會：在明天太陽升起前完成諾福克的處決命令，不然就輪到他們痛苦的面臨處決！」（原註3）
赫福德爵爺說：
「吾王意志即法律。」接著，起身，退回原先的位置。
國王臉上的怒火逐漸消散，他說：
「吻我，我的王子，吻這兒……你在怕什麼？難道我不是愛你的父親嗎？」
「哦，偉大又仁慈的陛下啊！我不配享有您對我的好，我很清楚這個事實。但是……但是……想到有人要死，讓我覺得悲痛，而且……」
「啊，真像你，真像你！我知道即使心智受損，你的好心腸一如往昔，因為你總是如此宅心仁厚。但是那個公爵阻礙你的登基，我將找個沒污點的人取代他擔任那個光榮的職務。你放心吧，我的王子，別讓這件事困擾你可憐的腦袋。」
「但難道不是我加速了他的死亡嗎，吾王？要不是因為我的話，他還能活多少年？」
「絲毫不用為他設想，我的王子，他不值得。再吻我一次，然後去做自己的事與玩樂。我的病讓

禮大臣已失去實質功能，成為榮譽職，現由第十八代諾福克公爵（2002~）愛德華・W・菲扎蘭－霍華（Edward W. Fitzalan-Howard, 1956~）擔任。

我很不好受，我疲倦了，需要休息，跟你的赫福德舅舅還有你的臣民們走吧，等我身體復原再來。」

湯姆心情沈重，在他人的指引下離開，原本心懷能得到自由的希望，但是國王最後一句話給了這個他所珍視的希望致命一擊。他再次聽到低沈的聲音喊道：

「王子！王子來了！」

當他穿過彎腰鞠躬的朝臣們組成的華麗行列，心情有如墜落無底深淵；因為他發覺自己現在真的是個囚徒，可能要一輩子關在這座鍍金的牢籠裡，成為一個悲慘又沒朋友的王子，除非上天大發慈悲，憐憫他而放他自由。

而且，不管轉向哪兒，他似乎都可以看到遭砍下的頭顱在空中飛舞，記憶中那位偉大的諾福克公爵的臉孔，以怨恨的眼神望著他。

他過去的夢想曾是那麼的快樂，但是現實卻是如此恐怖。

## 原作者註

原註3：諾福克公爵的處決命令。國王的生命正快速走向終點；他擔心諾福克將會因他的逝世而逃過一劫，他送了一道訊息給下議院，於其中他提出請求，要議員們加速通過法案，藉口是諾福克享有司禮大臣職務的神聖性，而現在急需要任命另一個人取代他，好讓繼任者能夠順利主持威爾斯親王的立儲大典。

——休謨（David Hume）著，《英格蘭史》（*The History of England*）第三卷，第三〇七頁。

# 第六章　湯姆接受教導

臣僚引領湯姆來到高貴套房的主廳，眾人請他就座，他實在不大想坐下，因為四周有年紀比他長與階級地位比他高的人在。他請求他們也坐下，不過他們只是鞠躬致謝或低語幾聲，仍舊站著。他本想堅持請他們就座，但他的「舅舅」赫福德伯爵在他耳邊輕聲道：

「請別堅持，殿下，在您面前坐下並不適當。」

聖約翰勳爵[1]收到通知前來，向湯姆鞠躬致敬後說：

「奉國王差遣來此，因事涉機密，可否請高貴的殿下支開您四周的隨從，只讓赫福德大人留下？」

看到湯姆似乎不知道該怎麼做，赫福德低聲要他做個手勢支開左右，以省去開口的麻煩，除非他打算開口。當侍立的紳士們都退去，聖約翰勳爵說：

「國王下詔，基於數個涉及國政的正當與重大理由，王子殿下行使權力時，應該全面隱藏自己的

1　聖約翰勳爵的正式頭銜是聖約翰男爵（Baron of St. John），名字為威廉・巴雷特（William Paulet, 1485 ~ 1572），亨利八世心腹，此時（一五四七年）身兼宮內大臣與樞密院議長等職。

疾病，直到疾病痊癒，殿下又回復如前為止。亦即，他不得對任何人否認自己是王子以及英格蘭偉大繼承人的身分；並應保持自己高貴的威儀，且應接受他人正確或合於習俗的敬意與遵從，不得以語言或行為提出異議；更應停止述說任何關於自己屬於下層階級出身或在社會底層生活，那些他因疾病胡思亂想所造成的幻覺內容；他應該努力回想起相識之人的臉孔，記不起來時，應該保持沉默，切不可露出驚訝的表情，或其他洩露個人失憶的行為；對於國政事務，無論何時，對應做何事，或應發表何意見，若有任何困擾，皆不可露出一絲不安，以免引起他人好奇，而且要聽從赫福德爵爺或卑職的建言，奉此詔令，我等將協助分憂並就近候傳，直到詔令解除。以上由國王親口下令，國王陛下問候高貴的殿下，並祈求上帝的悲憫讓您早日康復且永蒙護佑。」

聖約翰勳爵敬完禮後站到一旁，湯姆順從地回覆：

「既然國王已開口下令。無人能敷衍國王的詔令，或者輕易打發它，天網恢恢，疏而不漏，王命必從。」

赫福德爵爺說：

「關於國王陛下對您別碰書本與其他同等嚴肅事物的命令，或許能讓殿下騰出時間在其他休閒娛樂上，以免殿下參加宴會過勞而蒙受傷害。」

湯姆一臉狐疑，面露驚訝，接著他看到聖約翰勳爵以哀傷眼神望向他，不禁臉上一抹羞紅。勳爵說：

「您的記憶依舊誤導您，所以讓您面露驚訝，不過您不必為此困擾，因為失憶的狀況不會一直持續，而會隨著疾病痊癒而消失。赫福德大人所說的倫敦市宴會，是陛下兩個月前允許舉辦的，您應該出席。現在想起來了嗎？」

「我承認我確實忘記了，這讓我很慚愧。」湯姆支支吾吾地說，又再度臉上羞紅。

這時，伊莉莎白女士與珍・葛雷女士求見，兩位爵爺彼此意味深長地對望一眼，赫福德快步走向門口。當兩位少女經過他身旁，低聲說：

「我懇求兩位女士，裝作沒注意到他的情緒，要是發現他的記性很差，也別表現得太驚訝，妳們若發現他每件小事都不記得，會感到傷心的。」

與此同時，聖約翰勳爵在湯姆耳邊說：

「先生，請您將陛下的詔令牢記在心。記得所有您能想起的，不然就裝作其他什麼都記得。別讓她們察覺您與過去相比已經有很大的改變，請您明察，您是她們心中非常關心的老玩伴，一旦察覺您的狀況，她們會有多麼傷心。殿下，如果您願意，我和您舅舅可以留在這裡嗎？」

湯姆象徵性地做了個表示同意的手勢並低聲說了句話，他已經照著國王的詔令學習該做的事，在他單純的心中正下定決心：盡自己所能做到最好。

儘管事先做了許多準備，這場年輕人間的談話有時還是變得有點尷尬。事實上，不只一次，湯姆已經接近崩潰邊緣，認為自己無法勝任這極為重要的角色；但是伊莉莎白公主的機智拯救了他，或是由兩位心有戒備的爵爺之一，很明顯的一有機會就拋出一句話，讓場面以喜劇收場。有一次，年少的珍女士問了一個讓湯姆驚慌的問題：

「您今天去向王后陛下致敬問候了嗎，殿下？」

湯姆一時語塞，滿臉為難、滿嘴結巴，正打算亂說一通，聖約翰勳爵身為朝臣，早習於隨時準備好面對這種傷神的窘境，就代他以朝臣慣用的風雅語氣回答：

「去過了，女士，而且當王后聽到陛下的近況，還大大地安慰王子一番；不是嗎，殿下？」

湯姆咕噥了幾句表示同意，但是感到自己已脫離險境。又過了一會，提到湯姆暫時不用念書，她們驚呼：

「太可惜，真的太可惜了！您之前進展神速。只要有耐心撐過這段時間——那應該不會太久——您就會跟父親一樣學什麼都很快，而且會像他一樣成為精通多國語言的大師，賢明的王子。」

「我的父親？」湯姆大叫，一時沒留意就說了出口，「我認為他什麼話都說不好，大概只有豬圈裡打滾的豬明白他在說什麼；更別說去學其他無論是什麼學問了……」

他往上看，在約翰勳爵眼中看到一抹嚴厲的警告。

他馬上住口，滿臉通紅，接著傷心地低聲說：「啊，我的病症又來了，我的思緒混亂。我無意對國王陛下不敬。」

「我們都知道，殿下，」伊莉莎白公主說，貼心而尊敬地以雙掌握住她「弟弟」的手，「您並不是故意要闖禍。這並不是您的錯，而是因為您的病。」

「您真是溫柔又體貼，親愛的女士，」湯姆感激地說，「我誠摯地向您致謝，而我可能太魯莽了。」

又一次，年少輕率的珍女士用一句簡單的希臘片語向湯姆「開火」。伊莉莎白公主很快瞄到「目標」臉上如天空般清澈的茫然表情，知道這「火力」猛烈過頭，所以她平靜地代替湯姆來個希臘語連發回應，接著直接改變話題聊下去。

時間愉快地流逝，也大體上同樣順利。談笑間，湯姆看到大家體貼地專心協助他，並且寬容他犯的過錯，所以他出錯與停滯的次數越來越少，言行也越來越自在。當知道二位女士將會陪他一起出席傍晚倫敦市長的晚宴，他心中感到既安心又愉快，因為當他置身於眾多陌生人中，不再感覺孑然一身沒有朋友陪同，然而，不過一小時前，與她們一同出席的想法，卻會讓他害怕到受不了。

湯姆的守護天使，那二位爵爺，在這場會談中可不像參與者那麼輕鬆。他們覺得這職務有如指引一艘大船穿越危險的海峽；他們得時時警戒，這才發現他們的任務完全不是兒戲。因此，當女士們的參訪即將結束之際，吉爾福德．達德利勳爵要求晉見[1]，他們倆不僅感到已經承受了過重負擔，更擔憂他們無法維持最佳狀況，沒辦法從頭再領著湯姆這艘大船駛上那令人不安的航程，所以他們恭敬地建議湯姆婉拒，湯姆十分樂意照辦，只不過當珍女士聽到這位卓越的少年無法前來拜訪，臉上似乎不禁閃過一絲失望的表情。

此時交談停了下來，湯姆無法理解怎麼大家都沉默不語，他望向赫福德爵爺，後者對他比了個手勢，但他也不明白那是什麼意思。敏捷的伊莉莎白以她慣有的自在優雅地解開這個僵局，她敬了個禮然後說道：

---

[1] 吉爾福德．達德利（Guilford Dudley, 1534~1554），萊爾子爵的二兒子，與珍．葛雷在一五五三年結婚。當珍．葛雷女王遭罷黜，與其夫婿一起關入倫敦塔，隔年夫婦雙方的家族起兵反抗瑪麗一世，夫婦倆均遭處死。

「王子殿下，我的王弟，可否讓我們告退呢？」

湯姆說：

「當然好，兩位大小姐想要我做什麼，請儘管說；我願在我少少的權力所及之處給予諸位任何的方便，也不願強留諸位所帶來的光明與祝福。各位晚安，願上帝與各位同在！」接著他在心中笑道：「要不是以前沉迷在書中王子們的故事中，學了一些他們那種拐彎抹角又文謅謅的說話技巧，不然還真沒辦法應付呢！」

兩位優秀少女離開後，湯姆疲勞地轉身面對他的保護者說道：

「可否請二位閣下准許我離開這裡，找個角落休息呢？」

赫福德爵爺說：

「回殿下的話，只要您下令，我等就會遵從。您是應該休息，這確實是件必要的事，因為您不久就要前往倫敦市。」

他按鈴召來一位侍童，命令他傳喚威廉・赫伯爵士[1]。這位紳士直接進來，引導湯姆到更裡面的房間。在那裡，湯姆第一個舉動是伸手想拿一杯水；但是一名身穿絲綢與天鵝絨衣服的僕從拿走杯子，單膝跪下，將杯子盛在金色托盤中端給他。

[1] 威廉・赫伯（William Herbert, 1501~1570），祖父是潘布洛克伯爵，因父親是私生子，故赫伯雖為貴族但地位不高，再加上年輕時因細故殺人，流亡法蘭西當士兵，因作戰英勇受法王賞視，亨利八世訪問法蘭西時也欣賞赫伯，將他赦免帶回英格蘭，讓他成為兒子愛德華的貼身侍衛。之後受封成為潘布洛克伯爵。

接下來，這個疲憊的囚徒坐下來，打算脫掉他的短筒靴，同時膽小地用目光尋求他人的許可，但是另一名身穿絲綢與天鵝絨衣服的討厭鬼走過來跪下，從他手中接過這件事。他又挑了二、三件事想要自己做，但每次總會有人比他搶先一步做完，他終於放棄，一聲認命的長嘆與低喃：「該死，不過我很驚訝他們居然沒想要幫我呼吸！」換上拖鞋，並穿上奢華的長袍後，他總算可以躺下休息，但卻睡不著，因為他腦中塞滿了思緒，而且房間內也擠滿了人。他不知要如何趕走那些思緒，所以它們都留在腦海中，他也不知道該如何下令侍從們離開，所以他們也繼續留在房裡，讓他與他們都一樣懊惱。

湯姆離開後，只留下兩名位高權重的保護者彼此獨處。他們沈思了一會，不時搖著頭在地板上來回踱步，然後聖約翰勳爵說：

「打開天窗說亮話，您怎麼想？」

「打開天窗說亮話，那麼，狀況就是如此：國王即將走到人生盡頭，我的外甥瘋了，瘋子將登上王位，並坐在上面。天佑英格蘭，因為她將真的需要老天保佑！」

「真的需要，確實如此。但是……難道您沒對那個感到不安……那個……」

說者欲言又止，最後不再說話。他明顯感覺到自己正處於複雜的情勢之中。赫福德爵爺在他面前停下，以清澈友善的眼神直視他的臉孔，說道：

「說下去，這裡除了我之外別無他人。對什麼感到不安？」

「我實在不想說出我心中所想的事，況且您還是與他血緣關係最近的親屬，大人，如果在下有所冒犯懇請原諒，一個人發瘋時言行舉止大變並不稀奇，但是他的態度和語氣仍舊如王子般高貴，只是在各種無關緊要的小事上，與他慣常的習慣有所不同。發瘋讓他忘光記憶中關於父親的各種特徵並不稀奇；然而一個人的習慣與儀節則在所處的環境裡養成，不易改變；而且，只記得拉丁文，卻忘了希臘文與法文？大人，別覺得冒犯，但請舒緩我心中對此事的不安，並接受我誠摯的感謝。這事困擾著我，他說他不是王子，所以……」

「住口，大人，您這是全然的叛亂！您難道忘了國王的詔令嗎？要記得，如果我再聽下去，連我也會成為您罪行的同黨。」

聖約翰臉色慘白，趕緊說道：

「我承認，是我錯了。請別去告密，答應我您會大發慈悲放過我，對這件事我不會再想也不會再說，請寬待我，不然我就毀了。」

「我答應您，大人。所以您無論在此，或在任何人面前，都不可再犯，我會當作從未聽您提起過這件事一樣。不過您毋須感到不安。他是家妹的兒子，打從他在搖籃裡開始，我就熟悉他的聲音、他的臉孔、他的身形，難道不是嗎？發瘋會造成許多您在他身上所見的奇怪矛盾現象，而且還會更多。別忘了年老的馬雷男爵發瘋時，連自己那六十年的容貌都忘了，還以為是另一個人，也不只如此，他甚至還自稱是抹大拉的瑪麗亞之子[1]，更認為自己的頭是西班牙玻璃做的；說真的，他怕得不敢讓人摸頭，深怕萬一幾個粗心的人伸手一摸就會碰碎他的頭。放下您的不安吧，賢能的大人。他真的就是

[1] 抹大拉的瑪麗亞（Mary Magdalene），據說是耶穌的女性跟隨者。其事蹟參考《聖經新約》的路加福音、馬太福音及馬可福音。

王子，我和他很熟，而且他即將成為國王，請將這件事牢記在心，對您比較有利，與其無謂臆測擔憂，不如多想想這件事吧。」

他們又交談了一陣子，交談中聖約翰勳爵為了掩蓋自己的錯誤，一再聲明現在他對王子的信任堅定無比，再也不會被懷疑所動搖，赫福德爵爺讓他的同僚先離去，然後坐下單獨看顧被監護人。他立刻閉目沈思。而且很明顯地，他想得越多就越覺得心煩，不久，他開始在地板上來回踱著步喃喃自語。

「呿，他必須是王子！難道整個世界裡還會有另一個他，有不同血統與不同出身，卻如此奇妙的形貌完全相同嗎？就算真的有，難道會有如此古怪的奇蹟，造成其中一個取代另一個身分地位的機會。不可能，這實在太蠢了、太蠢了、太蠢了！」

不久他說：

「現在，要是他是騙子，又自稱是王子，那樣的表現才是自然，才是合理的。但天底下豈會有個騙子，當國王稱他王子，朝廷稱他王子，大家都稱他王子，他卻否認自己高貴的身分，並主張自己不該如此威風得意嗎？不！奉聖史威欣之靈[1]，不！那一定是真正的王子發了瘋！」

1 聖史威欣（St. Swithin, 800~862），天主教聖人，西元九世紀不列顛島的溫徹斯特主教。

# 第七章　湯姆的御膳初體驗

下午一點過後不久，湯姆順從地忍受別人幫他更衣準備用膳的折磨。他發覺自己身上的衣服與之前的一樣精緻，只是樣式完全不同，從襞襟到長襪全部都換過了。不久，他在侍者引領下，威嚴無比地來到一間寬廣華麗的廳房，那裡已經設有一張他個人專用的餐桌。廳房中的家具全是以金塊打造而成，其絕美外觀出自名工匠本韋努托[1]的精心設計，因而讓它們成為無價之寶。出身高貴的僕從站滿了半個房間。一名隨行教士進行飯前禱告，而湯姆想開始用餐，因為他自出生以來總是餓著肚子，但伯克萊伯爵大人打斷他的意圖，在他的脖子上圍上一條餐巾；這位貴族的家族世襲擔任威爾斯親王尿布總管這個偉大的職位[2]。湯姆的斟酒者在場，每當湯姆想自己拿酒喝，他就搶先一步斟酒給湯姆。威爾斯親王殿下的試食官也根據需要，準備冒著中毒的風險，試吃任何看起來可疑的菜餚。只不過這年頭他成了裝飾用的附屬品，鮮少發揮功能；但曾經有過一段時間，就在不到幾代以前，當時試吃的職務相當危險，不是個讓人會想擔任的威風職位。實在很奇怪，他們為何不派一條狗或一個水管工來

1　本韋努托．切利尼（Benvenuto Cellini, 1500~1571），文藝復興時期義大利人，是個金匠、畫家、雕刻家、音樂家。

2　原文為Diaperers to Prince of Wales，威爾斯親王的尿布總管，這是原作者為了戲謔而自創的職位。

做這件事呢。首席宮務侍從官德亞奇大人也在場，天知道他能做什麼事，他就是站在那裡，而這樣就夠了。總執事長在場，他就站在湯姆的椅子後面監看整個流程進行，用餐流程由站在附近的宮內總管與主廚總管指揮。除此之外，湯姆還有另外三百八十四個僕從，不過他們當然不會都擠在這個房間內，房間內的人數還不及四分之一，湯姆也完全不知道他們的存在。

在場所有人員，在一個小時前，就奉嚴令要求，應牢記王子暫時無法正常思考，所以要留意別對他異想天開的行為表示驚訝，這些「異想天開的行為」馬上展現在他們面前，他們只感到同情與哀傷，沒人笑出聲來。看到敬愛的王子受到如此折磨，眾人心中一陣難受。

可憐的湯姆主要用手指抓著食物吃，不過沒人笑他，甚至好像也沒引起注意。他好奇又饒有興致地盯著餐巾，因為那是條講究又漂亮的紡織品，然後天真地說：

「請拿走吧，我怕一不小心弄髒它。」

世襲尿布總管恭敬地解下餐巾拿走，他一言不發，也沒有表示任何異議。

湯姆很感興趣地檢視著蕪菁與萵苣，詢問那是什麼東西，還有是否可以吃，當時這些作物才剛開始在英格蘭種植，之前則是得從荷蘭進口，有如奢侈品。（原註4）眾人必恭必敬地回答問題，沒有顯露驚訝的表情。當他吃完甜點，還拿起堅果塞滿自己的口袋，大家都裝作沒看見，也沒有因此感到不安，但隨後他自己倒是不安了起來，並顯得有些狼狽，由於這是整場盛宴他中唯一能自己動手做的事，他很肯定自己做了一件非常不妥又缺乏高貴修養的事。就在此時，他鼻子肌肉開始一陣抽動，鼻尖皺了起來，他的鼻子動個不停，而湯姆開始明顯的越來越痛苦。他以哀求的目光一個接著一個的看向四周的權貴，眼眶滿是淚水，他們面帶驚慌地走向他，想知道他有何苦惱。湯姆痛苦地說：

「我懇求你們的協助：我的鼻子癢得難受。這種突發狀況有什麼應對的習慣或習俗？請快點，我快受不了啦！」

沒人笑得出來；眾人只覺得極度為難，彼此面面相覷想求得解答。但是，看啊，實在是一點辦法也沒有，英格蘭歷史從未記載該如何解決這種問題。禮賓官並不在場，這裡沒人想在未知的領域裡胡亂行動，或者承擔妄圖解決這種嚴肅問題的風險，唉呀！沒有世襲的抓癢總管。同時湯姆的眼淚已經奪眶而出，開始流下臉頰，他抽動的鼻子十萬火急地渴求止癢，最後本能打破了禮儀的藩籬，湯姆在內心祈求：如果他做錯了，希望能得到諒解，他自己抓了抓鼻子，這舉動總算讓他的官員們放下心裡的重擔。

當他用餐即將結束，一位官員上前端著一個寬而淺、裝了芬芳玫瑰香水的金色盤子來到他面前，讓他漱口和洗手，尿布總管閣下手上拿著一條餐巾站在一旁讓他擦手。湯姆盯著盤子，疑惑了好一會兒，然後將盤子端起放到嘴唇邊，莊重地喝了一口。接著把它交還給那位侍立的官員，說道：

「唔，我不喜歡，大人，香味很好聞，但口感太嗆了。」

王子因心靈受摧殘，產生全新的反常行為，讓所有關心他的人感到一陣心痛，沒人為這悲傷的景象感到好笑。

湯姆下一個無意間鑄下的大錯是：當隨行教士已經站在他椅子後，舉起雙手、閉起眼睛、抬起頭，正準備開始為他祝福時，他卻起身離開餐桌。大家依然裝作沒看到王子做了件不尋常的事。

在他本人的要求下，侍者帶領我們的小朋友來到他的私人廂房，留他自己一人在房中自在地獨處。橡木壁板的鉤架上掛有一套閃亮精鋼盔甲的數片部件，甲片上滿滿覆蓋著精美的鑲金圖案。這套軍裝屬於真正的王子，是王后帕爾夫人最近送給他的禮物[1]。湯姆穿戴上護脛甲、鐵護手、插著羽飾的頭盔，以及所有不需他人協助就能自行穿戴的部件。有一時間他想叫人進來幫他穿上剩下的部件，但想起他用膳時順手牽羊的堅果，想到要是沒有一群人盯著他，沒有世襲權貴以不必要的服務困擾他，能自在的吃堅果，那會是件多麼快活的事。因此，他脫下身上的美妙配件，一一放回原位，並很快的開始敲起堅果來，這是上帝因他所犯下的罪而懲罰他成為王子以來，他第一次感到幾乎純然的歡喜。當堅果全數吃完，他偶然在一個壁櫥內找到幾本吸引他的書籍，其中一本是關於英格蘭宮廷禮儀。真是中大獎了。他躺在一頂奢華的睡椅上，並開始熱誠的自學禮儀。現在就讓我們先離開他一會兒吧。

## 原作者註

原註4：直到這個時期（亨利八世統治時期）結束後，英格蘭人才開始在本土生產製作沙拉用的新鮮蔬菜、胡蘿蔔、蕪菁以及其他可食用根莖類。先前是從荷蘭或法蘭德斯進口少量這類蔬菜供食用。當凱瑟琳王后想吃沙拉時，不得不迅速派遣使者到那些海外產地購買。

——休謨，《英格蘭史》第三卷，第三一四頁。

---

1 凱瑟琳・帕爾（Catherine Parr, 1512~1548），亨利八世第六任王后。

# 第八章　國璽之謎

大約下午五點，亨利八世從睡得不安穩的午覺中醒來，喃喃自語地說：「噩夢，噩夢！這些警告預示我已來日無多，而我衰弱的脈搏可以證明它們所言不虛。」不久他雙眼燃起一抹邪惡的光芒，他又喃喃自語道：「我一定要比他晚死一步。」

他的僕從發覺他醒了，其中一人向他請示是否接見大法官[1]，他正在外等候。

國王熱切地叫道：「宣他晉見，宣他晉見！」

大法官走進來，跪在國王的躺椅前說：

「我已發下令狀，並且，奉國王的詔令，國內的貴族正穿著禮服在國會議事堂等候，國會已經確認處決諾福克公爵，他們謙卑地等候陛下對這件事的進一步指示。」

國王欣喜若狂，讓他容光煥發，他說：

「扶我起來！我要親自出席國會，然後親手在那張令狀上蓋章，確保除去……」

[1] 大法官（Lord Chancellor），全名為英格蘭大法官（Lord High chancellor of England），國務重臣之一，職責包括：保管英格蘭國璽、主持上議院（等同議長）、英格蘭司法首長等等，是重要閣臣，集行政、立法、司法三權於一身，通常由貴族擔任。此時（一五四七）的大法官為湯瑪斯・萊斯理（Thomas Wriothesley, 1505~1550）。

他說不出話來，紅潤的雙頰一下子轉為蒼白，僕從們連忙扶他躺回枕頭上，並慌忙讓他服下補藥。不久，他哀傷地說：

「唉呀呀，我是這麼期待這甜美的時刻！看呀，這來得太遲了，我失去了這個曾經如此渴求的機會。但你要儘快，要儘快！讓別人來完成這個我無法完成的愉快工作。我要把我的大國璽委託給某人，從你們這些權貴中選一個人使用它，然後快去完成你的工作。快去呀，你！在明天的太陽升起而再度落下之前，帶他的頭來見我。」

「謹遵國王詔令。陛下能否將國璽歸還在下，方能完成陛下所託？」

「國璽？除了你還有誰能保管國璽？」

「回陛下的話，您在兩天前從我這裡取走國璽，您說直到您親自以御手拿它蓋在諾福克公爵的處決令狀以前，不可用於其他用途。」

「怎麼啦，還真的是我拿的，我想起來了……我拿它又做了什麼呢？……我的記憶一片模糊……這幾天怎麼我的記憶常常跟我過不去……真奇怪，真奇怪……」

國王含糊地咕噥了幾句，一次又一次虛弱地搖晃著髮色灰白的頭，思索著試著回想起他用國璽做了什麼事，最後赫福德大人冒險跪下並提醒：

「陛下，請恕我魯莽，有幾個人跟我都記得您把國璽交給威爾斯親王殿下保管，準備在那天……」

「對！對極了！」國王插嘴道：「拿過來！快去，沒時間了！」

赫福德爵爺跑去找湯姆，但過了許久，他兩手空空又憂心忡忡地回來，他親自回報國王這個消息：

「王上，我很惶恐帶來如此沈重且不受歡迎的消息。但這是天意，王子的病情依然沒起色，他無法想起是否有拿到國璽。所以我趕緊來回報，我想若是去殿下所屬的長列房間與沙龍內搜索，只不過是在浪費寶貴的時間，又沒有什麼助益……」

此時國王一聲呻吟，打斷了爵爺的話，過了一會兒陛下才以極為哀傷的語調說：

「別去煩他了，可憐的孩子。上天對他無情，我因對他的摯愛，憂心得心跳都快停了，我很難過我這年老又負荷過重的雙肩，恐怕無法代替他承擔沉重負荷，所以就讓他平靜一下吧。」

他閉上眼睛，只喃喃自語著，不久沉默了下來。過一會兒，他再次睜開雙眼，茫然地看著四周，直到瞥見還跪在地上的大法官。他立刻氣到滿臉通紅：

「你怎麼還在這！看在老天分上，再不去處理那個叛徒的事，你就保不住頂上人頭，無處可優雅地戴上你的官帽！」

全身顫抖的大法官回答：

「陛下慈悲，請求您的寬恕！但我還在等國璽。」

「你啊，腦子壞了嗎？那顆以前我時常隨身帶著出訪的小國璽正放在我的國庫裡。雖然大國璽不翼而飛，有它不就夠了嗎？你腦子壞了嗎？快滾！你給我聽好：沒拿到他的頭你就別回來了。」

可憐的大法官趕緊離開這個危機四伏的地方，這位受國王委託的代表不敢浪費任何時間，馬上將國王的核可印記蓋在奴才般國會趕工出來的成果上，並指定明天就要將英格蘭首席貴族，不走運的諾福克公爵，給砍頭處死。（原註5）

## 原作者註

原註5：諾福克褫奪私權。上議院的貴族議員們在沒有調查嫌犯、沒有審判或任何證據下，通過對諾福克公爵褫奪私權的法案並將該法案交付下議院……揣摩上意的下議院遵從（國王的）指示通過法案；接著國王派全權代表在該法案上蓋上王家印信，發出處決諾福克的命令，將日期定在一月二十九日（法案通過隔天）。

——休謨，《英格蘭史》第三卷，第三〇六頁。

# 第九章　河上盛事

晚上九點，整座巨大的王宮河濱廣場燈火通明，從河上往倫敦市的方向望去，放眼所及的範圍內，擠滿了船夫小艇與平底遊船，船舷都掛上五顏六色的燈籠，在波浪輕拍下和緩地搖晃，船隻如此密集，使得河道有如一座光輝而一望無際的花園，隨著夏季和風緩緩飄動一般。岸邊巨大的石造平臺，一階一階的通往河中，面積大得足以容納一整支日耳曼公國的陸軍在上面列隊，這也是不容錯過的名勝，平臺上有數列身穿光亮鎧甲的王室戟兵，還有一隊隊穿著燦爛衣裳的僕從跑上跑下、來來回回，匆忙地準備著。

不久一聲令下，一瞬間臺階上所有人都消失無蹤。空氣中現在充滿著無聲的盼望與期待，視線所及，將會看到數以萬計的人潮從小艇上站起，手掌掩在眼睛上方，遮蔽燈籠與火炬的光芒，凝視著王宮。

一排四十或五十艘公家座艇駛近高臺，它們金碧輝煌，高聳的船首與船尾上有精美的雕刻，其中一些船上裝飾著大旗與旗帶，有些裝飾著錦緞與繡上紋章的掛毯，有些則飾有絲綢旗幟，上面繫著無數小銀鈴，當微風吹過時發出一片悅耳的鈴音，有的船更加浮誇，因為它們屬於王子側近貴族所有，兩側船舷列滿盾牌，盾面上繪有華麗的紋章圖樣。每艘公家座艇都由一艘舢舨拖著，舢舨上除了槳手以外，還有幾個穿戴閃閃發亮頭盔及胸甲的職業士兵，以及一隊樂師。

一隊戟兵現身於大門口，那是眾所期待遊行隊伍的先導衛隊，他們穿著黑黃相間條紋長襪，天鵝絨無邊帽兩側飾著銀玫瑰，還有紫紅色與藍色的緊身上衣，衣服前後都繡上三片金縷織成的羽毛，那是王子的紋章。他們的戟柄包覆深紅色天鵝絨，以漆金釘子固定，並飾以金色穗帶。他們分列左右兩側，編成兩個單縱列，從王宮大門口一路排到河岸邊。此時穿著金色與緋紅色制服的王子隨從展開一條厚重的織毯或毛毯，鋪在兩列戟兵之間，鋪好之後，響亮的號角聲響徹整個宮廷。船上的樂師奏出輕快的序曲，兩名手持白竿的領賓員以緩慢莊嚴的步伐走出大門，他們身後跟著一位扛著權杖的軍官，之後另一位則拿著倫敦市劍；接著是幾位城防衛隊軍士，他們全副武裝、袖子上別著徽章；然後是嘉德紋章官[1]，穿著紋章院制服外袍；再來是幾個巴斯騎士[2]，每個的袖子上都繫著白色飾帶；跟著而來的是他們的扈從；接著是法官們，穿著他們的深紅長袍與頭巾；再來是英格蘭大法官，深紅色長袍前面敞開，衣裳邊緣還繡著貴族專用的白毛皮；接下來是市法團各參事會代表[3]，披著前開的深紅色斗篷；再來是各個不同公民團體的代表人物，穿著符合他們身分地位的外袍。現在來了十二位身

---

1 嘉德紋章官（Garter King of arms），直譯為嘉德高級紋章官，是英格蘭紋章院高階紋章官，由亨利五世創設於一四一五年，主要協助紋章院院長處理院內事務，並有策封低階貴族的權力。一五四七年的嘉德紋章官是克里斯多福・巴爾克爵士。

2 巴斯騎士（Knight of bath），一三九九年，剛即位的英王亨利四世認為中古以來冊封騎士的流程太煩雜，故將流程簡化為用劍輕拍跪下的冊封對像雙肩即告完成，當時稱此為「巴斯騎士」，後成為英國下級勛位爵士制度的雛型。

3 市法團是英格蘭法律規定的地方自治體，類似地方政府，其下有一群參事（Alderman）組成各參事會（Court of Aldermen）。這裡指的是倫敦市法團，管轄範圍限於舊倫敦市，面積約一平方英哩。

著華服的法蘭西紳士，身上全套服飾包括白色夾金絲織夾衣、深紅色天鵝絨短披風內襯紫羅蘭色的塔夫綢，以及康乃馨色的馬褲，他們步下階梯平臺。他們是法蘭西大使的隨從，在他們後面是西班牙大使的十二位騎士隨扈，穿著黑色天鵝絨，沒有任何紋樣裝飾。幾位英格蘭有名望的貴族及其隨從跟在這些人身後。」

又是一聲號角響徹宮廷，王子的舅舅，未來的薩默塞特公爵[1]出現在門口，他盛裝打扮，穿著黑色錦緞織成的緊身上衣、繡金花緋紅絲綢披風上罩銀絲網帶。他轉身，脫下羽飾無邊帽，彎腰表示恭敬，並開始一步步向後退，每走一步就鞠躬一次。接著一聲長長的號角，伴隨大聲宣布：「讓路給高貴偉大的愛德華大人，威爾斯親王！」王宮牆上高處，一長排紅色火舌隨著一聲轟雷般響聲向前竄出，河上群集的民眾爆出震天喊聲表示歡迎，而這整場盛會的主角與英雄，湯姆．康迪，步入眾人眼前，輕點高貴的頭向大家致意。

他華麗地穿著一件白綢緞織成的緊身上衣，前方一塊紫色薄絹，綴滿鑽石，四邊繡上貂皮。其上披著一件白錦緞披風，飾有威爾斯親王三羽王冠紋章，以藍色綢緞襯裡，披風表面鑲滿了珍珠寶石，以鑲圓鑽釦扣緊。他的脖子上掛著嘉德勳章與數個外國騎士團的高貴勳章。無論光線從那個方向落在他身上，寶石都會映射出耀眼的光芒。哦，湯姆．康迪，生於陋屋，長於倫敦貧民窟，只知破衣、爛泥與悲慘生活，這真是個奇觀啊！

[1] 即之前的赫福德伯爵，一五四七年二月後受封為薩默塞特公爵（Duke of Somerset）。目前已傳到第十九代。

# 第十章　王子受虐

前面說到約翰・康迪將真正的王子拖進了渣滓院，後頭跟著一群喧鬧又以此為樂的暴民。人群中只有一個人為眼前這位囚徒求情，但沒有人注意到他，甚至沒有人聽到他說什麼，騷動現場實在太混亂了。王子不停地掙扎想要逃跑，並為他所受到的對待而大聲怒罵，直到約翰・康迪失去最後一絲耐性，盛怒下隨手抄起一根橡木棒揮向王子的頭，那位唯一為小孩求情者，跳出來阻止男人的手臂，這一擊就落向那個人的手腕。康迪咆哮道：

「你愛管閒事，是嗎？吃下這記當回報。」

他的木棒在求情者頭頂上碎裂，一聲悶哼，那個模糊的身影倒下，落在群眾的腳邊，下一刻那人孤身一人倒在黑暗裡。暴民都跟著康迪走了，這一幕並未妨礙他們作樂。

不久王子發覺自已身處於約翰・康迪的住所，門關起，隔開了外面的人群。瓶中插著油脂蠟燭，藉由它昏暗的燭光，他勉強看清這令人生厭的賊窩，以及其中居民的外貌。兩個骯髒的女孩與一個中年婦人畏縮在一處牆腳，就像是已經習於遭到虐待的動物，既預期到接下來會受虐，又因此而害怕著。另一個角落盤據著一個乾癟的醜老太婆，有著一頭飄動灰髮與凶惡雙眼，約翰・康迪對那老太婆說：

「慢著！現在正上演一幕有趣的野臺戲，等看完再來打他也不遲；到時愛下手多重都隨妳。站上前來，小子，現在再說一次你的蠢話，別說你忘了。來，報上你的名來，你是誰？」

小王子雙頰再度浮現受人羞辱的血紅，他往上堅定怒視著這個男人的臉孔，說道：

「真是沒教養，你居然敢命令我說話。現在告訴你，就如同之前說過的一樣，我叫愛德華，乃威爾斯親王，我就是我。」

老太婆聽了這個回答，震驚得雙腳有如被釘子釘在地板上，還差點一口氣喘不過來，她瞠目結舌地盯著王子，讓她兇惡的兒子感到十分有趣，爆出一聲大笑。但是湯姆．康迪的母親與姊姊們反應截然不同，她們原本對他身體傷勢的擔憂立即煙消雲散，轉而擔憂他的精神問題。她們奔向前叫道：

「噢可憐的湯姆，可憐的孩子！」

這母親跪在小王子面前，雙手搭在他的雙肩上，兩眼流淚，愛憐地凝視他的臉，接著她說：

「啊我可憐的兒子！你看的那些蠢書最後造成這麼悲慘的結果，你完全瘋掉了。啊！我再三警告你別看，你怎麼還這麼固執？你傷了母親的心啊。」

王子看著她的臉，溫和地說：

「這位好心的婦人，妳的兒子一切安好，也沒有發瘋。妳放心，他還在王宮裡，只要讓我回去那裡，我父王就會直接把他交還給妳。」

「你的父王！噢，兒子啊！別說那種會讓你送命，還會連累四周親友的話。快從惡夢中醒來，快找回你弄丟的可憐記憶。看著我，我不是那個生你、愛你的母親嗎？」

王子搖搖頭，不情願地說：

「上天知道我不願意傷妳的心，但我真的從沒見過妳。」

婦人向後癱坐在地，然後雙手捂住雙眼，開始心碎地啜泣又放聲大哭。

「再演下去啊！」康迪叫道，「什麼呀，小南。什麼呀，小貝！沒禮貌的村姑，怎麼可以站在王子面前？跪下去，妳們這些人渣乞丐，趕快向他致敬啊！」

他說完又放聲大笑，女孩們開始膽怯地為弟弟求情，小南說：

「你就讓他去睡覺吧，爸爸，睡覺休息過後，他的瘋病就會好，求求你。」

「對啊，爸爸，」小貝說：「他比平常還累。明天他就會回到平常的樣子，然後就會努力乞討，不會再空手回家。」

這番話讓父親從歡樂中清醒過來，將他的心思帶回正經事上。他憤怒地轉身對王子說道：

「明天我們一定要付兩便士給這破屋的房東，兩便士呢，你們聽著，這筆錢是半年的房租，沒有我們就得滾。你這懶散的乞丐，把今天討到的都交出來。」

王子說：

「別拿那些骯髒事冒犯我。我再告訴你一次，我是國王的兒子。」

康迪的闊掌重重打在王子肩膀上，讓他跌進好心的康迪妻子懷中，她緊緊地將他抱在胸口，以自己的身體為他擋下她丈夫暴雨般落下的掌摑與耳光。

嚇壞的女孩們縮回角落，但老奶奶氣勢洶洶地走上前來幫她的兒子。王子掙脫康迪太太的懷抱，大喊：

「別替我挨打，夫人，讓這些豬玀打我一個人就好。」

這番重話大大地激怒了那兩隻豬玀，促使他們絲毫不浪費時間加緊賣力幹活。他們將男孩夾在兩人之間全力痛打，然後順便把兩個女孩與她們的母親也痛打了一頓，因為她們對王子表示同情。

「現在，」康迪說：「所有人都去睡覺，這餘興節目累死我了。」

燈火熄滅，全家就寢。當一家之主與他的母親都發出鼾聲，表示他們倆已經睡著了，兩名少女立即爬到王子身旁，輕柔地在他身上蓋上乾草與破布，以幫他保暖；她們的母親也爬到他身邊，並撫摸他的頭髮，在他身旁痛哭，同時沙啞的在他耳邊輕聲說了幾句安慰與同情的話。她也留了一些食物給他吃；但是男孩身上的疼痛讓他一點食慾也沒有——至少他完全不想吃這些發黑又無味的麵包皮。他倒是因她的勇敢、不計代價保護他與同情心而深受感動；他以高貴又威嚴的遣詞用字向她表達感謝，並請她回去就寢，同時也請她忘了憂傷。他還補充道，他的父王一定會因她對王室的善心與獻身而有所回報。他「瘋狂的」回覆再次傷了她的心，她一次又一次地緊抱他在胸前，然後才淚流滿面的回去睡覺。

當她躺著胡思亂想與哀悼著，有個想法開始潛入她的心中：不管他到底是瘋是醒，那男孩身上有些無法解釋的東西，是湯姆．康迪本人所欠缺的。她無法形容，也無法分辨那是什麼，只是敏銳的母性本能似乎可以查覺與感應到。如果到頭來，這男孩真的不是她的兒子，那該怎麼辦？噢，太荒謬了！儘管苦惱又心煩，她還是幾乎為了這個想法而差點笑了出來。無論如何，她發現這個想法揮之不去，一直縈繞在她心中，那想法糾纏著她、騷擾著她、緊抓著她不放，而且無法排解又無可忽視。最後她覺得除非做個測試，能確實無疑的證明那孩子是否是她的兒子，以消除她心中讓人疲乏與憂心忡忡的疑慮，否則她永無安寧。啊，對了，這顯然才是擺脫困難的正確方法，因此她費盡心思設法想出一個測試。但是想來容易做來難。她在心中想出一個又一個可能有用的測試辦法，但最後不得不全數放棄，沒一個絕對可靠、絕對完美，而不完美的測試無法讓她心安。她絞盡腦汁卻徒勞無功，顯然似乎還是放棄這個想法比較好。當她腦海中正飄過這個絕望的想法時，她聽到男孩規律的呼吸聲，知道他已經睡著了。她正傾聽著的同時，一陣輕聲驚呼打破規律的呼吸聲，那是做惡夢的人會發出的驚呼，這偶然發生的驚呼立即讓她想出了一個計畫，比之前想到的所有測試加起來都還要有用。她馬上熱切但無聲地重新點燃蠟燭，喃喃自語道：「假如方才他做惡夢時我有看著他，就會知道他是不是真是湯姆了！他小時候，有一天火藥在他面前爆炸，自那天起，只要他在夢中或想事情時受驚，就會用手掌擋在自己眼前，就像那天一樣；而且不像其他人手心向內遮擋，他總是手心向外擋著，我已經看過幾百次，每次都一樣而且屢試不爽。對，我很快就會知道了！」

這次她爬到睡著的男孩身邊，帶著蠟燭，用手遮住燭光。她小心翼翼在他上方彎下腰，屏住呼吸，抑制興奮，突然間把燭光照在他臉上，同時用手指關節敲擊他耳邊地板。睡著的男孩兩眼圓睜，驚訝地望向四周，但他的雙手沒有任何特別的動作。

這可憐的婦女受此打擊，又驚又悲，幾乎不知所措，但她設法隱藏自己的情緒，安撫男孩再度入眠，然後她爬到一旁，悲慘地沈思那個不幸的實驗結果。她試著想說服自己，是因為她的湯姆所患的瘋病，才讓他的習慣動作跟著消失；但是她做不到。「不，」她說，「他的雙手沒有瘋，不可能這麼短的時間就忘了這個舊習慣。噢，這對我來說真是沈重的一天！」

不過，現在她所懷抱的希望，就像之前所懷抱的懷疑一樣頑固，她無法說服自己接受這樣的測試結果，她必須再試一次，剛剛的失敗一定只是個意外。所以，她再次從睡夢中驚醒男孩，然後隔一段空檔，又進行第三次，每次結果都與第一次相同，然後她拖著身子上床睡覺，在傷心的情緒中進入夢鄉，說著：「我不能放棄他——哦，不行，我不能，我不能——他得是我的兒子！」

可憐母親總算停止對王子的打擾，而王子身上的疼痛逐漸減輕，不再妨礙他睡著，最後純粹的疲勞使他閉上眼睛沈沈睡去並獲得充分的休息。幾小時過去了，他依舊睡死。接著四或五個小時過去，此後他從深眠開始轉入清醒。不久他在半夢半醒間，低語道：

「威廉爵士！」

過了一會兒，

「詼，威廉．赫伯爵士！快來這裡，聽我說這個有史以來最奇怪的夢……威廉爵士！有聽到嗎？天啊，我還以為自己變成乞丐而且……喔那裡！衛兵！威廉爵士！什麼！沒有宮務侍從官待命嗎？唉呀呀，應該更嚴格……」

「你那裡不舒服嗎？」有人在身邊低聲問他，「你在叫誰呢？」

「威廉．赫伯爵士啊。你是誰？」

「我？你姊姊小南啊，不然我還會是誰？噢，湯姆，我忘了！你還在發瘋，可憐的孩子，你還在發瘋，要是早知道一醒來就又得面對這個壞消息，我寧願別醒來了！但，請小心，別亂說話，不然會害我們都給活活打死。」

吃驚的王子猛然半坐起來，硬化的瘀傷處傳來刺痛感，讓他醒了過來，接著他躺回污穢的乾草堆中，悲嘆一聲並突然叫道：

「唉，原來這不是夢！」

原本因睡著而沒有感覺到的深沉哀傷與悲慘，這一刻全湧了上來，他明白自己不再是王室裡受寵的王子、全國崇拜目光的焦點，而是個乞丐、流浪漢、身穿破衣，是個被關在一間只適合野獸居住的賊窩中的囚徒，與乞丐和小偷為伍。

當他正悲傷時，開始察覺有嘻鬧與喊叫聲，從明顯不到一兩個街區外傳來。下一刻傳來幾聲尖銳的敲門聲，約翰．康迪不再打鼾並說：

「誰敲門？想幹嘛？」

一個聲音回應：

「你知道你的木棒敲到誰嗎？」

「不，我不知道，也不想知道。」

「恐怕你馬上就要改變一下你的語氣。你如果不想上絞刑臺的話，最好快點逃走，那個人現在變成鬼啦，他是教士安德魯神父！」

「我的天啊！」康迪大叫，他叫醒全家人，並嘶啞命令道：「全部起來，然後快逃，不要留在這裡等死！」

不到五分鐘，康迪家族已經在街上飛也似地逃命。約翰．康迪握住王子的手腕，催促他沿著黑暗的道路逃跑，同時低聲提醒他：

「你這發瘋的蠢蛋，別亂說話，還有不准說出我們的名字，我要趕快替自己選一個新名字，好甩掉那些執法走狗的追蹤。告訴你，別亂說話！」

他對其他家人則咆哮道：

「萬一我們走散了，就各自去倫敦橋；去橋最尾端那家亞麻布店，在那邊等其他人來，然後我們一起逃去南華克[1]。」

忽然間，他們從黑暗闖進一片光亮，不只闖進光亮中，還闖進聚集在泰晤士河畔，唱歌、跳舞、嘶吼的人群裡。泰晤士河上下游排著一長列篝火，延伸直到視野盡頭，照亮了倫敦橋，也照亮了南華克橋[2]，五顏六色的燈光將整條河映照得一片光明，煙火持續不斷開花，在天空中填滿錯綜複雜各色各樣的射線，與無數如大雨般密集落下的炫目火花，幾乎將黑夜變成白晝。四處都是飲酒狂歡的民眾，整個倫敦似乎變得自由豪放。

約翰．康迪氣得大罵並叫大家後退，但已經遲了一步。擁擠的人群吞沒了他與家人，他們一瞬間無助地遭人群沖散。我們當然不認為王子是康迪家的一份子，但康迪仍舊抓著他。現在，王子因可望逃跑而心跳加速。有個粗壯的船夫，因酒精作祟而相當興奮，康迪為了穿過人群粗魯地推擠那名船夫，船夫察覺了，便以他的大手放上康迪的肩膀說：

「喂，朋友，走那麼快要去哪？當大家都真誠地把今天當成節日來慶祝，難道你心懷不軌想做什麼下流的勾當嗎？」

1 南華克（Southwark），位於泰晤士河南岸的自治區，舊倫敦市原本位於泰晤士河北岸，以倫敦橋通往南岸，當倫敦人口增加，一些人來到泰晤士河南岸沼地開闢住地，形成南華克自治區。

2 最初的南華克橋完工於一八一九年。一七五〇年之前，倫敦附近橫跨泰晤士河的大橋只有倫敦橋。

「那是我家的事，你管不著，」康迪粗魯地回答，「拿開你的手，然後讓我過去。」

「我告訴你，因為你的壞脾氣，除非你為威爾斯親王喝一杯酒，不然休想過去。」船夫堅決地擋在路上。

「給我那杯酒，還有，快點，快點！」

這騷動引來其他狂歡者的興趣，他們叫道：

「愛杯、愛杯[1]！要這壞脾氣的流氓喝光整杯愛杯的酒，不然就扔他去餵魚。」

有人拿來一只巨型愛杯，船夫一手握住杯子一邊的握把，另一手象徵性地抓住一條想像出來的餐巾尾端，依循古禮將它遞給康迪，康迪也依照古禮一手接住杯子另一邊的握把，另一手舉起帽子（原註6）。理所當然的，康迪為了舉起帽子，只好鬆開王子的手，理所當然的，王子把握時間，立即潛入人群如林的雙腿之中消失了。如果是其他時候很容易就能找到他，只是現在人海翻騰，他就像一枚六便士硬幣掉進大西洋的滔天巨浪裡。

他很快就明白這點，並把約翰．康迪拋在腦後，直接忙著思考起自己的下一步。他也很快明白另一件事，那就是有個假威爾斯親王正取代他接受倫敦市政府邀宴。他很輕易就得到結論：乞丐小鬼湯姆．康迪已經從容地利用他驚人的機會，成為一個篡位者。

因此，現在只有一個目標：想辦法前往市政廳，表明身分，然後揭發那個騙子。他也下定決心，

---

[1] 愛杯（loving-cup），用金屬製成的巨大杯子，有兩個握把，通常用於酒宴或婚宴上，與會客人輪流用愛杯喝酒，以示親密與友好。愛杯後來演變成比賽時頒發的獎盃。

會給予湯姆一段合理的時間，做好心理準備，然後根據當時對於叛國罪的法律與習慣，先吊死他，再拖出內臟，最後肢解屍體成四大塊。

## 原作者註

原註6：愛杯，以及飲用愛杯中酒的特別儀式，比英格蘭歷史還悠久。一般認為愛杯與儀式皆是丹麥舶來品。追溯我們所知的歷史記載，英格蘭宴會上總是拿愛杯來喝酒。傳統上對於這種儀式的解釋如下：在粗蠻無禮的上古時代，人們認為讓喝酒雙方都必須雙手握杯騰不出手來，是一種充滿智慧的警戒行為，當祝賀者舉起杯子向被祝賀者表達他的情感與忠誠時，可以避免被祝賀者趁機拿起匕首捅他一刀！

# 第十一章　在市政廳

親王座艇伴隨著它壯觀的護衛船隊，莊嚴地沿著泰晤士河順流而下，穿過綿延不絕的明亮小艇群。空中充滿音樂，河邊燃起許多歡慶的火燄，遠方的倫敦市，有無數隱身其中的篝火映照著整個城市，因而籠罩在柔和的光輝之中。城市裡聳立許多細長的尖塔，上面點綴著閃爍燈火，從遠方看去就像高高舉起一支支鑲著寶石的騎槍，當船隊迅速前行，兩岸持續傳來大聲歡呼與不間斷的禮砲火光及砲聲，迎接這支船隊。

湯姆．康迪半埋在他的絲質坐墊中，對他來說，這些聲音與場面是言語無法形容的壯觀奇妙景象；然而對他身旁的兩位年輕朋友伊莉莎白公主與珍．葛雷女士來說，這些根本不算什麼。

來到杜烏門[1]，整個船隊拖縴上溯清澈的華爾溪（這條小溪上方現在已經蓋滿建築物超過兩個世紀，再也看不到了）來到巴克勒斯伯利[2]，經過房屋、穿過橋樑，橋上燈火通明，擠滿了尋歡作樂的

---

1 杜烏門（Dowgate），在倫敦橋附近，華爾溪與泰晤士河在此匯流，倫敦古城牆橫跨其上，當時建有水門，故稱。目前該地屬於舊倫敦市的次級行政區：杜烏門坊（Ward of Dowgate）。

2 華爾溪（Walbrook），泰晤士河北岸支流，河道上方已蓋滿建築物，成為下水道。部分河道流經之地現名為華爾溪街。巴克勒斯伯利（Bucklersbury），舊倫敦地名，有水道通往華爾溪，目前是街道。

人群，船隊最後停在一處閘門船塢裡，此處今日是駁船碼頭廣場[1]，位於古倫敦市中心。湯姆登岸，並與他英武的隊伍穿越窮鋪塞街，再沿老猶太街與貝星廳街走一小段路來到市政廳[2]。

倫敦市長與數位教區主教都依正式禮儀，戴著金項鍊並穿上符合身分的紅衣禮袍，迎接湯姆與兩位小女士，領著他們三人走進大廳最前方的豪華天篷，三人前頭是宣告貴客光臨的傳令官，以及拿著儀杖與倫敦市劍的士兵。跟在湯姆與二位年輕朋友身後的權貴與貴婦們，在他們的座椅後方就座。

宮廷權貴及其他貴族訪客坐在較低處的餐桌，倫敦的顯要人士也同桌就座，其他平民則在大廳一樓許多餐桌間找位置坐好。兩尊倫敦古老的守護者：巨大的高格與瑪高格雕像[3]，從他們高聳的高臺上，以不知幾世代以來已習於這一切的雙眼，凝視著它們下方的奇景。接著號角響起，伴隨一聲宣告，一名肥胖執事現身於左邊牆上的高臺，他的手下跟在後面，無比莊重地端著熱氣騰騰、烤熟待切的王室牛腰肉進場。

飯前祈禱結束後，湯姆（受指示）站起身來，大廳裡的所有人也跟著站起來，他與伊莉莎白公主一同拿起一只肥胖的金色愛杯共飲，她再把愛杯遞給珍女士喝，接著傳給所有的賓客喝。宴會正式開始。

1 倫敦地名，原為泰晤士河支流小港，現在已填平，變成廣場，附近就是英格蘭銀行。

2 老猶太街（Old Jewry Street）與貝星廳街（Basinghall Street）都是倫敦市政廳周圍的街道。倫敦市政廳（the Guildhall），倫敦市法團駐地。原為羅馬競技場歷史悠久，目前建物建於一四四一年。

3 高格與瑪高格（Gog and Magog），出現在《聖經》、《古蘭經》。形象不一，可能指的是人物、妖魔或團體。

午夜時，狂歡達到最高點。此時出現了在那個古老時代，人們讚嘆不已的如詩如畫奇景之一，親眼目睹的《年代紀》作者寫下描述，將這番景緻保存於奇妙的文字之中流傳至今：

此時清出了一塊空地，不久進來一位男爵與一位伯爵，他們穿著仿土耳其樣式織錦長袍，其上點綴金色斑紋，頭上戴著緋紅色天鵝絨帽子，帽頂捲了許多金絲，腰間掛著兩把兵器，名叫阿拉伯彎刀，繫在兩條金色大佩帶上。接著又進來另一位男爵與另一位伯爵，穿著兩套黃色絲綢長袍，橫過白色絲綢，每道白色絲綢中都有一道緋紅色絲綢，模仿俄羅斯風格，他們頭戴灰氈帽，兩人手上都拿著一柄戰斧，而且靴子尖端有一個上翹的長突起（那長突起約一英呎長）。他們之後進來一位騎士，然後是海軍大臣[1]，伴隨著五名貴族，他們都穿上緋紅色天鵝絨緊身上衣，在背後低開，前方領口則開到鎖骨，胸前則繫上白銀鍊條，在其上披著緋紅絲綢短斗篷，頭上戴著舞者風格的帽子，帽上插有雉雞羽毛，這是模仿普魯士風格。大約有一百位持火炬的人，穿上緋紅絲綢與綠色衣服，就像摩爾人，他們的臉是黑的。再接著是民俗扮裝戲曲表演，然後是一群特意裝扮的歌手，他們出場跳舞，隨後權貴與貴婦們也狂野地跳舞，看著實在賞心悅目。

---

1 海軍大臣（Lord High Admiral），國務重臣之一，負責掌管艦船，此時（一五四七）的海軍大臣是萊爾子爵約翰・達德利，也就是珍・葛雷未來的公公。

此時的湯姆，坐在他的高座上，正向下凝視這「狂野」的舞蹈，迷失在讚嘆之中，讚嘆著他下方迴旋的華麗人影所構成的炫目五光十色萬花筒；同時，衣衫襤褸卻貨真價實的小威爾斯親王正在市政廳門口大聲述說他的一切，揭發裡頭的冒牌王子，還大吵大鬧要求進入市政廳！群眾異常熱愛眼前這齣戲，不斷湧向前，還伸長脖子爭睹這個小暴徒。不久他們開始奚落與嘲弄他，故意更加激怒他，好讓他更有趣，他雙眼流下屈辱的眼淚，但他一點都不想離開，以王者風範抗拒著暴民。更多的辱罵與嘲弄針對他而來，他大叫：

「我再對你們說一次，你們這群無禮的混帳，我就是威爾斯親王！我現在既孤單又沒朋友，沒人對我說一句好話，或給予我需要的協助，就算如此我也不會退縮，我會堅持下去！」

「不管你是不是親王，你都一樣是個英勇的孩子，你也不會沒有朋友！現在我站在你身旁即為明證。請記住我的話：沒有別的朋友比邁爾斯．漢堂更好，所以你不需再勞煩你的雙腿奔波尋找朋友。別再說了，孩子，由我來跟他們打交道，我說這些下流溝鼠們的渾話，就像母語一樣流利。」

說話的人不論裝束、外貌、舉止，都很像戲劇人物瑭．凱撒．德．巴贊[1]這個落魄貴族。他高大精瘦、肌肉發達的緊身上衣與燈籠短褲用料講究，但已經褪色磨損，上面的金絲飾件也悲慘的黯淡失色，他的襞襟滿是皺紋與破損，而插在他軟帽上的羽毛斷折、沾滿污泥，看起來破舊不堪。他腰間佩著一把長細劍，插在生鏽鐵鞘裡，從他目中無人的神情看來，他肯定曾是軍營裡的兵痞。這位奇異人

[1] 瑭．凱撒．德．巴贊（Don Caesar de Bazan），是法國人尤里斯．馬森內特（Jules Massenet）所編寫的戲劇，一八七二年在法國巴黎首演。故事內容是十七世紀後期西班牙一位沒落貴族瑭．凱撒．德．巴贊因緣際會下協助國王成就事業並抱得美人歸的故事。

物的發言，使得暴民群爆出一陣嘲弄與笑聲。有些人叫道：「另一個冒牌的王子！」「朋友，說話小心，他看起來很危險！」「天啊，他看起來真的危險，瞧他的眼睛！」「把小鬼從他身邊拖走，去洗馬池，浸了那小鬼！」

在這歡樂的想法鼓舞下，有隻手忽然抓住王子，同一瞬間，這陌生人的長細劍出鞘，那個好事之徒挨了劍脊一記轟然重擊，應聲倒地。下一刻一群人齊聲大叫：「殺了這走狗！殺了他！殺了他！」暴民逼近這個戰士，他背靠著牆，開始像個瘋子般舞動長細劍護住全身上下。他擊倒的人四腳朝天躺滿一地，但是怒火中燒的暴民有如潮水般湧過倒地的人襲向那位戰士。他看來命在旦夕，必死無疑，此時忽然號角聲大作，有個聲音吼道：「讓路給國王信使！」接著一隊騎馬者衝向人群，他們使盡吃奶的力氣四散奔逃，以免遭鐵蹄蹂躪。這位大膽的陌生人抓住王子的手臂，很快帶他遠離危險與人群。

回到市政廳。突然間，一聲清晰嘹亮的號角響，蓋過興高采烈的嘶吼與狂歡的喧鬧。場面一下子安靜下來，深深的寂靜，接著有個人開口說話——那是來自王宮的信使——並開始朗讀一份宣告，所有人都站著傾聽。最後一句話，以莊嚴的語調唸出：

「國王駕崩！」

人群一齊將頭低到胸前，保持一陣意味深長的沉默，接著所有人對著湯姆跪下，向他伸出雙手，然後齊聲發出宏亮到似乎會撼動整棟建築的叫喊：

「國王萬歲！」

可憐的湯姆面對這讓人目瞪口呆的景象，迷亂的雙眼游移不定，最後眼神迷迷糊糊落向跪在身旁的兩位公主身上好一會兒，才又望向赫福德伯爵。他忽然想到一個主意，臉上不禁露出笑容。他在赫福德爵爺耳邊低聲說：

「以你的忠誠與榮譽為憑，真誠的回答我！如果我現在說出一道只有國王才有權力說出的命令，大家會遵守這樣的命令，不會有人起而反對嗎？」

「王上，在這王國境內沒人敢反對您。您個人已成為英格蘭至尊。您是國王，您的話語即法律。」湯姆以雄壯、認真的聲音，以絕大的活力回覆：

「那麼即日起，國王將會說出慈悲的法律，不再有血腥的法律！各位平身、離開！去倫敦塔，說國王宣告免除諾福克公爵一死！」(原註7)

在場人士聽到這幾句話，都熱切地口耳相傳，一下子傳遍市政廳每個角落，當赫福德匆匆離開時，人群中爆出另一陣宏亮的喊叫：

「血腥統治結束！英格蘭國王愛德華萬歲！」

## 原作者註

原註7：諾福克公爵千鈞一髮。如果亨利八世多活幾個小時，那麼他所下達的處決公爵命令將會真的執行。「那天晚上國王已死的消息傳到倫敦塔，塔尉因而沒有立即執行令狀；而且樞密院也認為新王即位不該以處死王國最高貴的貴族為開端，尤其是諾福克是遭到如此不義又殘暴的誣陷而獲罪。」

——休謨，《英格蘭史》第三卷，第三〇七頁。

# 第十二章　王子與他的救星

邁爾斯・漢堂與小王子一擺脫暴民，就穿過暗巷與小弄逃向河邊。他們在路上沒有遇到任何阻礙，直到倫敦橋邊，然後再次鑽進人群裡，其間漢堂一直緊抓住王子——不，現在應該稱為國王——的手腕。那個令人震驚的消息已經傳開，男孩同時從成千上萬的市井談話中聽到：「國王駕崩！」這消息猶如刺骨寒風，直透這可憐流浪兒的心窩，讓他渾身顫抖。他明白自己失去的何等巨大，心中滿是苦痛悲傷，那位冷酷暴君對其他人來說或許那麼的恐怖，但總是很溫柔地對待他。他的雙眼充滿淚水，模糊了四周一切景物。一時間，他覺得自己是上帝所有創造物中最孤苦伶仃、最無家可歸，又最無依無靠的一個。另一聲雷鳴般的喊叫響徹夜空：「國王愛德華六世萬歲！」聽了這個消息讓他眼睛為之一亮，興奮莫名、全身充滿驕傲，「啊，」他想，「多偉大又奇妙的事，我成為國王了！」

我們這兩位朋友慢慢地從橋上的人群中穿過。這座橋，已經在此屹立六百年[1]，無時不刻都是人聲鼎沸的要道，在構造上有個奇妙的特色：整座橋上兩側密密麻麻地排列著許多上頭就是住家的店

[1] 故事當時（一五四七）的倫敦橋，是一座完成於一二〇九年的石造橋，一直使用至一八三一年新橋建成為止。

鋪，一路由北岸延伸到南岸。這座橋可說是自成某種小鎮，擁有自己的旅館、啤酒館、烘焙坊、雜貨店、食品市場、製造業、甚至還有自己的教堂。這座橋上小鎮看待它所連接的兩個臨近地區——倫敦與南華克——認為它們還不錯，把它們當成是自己的郊區，但除此之外其實並不怎麼重要。這可以說是一個緊緊相繫的自治體，一座只有一條五分之一英哩街道的狹窄小鎮，人口不過一個村落的數量，而且每個居民都熟識所有居民，更熟識彼此的祖宗十八代，所有家庭內的小事都會成為街談巷議。當然，這個小鎮也有自成一體的貴族階級，某些古老的屠夫家族與烘焙家族等等，往往代代相傳同一棟店鋪，長達五、六百年，並知曉從建橋以來至今所有大小事，以及所有的傳奇故事；他們談話總是三句離不開橋，思考也總是圍繞著橋有關，就算說謊也是又長又平又直接，充滿大橋的特色。這裡的居民正是那種心胸狹窄，無知又自大的典型。孩子們在橋上生、老、病、死，終其一生除了倫敦橋以外沒去過世界上任何一個地方。這樣的人自然會想像橋上的一切是世界上最偉大的事：日以繼夜，龐大又永無止境的行列通過橋上街道，伴隨著雜亂的人類大吼與喊叫、馬的嘶鳴、牛的怒號、羊的鳴叫，還有無數沈重的腳步聲，而橋上居民認為自己某方面來說就是這一切的所有者。事實上他們的確也可以算是，至少他們可以直接從居所的窗戶參與橋上大小事，每當國王出訪回鑾，或英雄凱旋，那華麗的行進隊伍經過時，他們也的確會開窗旁觀，因為他們擁有又長、又直，又不被遮蔽的獨一無二視野。

在倫敦橋上出生與長大的人，無論到了任何其他地方，都會無法忍受當地生活的無趣與空洞。歷史告訴我們，曾有個老人在七十一歲離開倫敦橋，退休到鄉下閒居，但他只能在床上焦慮得翻來覆去，無論如何就是睡不著，深沈的寧靜對他而言是如此痛苦、可怖又充滿壓迫。當他終於受夠了鄉下的折磨，他逃回倫敦橋老家，活像個瘦弱又憔悴的幽靈，在河水拍打聲與橋上所有喧鬧聲組成的安眠曲圍繞下，他終於安詳地進入夢鄉。

在我們所描寫的時代，英格蘭歷史上，倫敦橋還曾提供「以儆效尤」的作用，給孩子做為警惕，那就是：橋頭拱門上方的鐵尖樁上，掛著好些名人發青腐爛的頭顱。不過這就離題了。

漢堂投宿在倫敦橋上一間小旅館裡。當他帶著他的小朋友來到門前，有個粗魯的聲音說：

「啊，你終於來了！我警告你不准再逃跑，如果把你的骨頭都打成布丁，能給你一點教訓，或許下一次你就不會讓我們等那麼久。」約翰．康迪伸出手想抓住男孩。

邁爾斯．漢堂挺身擋住他，說：

「朋友，別這麼快。我想你不需要這麼粗魯，這孩子是你的什麼人？」

「你是不是成天沒事幹，專管別人閒事啊，他是我兒子。」

小國王激烈地叫道：「他說謊！」

「說得很勇敢，孩子，而且無論你那小小腦袋神智清不清楚，我都相信你。不過，不管這個下流的惡棍是不是你父親，也都一樣，他不應該打你和虐待你，看他的樣子，你還是跟著我比較好。」

「我跟著你，我跟著你。我不認識他，我也討厭他，寧死也不想跟著他。」

「那就成了，不用再多說什麼了。」

「這件事咱們走著瞧！」約翰．康迪大叫，大步越過漢堂，想抓住男孩；「就算要用強的他也得跟我……」

漢堂說：「如果你真的動手碰他，你將化為肉渣，我會剁鵝一樣把你給剁了！」他擋住對方，手按在細劍握把上。康迪退了回去。「現在給我聽好了，」漢堂繼續說，「當那群跟你一樣惡劣的暴民虐待他，更可能殺了他的時候，我將這孩子納於我的保護之下，你以為我現在會棄他於不顧，讓他面對更糟的命運嗎？——不管你是不是他父親。老實說，我認為你在說謊——對這孩子來說，要受你這樣粗暴的人撫養，還不如痛快一死。所以你快滾吧，越快越好，我不想說太多，因為我天生沒耐性。」

約翰．康迪口吐威脅與咒罵離開，很快消失在人群裡。漢堂付錢點了一份餐點請人送到房間裡，接著帶著他的被保護人，登上旅館三樓，來到自己的房間。這是個簡陋的房間，裡面有張破爛的床與一些零散家具，由幾根細小蠟燭昏暗的照明著。小國王拖著自己的身體來到床邊躺了下去，飢餓與疲勞耗盡了他的體力。他已經走了將近整整一天一夜，現在已經是凌晨兩點或三點了，在這段時間內什麼東西都沒吃。他昏沉沉地低語：

「用餐時請叫我起來。」接著馬上陷入熟睡。

漢堂眼中閃過笑意，他自言自語道：

「瞧瞧，這小乞丐就這麼理所當然的進入別人的房間，強佔別人的床鋪，還一派輕鬆優雅，好像自己是主人似的，也不會說聲『我可以嗎？』或『恕我冒昧』或其他類似的話。他精神錯亂的胡言亂語時，自稱為威爾斯親王，他還勇敢得真有那個架勢。這隻沒朋友的可憐小溝鼠，他一定是因為飽受虐待才心智錯亂。好吧，我將會當他的朋友。我已經救了他，他實在很吸引我，我真的很喜歡這個說話魯莽的小壞蛋。當他面對那些猥褻的暴民時激烈地抵抗，就像個軍人！而他的臉蛋又是這麼的可愛、甜美、溫和，現在睡上一覺，已讓他的麻煩與苦惱都煙消雲散。我會教育他，我會治好他的瘋病，沒錯，我要當他的大哥，關心他、照顧他，誰要是敢羞辱他或傷害他，就準備好進棺材，我願為他赴湯蹈火在所不辭！」

他俯身到男孩身子上方，和善且同情地注視著他，用曬黑的大手輕拍少年的臉頰並理順糾結的捲髮。男孩全身一陣輕微顫抖。漢堂自言自語道：

「看呀，我是什麼樣的人，竟會讓他沒蓋被子就躺在床上，這可是會害他因此感冒。現在該怎麼辦？要抱他起來讓他躺好嗎？但是這樣會吵醒他，而他非常需要睡眠。」

他四處張望，想找個東西給他蓋，但是什麼也沒找到，只好脫下自己的緊身上衣裹住孩子，並說：「我已經習慣刺骨寒風與單薄衣物，受點冷對我來說不算什麼。」接著就在屋裡走來去保持血液循環，並如之前一樣地自言自語道：

「他受損的心智使他相信自己是威爾斯親王，在這個時候世界上還有威爾斯親王還真是奇怪，先王駕崩使得過去的威爾斯親王不再是威爾斯親王，而是已繼位成為國王，這個可憐的小瘋子自認為是個王子，所以搞不清楚現在已經不該自稱為王子，應該自稱為國王……在國外蹲了七年苦牢，毫無故鄉音訊，要是我父親還活著，他應該會看我的面子，歡迎這可憐的孩子，並給他良好的照顧；我那好心的大哥，亞瑟，應該也跟父親一樣；我的弟弟，休，那個跟狐狸一樣狡猾的壞心腸禽獸，要是他反對，我就打爆他的頭！沒錯，到那裡我們會過得很好，所以馬上出發。」

僕人端著一份熱騰騰的餐點進來，放在小桌上，擺好椅子之後就離開，讓這些窮房客們自己侍奉自己，臨走時還用力甩上門，關門聲吵醒了男孩，他一骨碌坐起身來，用愉快的眼神環顧四周，然後一抹憂愁的表情爬上他的臉蛋，他長嘆一口氣，喃喃自語：「哎呀，不是一場夢，我真慘。」接著他注意到邁爾斯．漢堂的上衣，又望向漢堂，明白對方為了自己所做的犧牲，然後溫和地說：

「你對我真好，沒錯，你對我真的太好了。拿回衣服穿上吧，我不再需要了。」

接著他站起來走到角落的盥洗臺，站在那裡等著。漢堂開朗地說：

「我們現在有豐盛的餐點，每道菜都又香又熱，吃了這些，再加上剛才的小睡片刻，你馬上又會像個小大人，別怕！」

男孩沒有回話，只是一直注視眼前這個帶劍的高大騎士，眼神帶著無比驚訝與一絲不耐。漢堂疑惑地說：

「有什麼不對嗎？」

「先生，我要盥洗。」

「哦，原來如此！你想做什麼事，不用徵得我邁爾斯．漢堂的同意。在這裡你完全自由，也歡迎你用我的東西。」

男孩仍然站著一動也不動，更有甚者，他竟不耐地用腳輕跺了一兩下地板。漢堂這下徹底困惑了，他說：

「老天保佑，到底怎麼啦？」

「請倒水，然後別那麼多話！」

漢堂拼命忍住大笑的衝動，他心想：「我的老天爺，這實在太有趣了！」連忙走上前去執行這個小小傲慢者的命令，然後茫然地站在一旁，直到下一道命令猛然讓他驚醒，「過來，毛巾！」他一語不發地從男孩眼前拿起一條毛巾遞給他。接下來他也順便洗了臉清爽一下，當他還在洗臉時，他收養的男孩已經在桌子前就座準備用餐。漢堂三兩下洗完臉，然後拉著一張椅子，正要坐在桌邊，此時男孩生氣地說：

「注意禮節！怎麼可以在國王面前坐下？」

這使邁爾斯打從心底大吃一驚。他喃喃自語道：「看呀，這可憐的小瘋子還真與時俱進！還跟上時局的重大變化，現在幻想自己成為國王了！好樣的，我也得迎合他的幻想，別無選擇，不然我相信他會下令把我關進倫敦塔！」

因為喜歡這個玩笑，他從桌邊搬走自己的椅子，並站在國王身後，盡自己所知的宮廷禮儀侍候他。

當國王用餐時，原本正經八百的王室威儀也稍稍放鬆，酒足飯飽之後，開始想說話，他說：

「我想你自稱邁爾斯．漢堂，沒錯吧？」

「是的，陛下，」邁爾斯回覆，然後心中提醒自己：「如果我必須迎合這可憐孩子的瘋狂想法，那我就必須稱他為陛下，稱他為王上，不能半途而廢，我得盡全力扮演好屬於我的角色，好人做到底，不然就前功盡棄了。」

國王喝下第二杯酒後心情更好，說道：「我想認識你，告訴我你的故事。你行事作風十分英勇，而且像個貴族，你出身自貴族嗎？」

「回陛下的話，我們家是貴族的旁支末裔。我父親是個從男爵[1]，就是一種階級較低但高於騎士

---

[1] 從男爵（baronet），英格蘭特有爵位，位階在男爵以下，騎士以上。從男爵是世襲榮譽，但不屬於貴族，無法進入貴族組成的上議院。雖可被尊稱為「爵士」，但與騎士階級的爵士不同。最早出現於一三〇〇年代，真正定形則在一六〇〇年之後，後世推測販售這爵位可能是王室籌措資金的手段之一。

的動爵，（原註8）他是漢堂府邸的理查．漢堂爵士，漢堂府邸就在肯特郡僧侶低地附近。」

「我一下子想不起來這名字。說下去，告訴我你的故事。」

「陛下，我的故事不長，說來讓您解悶，也恐怕講不到半個小時，不過我還是說了。我的父親理查爵士很富有，而且天性非常慷慨。我母親在我還是個小孩時就去世了。我還有兩個兄弟：我的大哥亞瑟，天性跟我父親一樣；我的弟弟休，是個卑鄙小人，貪得無饜、奸佞不忠、邪惡墮落、行事詭異，是個冷血惡徒。他天生就是這副德性，十年前我最後一次見到他時還是如此，當時他是個十九歲的大惡棍，我當年二十歲，亞瑟二十二歲。我們之外，還有艾迪絲小姐，她是我的表妹，當時她十六歲，漂亮、溫和、善良，是伯爵之女，也是她家族的最後一個成員，繼承龐大的財產與沒落的頭銜。我父親是她的監護人。我愛她，她也愛我，但是她從出生起就已經許配給亞瑟，而且理查爵士不想解除婚約。亞瑟愛上另一個女孩，並告訴我們別灰心，只要緊緊抓住希望，總有一天，在漫長等待與因緣際會下，我們一定能在一起。休愛上了艾迪絲小姐的財產，雖然他堅持他愛的是她本人，但這就是他的處世方式，總是說一套做一套。但是他並沒有騙過那女孩，他只能騙過我父親，騙不了其他人。我們兄弟中，我父親最愛他，也最信任他，最相信他的話，因為他是最小的孩子，而且其他人討厭他，無論在什麼時代，這樣的特質總是能獲得雙親最多的疼愛，而且他有相當有說服力的好口才，加上天生無與倫比的說謊本領，這些特質大大的加強了父親的盲目溺愛，直到自欺欺人的程度。我是個野孩子，或老實說，是野到不行，不過，那是種單純的野，因為我只會傷害自己，不會傷害別人，也不會讓別人丟臉，或造成任何損失，也從未有犯罪或惡行的前科污點，或做出有違我的貴族身分地位的行為。

「只是我的弟弟休把這些缺點轉換成好藉口——他看出我大哥亞瑟身體不好，萬一大哥有了不測，只要把我趕出家門，他就能從中獲利——只是，這是個很長的故事，陛下，不值得一提，簡單地說，那時我弟弟將我的缺點誇大成犯罪；他通知我父親，說在我房間裡發現一把絲絹梯[1]，那其實是他自己使了手段搬進我房裡的，還收買幾個僕人與說謊的流氓作偽證，誣賴我違逆父親的意志，計畫帶著艾迪絲私奔結婚。

「我父親說，要將我逐出家門，且離開英格蘭三年作為懲罰，這段時間應該可以使我成長為一個戰士與一個男子漢，並讓我學到一些有用的智慧。於是我前往烽火連天的歐洲大陸，開始漫長的軍旅生活，承受過許許多多打擊、困難與冒險；但是我在最後一場戰鬥中淪為俘虜，從那時起，數著月亮盈虧，總共過了七年，地牢成了我的避風港，雖然靠著機智與勇氣，我總算重獲自由，並馬上逃回故國；只不過我人是回來了，卻孑然一身，既無盤纏也無衣物，更完全不知道七年裡漢堂府邸的人事變化如何。回陛下的話，我不值一提的故事說完了。」

「你居然受到如此屈辱的對待！」小國王雙眼冒火地說，「我以十字架為誓，一定會恢復你的榮譽！國王說了算。」

接著，因為受到邁爾斯如此委屈的故事刺激，他打開了話匣子，開始向這位震驚的聽眾述說他自己最近的不幸故事，當他說完，邁爾斯心想：

---

1 絲絹梯（silken ladder），源自義大利歌劇《絲絹梯》（*La scala di seta*），喬奇諾．羅西尼於一八一二年的作品，描述美女茱麗亞從自己臥室垂下絲絹做的軟梯，背著丈夫利用軟梯偷溜出臥室偷會情郎的笑鬧劇。

「看啊，他實在很有想像力！這可不是平凡的頭腦能想出來的。不管他是瘋了還是清醒，都不太可能編造出如此有條理又華麗的故事，有如憑空就說出古怪的傳奇史詩一般。可憐的神智受損的小腦袋，只要跟著我生活的一天，就不會讓他無依無靠，或無家可歸。我不會讓他離開身邊，我會好好疼他，我的小戰友。而且我一定要治好他，是的，確實徹底地治好他，然後他將會成為一方人物，到時我會驕傲地說：『是的，他是我收養的，是我找到他的，一個無家可歸的窮孩子，但是我發現他的才能，我知道他總有一天會功成名就，看看他，我很有眼光吧？』」

國王開口了，已經過深思而平穩的語調說：

「你將我從屈辱與受傷中解救出來，恐怕還救了我一命，連帶救了我的王位。如此貢獻一定要有豐厚的回報。說出你的願望，只要在我王權能力所及之處，必定為你實現。」

這個夢幻般的建議使漢堂從自己的幻想中嚇醒了過來。他本想向國王表達感謝，並推辭這個提議，說他只是盡自己的責任，沒想過要求回報，但是他腦海中浮現一個更聰明的想法，他請求離開片刻，以便安靜地思考該如何接受這份恩典，國王也深表同意，如此重大的事情實在不應該太過草率下決定。

邁爾斯深思了好一會兒，然後對自己說：「好，就這麼辦——用其他手段都辦不到——而且，的確，經過這一個小時的相處，我已經知道再這樣下去只會累人又不方便。是的，我會提出我的願望，這是個愉快的意外，還好我沒拋棄這個機會。」然後他單膝跪下說道：

「我卑微的作為並沒有超過一個臣民所應負的責任，所以其實並不值得稱道，但是既然陛下認為值得獎勵，那我就接受您的恩寵提出請求。將近四百年前，如陛下所知，英格蘭國王約翰與法蘭西國王彼此不和，雙方宣告兩國依名單派出騎士交戰，並舉辦名為上帝仲裁[1]的比武大會。兩國國王與西班牙國王都一同出席觀戰，以判定勝負，法蘭西的參賽代表出場；但他實在太可怕，我們英格蘭的騎士都拒絕與他交手，這下子，事情可嚴重了，英格蘭國王等同於不戰而敗一般。但是倫敦塔中關著一位名叫德．克爾奇[2]的勳爵，他是英格蘭最強大的戰士，他的榮譽與財產遭到剝奪，而且長期監禁使他身體衰弱。國王請求他出戰，他接受要求，全副武裝投入戰鬥；那個法蘭西人一瞥他巨大的身軀與聽到他的盛名就不戰而走，所以法蘭西國王因此輸了仲裁。約翰王歸還德．克爾奇的頭銜與財產，並說道：『說出你的要求，我都會實現，就算以半個王國為代價我也願意；』那時德．克爾奇也像我一樣跪著，回答道：『那麼，我要求陛下，我與我的後代能永遠擁有在英格蘭國王面前不用脫帽的特權，只要王權還存在的一天，特權就存在。』如陛下所知，國王同意這項恩惠。此後四百年間，這支貴族血脈一直綿延不絕，所以直到今天，這家族的後人在國王陛下面前依然可以不脫帽子，完全不會有人制止或干涉，其他人都無法如此。（原註9）依此前例，我懇求國王如要給我豐厚的回報，請賜予我一項恩惠與特權，除此之外別無他求，亦即：我與我的繼承者，永遠都可以在英格蘭至尊面前坐下！」

「平身，邁爾斯．漢堂爵士，現在授封為騎士，」國王莊嚴地說著，並用漢堂的劍進行授封儀

---

1　上帝仲裁（Arbitrament of God），歐洲中古早期以單挑決鬥來解決紛爭的方法，雖然近代歷史學者曾嗤之以鼻，不過在考查殘留下來的文件後認為，這種方法確實存在過，英格蘭國王亨利五世一四一五年入侵法蘭西時也曾對當時的法蘭西王儲提出類似的請求以解決王位繼承問題。

2　原名約翰．德．克爾奇（John de Courcy, 1160~1219），年輕隨軍入侵愛爾蘭並佔領許多領土，後遭當地人驅逐，晚年曾遭英王約翰囚禁。但，是否真有這決鬥的傳奇故事，待考證。

式，「平身，然後請坐，所求照准。只要英格蘭存在，王權存續，這個特權就不會消失。」

陛下走開，陷入沈思，漢堂坐進桌旁一張椅子中，心想：「真是個好想法，這大大的救了我，我雙腿累得要命，如果沒想出這主意，在他病好之前，我可能會連站好幾個星期。」過不久，他又想：「所以我成為南柯一夢王國的騎士啦！對我這種就事論事的人來說，真是怪異至極的爵位，我不能笑，不行，千萬不行，這件事或許對我來說很無稽，對他來說卻是真實的。況且對我來說，就某方面而言，這一切也並不虛假，它反映了一個事實，那就是他有著體貼與慷慨的內心。」他停了一會兒：「啊，如果他在其他人面前稱呼我這個漂亮頭銜！我的衣著與頭銜還真是個強烈的對比啊！不過沒關係，隨他愛怎麼叫就怎麼叫，他高興就好，我可以包容。」

## 原作者註

原註8：他所指的是從男爵（baronets）階級，英文也做baronettes，意思是次等男爵，以與有資格進入國會的男爵作為區分。不用說，他所指的並不是日後歷史上英國較晚時代創立的其他從男爵頭銜。

原註9：金恩瑟爾男爵（Baron of Kingsale），[1]就是德．克爾奇的後裔，依然享有這份古怪的特權。

[1] 金恩瑟爾男爵是愛爾蘭貴族，姓氏就是德．克爾奇，據說擁有在國王面前戴帽的特權，不過一九一一年出版的大英百科全書認為這是沒有歷史根據的傳說。目前傳至第三十六代金恩瑟爾男爵。

# 第十三章　王子失蹤

不久，龐大的睡意襲向這兩位戰友。國王說：

「脫掉這些破布。」這是指他身上的衣服。

漢堂沒有任何異議，幫男孩脫下衣服，並將他裹在被窩裡，接著他向房間四周看了看，可憐地自言自語道：「他又佔了我的床鋪，跟之前一樣，哎呀，我該怎麼辦？」小國王察覺到他的為難，出言給他指示，他昏昏欲睡地說：

「你就橫在門旁睡覺吧，順便守門。」不一會兒他就陷入深眠，對一切渾然不覺。

「我的天，他簡直像是天生的國王！」漢堂讚賞地低語著；「他演起來像得令人驚奇。」

接著他直直地躺在門邊的地板上，安份地說道：

「過去七年來我住得比這裡還差，在這點小地方挑剔，對王上來說太不敬了。」

天剛亮他才睡著，一直睡到中午才起床，所保護的孩子仍熟睡不醒，他掀開小朋友的棉被，拿條細繩測量孩子的身材尺寸。他量完時國王剛好醒來，抱怨沒蓋被子很冷，並質問他到底在做什麼。

「剛好都做完了，陛下。」漢堂說：「我在外面有點小事要處理，不過很快就會回來，請您再回去睡覺吧，您需要睡眠。那麼，讓我把您的頭也蓋住，您馬上就會覺得溫暖。」

他話還沒說完，國王就再度回到夢鄉。邁爾斯靜悄悄地溜出去，過了三、四十分鐘後，又同樣靜悄悄地溜回來，還帶回一整套給男孩穿的二手衣服，那套衣服是用便宜的布料織成，還有磨損的痕跡，但是外觀整潔，而且適合這個季節穿著。他坐了下來，並開始檢查他買的東西，含糊地自言自語道：

「口袋夠深才能買好東西，但是當口袋不深時，一個人就要安於口袋淺時能買的……」

有個女人住在我們的小鎮，在我們的小鎮住著……

「他動了一下，我想，看來得唱低聲一點，打擾他睡覺不大好，還有一段旅程等著他，而且他又那麼的累，可憐的小鬼頭……這件外衣，夠好了，這邊縫一針，那邊再一針，就可以了。另外這一件比較好，雖然同樣再縫個一、兩針比較保險……這雙鞋又好又紮實，他的小腳可以常保溫暖與乾燥，恐怕這雙玩意兒對他來說是新奇事物，因為他一定習慣打赤腳，冬天、夏天都一樣……如果這些線是麵包多好，一枚花星幣就可以買到一個人夠用一整年的量，還附送這樣好一根大針不要錢，只算人情，現在我要穿線進針孔，可要耗掉好些時間呢。」

他確實耗掉了許多時間，他用男人的蠢辦法穿針——男人可能直到世界末日都還這樣穿針，那就是拿著針不動，卻試著以線去穿過針孔，剛好與女人的做法完全相反。線頭一次又一次錯過目標，有時偏向針的一邊，有時歪到針的另一邊，有時線一彎就抵住整根針，但是他很有耐性，因為他從軍時有過穿針的經驗。他終於成功了，拿起穿針時一直橫放在膝上的外衣來開始縫衣。

「旅館的錢已經付清了，等會兒送來的早餐價錢也已經包了，剩下來的資金可以用來買一對驢子和接下來兩、三天的花費，與在漢堂府邸等著我們的優渥生活……」

她愛她的丈……

「噢，我的手！我把針刺進指甲裡去了……小事一樁，反正又不是第一次了，只不過也很不方便……我們在那裡應該可以很快樂，小子，不用懷疑！在那裡，你的麻煩會消失無蹤，同時你悲哀的瘋病也會好……」

她愛她的丈夫深情款款，但是另一個男人……

「這幾針縫得可真是貴氣十足！」他拿起外衣以讚賞的眼光欣賞，「這些衣服現在是如此莊嚴華貴，相比之下，那些裁縫師做出來的小氣衣服就顯得廉價又低俗……」

她愛她的丈夫深情款款，但是另一個男人愛上了她……

「哎呀，做完了，做得還真不錯，而且速度飛快。現在我來叫醒他、幫他穿衣、為他倒水、餵他吃飯，然後我們會趕去南華克『禮服旅館』[1]旁邊的市場，請起床了，陛下！……他沒反應，怎麼啦……陛下！看來我得冒犯他個人神聖不可侵犯的禁忌，把他搖醒，因為他睡熟了聽不到我的話。什麼！」

他掀開被子……男孩不見了！

他看著眼前一切，好一陣子吃驚到說不出話來，這才注意到他那位被保護者的破衣也不見了，他開始憤怒又激動，大聲喊叫旅館老闆。這時候僕人端著早餐進來。

「給我說清楚，你這惡魔的走狗，不然你就沒命！」這名沙場老兵大吼，他野蠻的向那名僕人一躍，嚇到僕人一時間說不話來，「那個男孩在哪？」

僕人支支吾吾又結結巴巴說出他所要的答案。

「閣下，你離開這地方後不久，有一個青年跑來，說是閣下的意思，要那個男孩直接去倫敦橋南華克那頭的橋頭找你。我帶他來這裡，他叫醒了那孩子，轉述這個消息，那個孩子醒來時，抱怨『太早』就來打擾他，但是他立刻穿上破衣，跟著那位青年離開了，他只說閣下如果懂得禮貌，應該親自過來，而不是只派個陌生人，就是這樣。」

「就是你這個蠢材！蠢材，這麼容易就被騙，你全家都吊死算了！不過他可能尚未受到傷害。應

---

1 禮服旅館（Tabard Inn），在南華克開業五百年的旅館，自一三〇七年至一八三一年，之後歇業拆除，目前現址仍有紀念牌。

該也沒人打算傷害那個男孩。我得把他找回來。把早餐放在桌上。等等！床上的被子弄得像是有人躺在下面，這豈是巧合？」

「我不知道啊，閣下。我看到那個青年在弄被子，就是來叫男孩的那位。」

「殺千刀的！這麼做是為了騙過我，這麼做很明顯是為了爭取時間。你聽好！那個青年是自己一個人來嗎？」

「就一個人，閣下。」

「你確定？」

「確定，閣下。」

「集中你的精神，仔細想想，別慌張啊，老弟。」

這僕人想了一會兒，說道：

「他來的時候，沒人跟著他，但是我記得當他們兩人走進倫敦橋的人群中時，有個看起來像惡棍的男人從那附近衝出來，當他正要與他們會合的時候……」

「然後怎樣？快說！」邁爾斯失去耐性大叫，打斷他的話。

「然後人群就把他們兩人團團圍住，埋沒於其中，我接下來就沒看到了，因為老闆叫我過去，他很火大，因為有個代書點的羊膝忘了送去，雖然我對天發誓，這件事不能怪我，我就像未出世的小寶寶一樣的清白……」

「滾到我看不到的地方，你這白痴！廢話那麼多，快把我搞瘋了！停！你要跑去那裡？不能再等一下嗎？他們是往南華克去嗎？」

「正是如此，先生，還有，如我之前所說的，關於那可惡的羊膝，我就像未出世的小寶寶不能怪……」

「給我滾！還想廢話下去啊？給我消失，別逼我掐死你！」這名僕人馬上離開了，漢堂跟在他後面，越過他，三步併做兩步衝下樓去，喃喃道：「是那個宣稱那孩子是他兒子的下流惡棍。我把你弄丟了，我可憐的小瘋子主人，真是痛苦，我已是這麼的疼愛他！以書與鐘為誓，我沒弄丟他！我沒弄丟，因為我會搜遍全國各地，直到找出你在何方。可憐的孩子，他的早餐還在那裡，我的也是，但是我現在一點都沒胃口了，好吧，就留給溝鼠吃好了，快點，快點！就是要快點！」當他左鑽右突、敏捷地穿過倫敦橋上吵雜的人群時，他好幾次對自己說——他固執地抱持著這個想法，好像那個想法非常令人愉快：「他雖然抱怨，卻還是跟去了。他跟去了，是的，因為他認為那是邁爾斯．漢堂的請求，可愛的孩子，他一定不會為了其他人這麼做，我知道的。」

# 第十四章　先王駕崩，新王萬歲[1]

同一天早上的晨光中，湯姆．康迪從沈睡中醒來，在黑暗中睜開雙眼。他安靜地躺了一會兒，試著思索腦海中混亂的想法與印象，從中理出一個頭緒，然後他忽然發出興高采烈但謹慎的叫聲：

「我全都明白了，我全都明白了！感謝上天，我總算真的清醒了！前來吧，歡樂！消失吧，悲傷！喔，小南！小貝！踢掉妳們的乾草堆過來我身邊，來聽我說我作的夢，妳們聽了一定不會相信，那是夜晚精靈所編織過最狂野的瘋狂怪夢，用來把人嚇得魂飛魄散……喔，我說小南！小貝！……」

一個模糊的身影來到他身旁，接著一個聲音說道：

「需要傳達您的詔令嗎？」

「詔令？……慘了我，我認得這聲音！你說吧，我是誰？」

「您？事實上，您昨天是威爾斯親王，今天您是尊貴的陛下，英格蘭國王，愛德華。」

湯姆把頭埋在枕頭裡，悲哀地低語道：

「哎呀，這不是夢！親愛的先生，您去休息吧，讓我與傷心獨處。」

---

1　原文為拉丁文：Le Roi Est Mort — Vive Le Roi，「（舊的）國王死了，（新的）國王萬歲。」

湯姆又睡著了，沒一會兒，他做了這個快樂的夢：他在夢中覺得大概是夏天，他正在一片名叫好人牧場的美麗牧草地上一個人玩耍，忽然有個侏儒現身在他面前，這個侏儒只有一英呎高，駝著背，還有長長的紅鬍子，侏儒說：「挖那根樹幹旁邊。」他照做了，結果發現十二枚閃閃發亮的全新一便士硬幣——一筆可觀的財富！這還不是最好的事，因為侏儒說：

「我認識你。你是個好孩子，值得獎勵，你的不幸就要結束，獲得善報的日子來臨。每隔七天來挖此處，就可以得到同樣的財富，一次共十二個便士的全新硬幣。別告訴任何人，要守口如瓶。」

然後侏儒就消失了，湯姆帶著他的財富飛奔回渣滓院，他對自己說：「每天晚上我給父親一個便士，他會以為是我乞討來的，這會讓他開心，而我就不再挨打。那個教我念書的好心神父，每個星期應得一個便士，剩下來的四個便士全給我母親、小南與小貝。再也不用挨餓與穿破衣，再也沒有恐懼，沒有憂慮，也不受虐待。」

他在夢裡氣喘噓噓地跑回到破舊的家，但是興致高昂地雙眼亂轉，他把四個便士放進母親衣服下擺並大叫：

「它們都是給妳的！全部，每一枚都是！給妳還有小南與小貝，這些都是正當得來的，既不是乞討來的，也不是偷來的！」

快樂又驚訝的母親將他緊抱在胸前，大聲說：

「已經很晚了，陛下是否該起床了？」

啊，這並不是他預期中的回應。夢境遭無情地敲碎，他醒來了。

他睜開雙眼，衣著華麗的首席內寢大臣正跪在他的臥榻前，那個騙人的美夢所帶來的幸福感覺消失無蹤，可憐的男孩明白自己仍舊是個囚徒與國王。整個房間擠滿了披著紫色披風——那是喪服的顏色——的廷臣，以及國王身旁出身高貴的僕從。湯姆在床鋪上坐起，透過絲綢製的床帳看向這群華麗的團隊。

繁重的穿衣工作開始了，一邊穿衣的同時，一個又一個廷臣單膝跪地謁見小國王，為他遭逢父喪表達沈痛哀悼。一開始，帳前侍從武官拿起一件襯衫，傳給首席獵犬管理大臣，他再把衣服傳給二等內寢侍從，後者再把衣服傳給溫莎御林看守總長，再把衣服傳給三等側近侍從官，再把衣服傳給王室蘭開斯特公國首相，再把衣服傳給衣袍總管，再把衣服傳給諾羅伊高級紋章官，再把衣服傳給倫敦塔總管，再把衣服傳給首席宮內大臣，再把衣服傳給世襲尿布總管，再把衣服傳給英格蘭海軍大臣，再把衣服傳給坎特伯里大主教，再把衣服傳給首席內寢大臣，首席內寢大臣接過傳了一圈的衣服，穿在湯姆身上。可憐的小傢伙滿臉疑惑，這過程在他看來就好像救火時接力傳水桶一樣[1]。

每一件衣裳都要經過如此緩慢又莊嚴的程序；湯姆因此對這個儀式感到非常厭倦，厭倦到當他終於看到自己的絲綢短褲開始展開漫長的旅程時，心中簡直雀躍不已，因為穿衣工作總算進入尾聲。但是他高興得太早。首席內寢大臣接到短褲，正打算把湯姆的雙腳套到褲管中，他忽然滿臉通紅，連忙地把褲子回傳到坎特伯里大主教的手中，一臉驚慌地輕聲說道：「看呀，大人！」並指著連在褲子上的某樣東西。大主教先是臉色蒼白，接著滿臉通紅，把褲子傳給海軍大臣並輕聲說道：「看呀，大

1 這些官職名稱，除了衣袍總管（Master of Wardrobe）、倫敦塔總管（Constable of the Tower）、英格蘭海軍大臣與坎特伯里大主教實際存在外，其餘可能是原作者依歷史上曾存在的官職加以改寫。

人！」海軍大臣把褲子傳給世襲尿布總管時，已經呼吸困難到幾乎發不出聲音來：「看呀，大人！」這條褲子順著剛剛傳來的方向傳回去，一路傳給首席宮內大臣、倫敦塔總管、諾羅伊高級紋章官、衣袍總管、王室蘭開斯特公國首相、三等側近侍從官、溫莎御林看守總長、二等內寢侍從、首席獵犬掌理大臣——每傳給一人總是伴隨著驚慌失措的低語：「看呀！看呀！」——最後褲子總算來到帳前侍從武官手中，他臉色發青，端詳一陣，想找出造成這場大恐慌的原因，沒多久嘶啞地低聲叫道：「搞什麼鬼，褲子上的配件掉了下來！把國王的褲類總管關進倫敦塔裡去！」話才說完他就靠在首席獵犬掌理大臣的肩膀上恢復受到驚嚇而消失的力氣，此時全新的褲子正好送來，上面每條線都完好無損。

不過所有事情終有做完的時候，湯姆總算穿好衣服離開床鋪。有專門的官員倒水，有專門的官員幫忙盥洗，有專門的官員拿著毛巾站在一旁，不久，湯姆平安地完成一道道盥洗程序，準備接受王室理容總管的服務，當他全身上下經過這位大師雙手的整理後，外貌優雅有如女孩子般漂亮，身穿紫絲綢披風與燈籠短褲，頭戴插著紫羽毛的帽子。現在他威嚴地走向早餐廳，穿過宮廷中的人群，當他走過時，人群退開讓路並向他跪下。

用完早餐後，由重臣們與五十名持貼金戰斧的御前侍衛[1]隨行，依王室禮儀引導他前去王座廳，那是他處理國政的地方。他的「舅舅」赫福德爵爺，站在王座旁，負責提供睿智的建言輔助國王。

先王亨利八世生前指定了一群優秀的大臣作為他的遺囑執行者，這些人晉見，請求批准他們執行

[1] 御前侍衛（Gentleman Pensioners），原意為「受僱用的侍從」，亨利八世創設的國王貼身侍衛。

遺囑——這只不過是個形式，不過也不全然只是形式，因為此時尚未任命攝政。坎特伯里大主教宣讀了一份先王遺囑執行人委員會關於葬禮執行事宜的報告，在結尾時朗讀各遺囑執行人的簽名，他們是：坎特伯里大主教、英格蘭大法官、威廉．聖約翰勳爵、約翰．羅素勳爵、愛德華．赫福德伯爵、約翰．萊爾子爵、達勒姆教區主教古斯伯……

湯姆並沒有在聽，那份文件前面有一段文字讓他感到困惑。他轉過頭向赫福德爵爺耳邊低語道：

「他剛剛說何時舉行葬禮？」

「下個月十六日，陛下。」

「這是奇怪的愚行，他的身體能保存那麼久嗎？」

可憐的傢伙，他依然不熟悉王室禮儀，他習慣了看到渣滓院遭遺棄的死者以截然不同的處理方式草草了事。然而，赫福德爵爺跟他說了一兩句話讓他放下心。

一位國務大臣呈上樞密院提出的命令，裡面指定明天上午十一點接見外國大使，並希望國王能批准。

湯姆一臉疑問，轉向赫福德爵爺，後者低語道：

「請陛下批准。他們是代表各個國家的王室而來，向陛下您與英格蘭最近所遭受的重大傷痛致上哀悼。」

湯姆依指示照辦。另一位大臣開始宣讀一份文件，是關於先王的王室支出明細，過去六個月來總支出共二萬八千英鎊——這數量龐大到湯姆嚇得倒抽一口氣，當得知那筆支出當中還有二萬鎊欠款依然尚未支付時（原註10），湯姆嚇得又倒抽了口氣，然後，當他得知國王的國庫空空如也，而且他的一千兩百名僕人因為遭王室拖欠薪水而阮囊羞澀、困頓不堪時，又再倒抽了一次。湯姆焦慮地說：

「我們就要成為喪家之犬了，這很明顯吧。我們得要換棟比較小的房子，並且放僕從們自由離去，因為他們沒啥用處，只是浪費時間而已，而且設立那麼多干擾精神又羞辱心靈的職位真是讓人活受罪，他們實在不適合服侍人，除非那個人是個既沒有大腦也沒有雙手、無法自己做事的洋娃娃。我記得有棟比較小的房子就在魚市場旁，畢林斯門[1]附近……」

有人用力壓了湯姆的手臂一下，制止他說這些蠢話，也讓他臉上一陣羞紅，但是所有人臉上都沒有露出曾注意或關心這些奇怪話語的表情。

另一位大臣上來報告，先王在遺囑中提到，要授封公爵頭銜給赫福德伯爵、擢升他弟弟湯瑪斯．西摩爵士[2]成為正式貴族，並給予赫福德的兒子一塊位比伯爵的封地，同時還有另外一群重臣得到類似的頭銜加封，樞密院決議將在二月十六日召開會議，授予並確認這些爵位。與此同時，先王並沒有明文寫下要給予每個加封者多少適當的財產，來維持其爵位的開支，樞密院在這個事項上，明白先王的私人願望，認為下述的條件十分恰當，那就是：給予西摩年收入「五百英鎊地租的土地」，給哈福德的兒子年收入「八百英鎊地租的土地，如果之後有教區主教的土地成為無主地時，再另外給予年收入三百英鎊地租的土地」（原註11），希望現任國王樂意賜予。

---

1 畢林斯門（Billingsgate），英格蘭古老傳說，古倫敦的南城牆曾有個叫做畢林斯的水門，後來人們就將倫敦橋與倫敦塔之間的泰晤士河北岸地區稱為畢林斯門，並在十六世紀成為倫敦主要魚市場所在地。

2 湯瑪斯．西摩（Thomas Seymour, 1508~1549）。赫福德公爵的弟弟，授封為西摩男爵，並與亨利八世的遺孀帕爾夫人結婚，相傳他愛上跟隨帕爾夫人而來寄居的伊莉莎白公主。

湯姆正打算脫口而出，表示在揮霍先王的財產以前，應該先拿來償還欠債，但是心思細密的赫福德適時地觸碰他的手臂，讓他免於不得體的言行，他只能不發一語地批准，但是心裡非常不舒服。他坐著陷入自己的腦中世界，想像他正在創造奇妙又華麗的奇蹟，好讓自己開心點，此時他的腦海中浮現了一個快樂的念頭：何不封他母親為渣滓院女公爵，再給她一份財產？但是另一個讓人傷心的想法立即掃去了前一個念頭：他只是個名義上的國王，這些威嚴的老臣與大貴族們才是他的主人，對他們來說，他的母親只是因為發瘋而幻想出來的人物；他們頂多無法置信地聽完他的計畫，接著就會送他去看醫生。

這件無聊工作沈悶地持續下去。大臣宣讀陳情書，還有文告書，特許狀以及各種各類的公文，它們內容嘮叨、文字反覆、令人厭煩。湯姆悲哀地長嘆並喃喃自語道：「我到底做了什麼錯事，讓老天爺非要把我帶離田野、帶離自由的空氣、帶離陽光，把我關在這裡，讓我成為國王而受盡折磨？」他可憐的混亂腦袋不斷點著頭，不久就歪到肩膀上睡著了，接著王國的國政事務停頓了下來，因為這些事務都需要王權批准。睡著的孩子四周一片寂靜，國家的賢達之士們也都停止了他們的思辯。

上午，經過兩位保護者赫福德與聖約翰同意，湯姆與伊莉莎白女士及年輕的珍．葛雷女士共度大約一個小時的歡樂時光，只不過王室要員過世的重大打擊讓兩位公主心情沈重。這段歡樂時光的最後，「長姊」瑪麗——她就是日後歷史上的「血腥瑪麗」——拜訪，與她的嚴肅會面讓他不寒而慄，在他看來這場會面唯一的好處就是非常簡短。他有一小段獨處時間，然後一名大約十二歲的瘦小孩子前來晉見，他全身的衣服，除了雪白的襞襟與手腕上的帶子以外，無論緊身上衣、短褲與其他配件全都是黑色的，他並未佩戴服喪標記，而是在肩膀上繫著一條紫色飾帶結。他沒戴帽子，低著頭，有些遲疑地來到湯姆面前，單膝跪下。湯姆端坐不動，冷靜地注視著他一會兒。接著他說：

「平身，孩子，你是誰？有什麼事？」

這男孩站起來，優雅自在地站著，但是臉上帶著憂心的表情。他說：

「您應該一定記得我，陛下。我是您的挨鞭童。」

「我的挨鞭童？」

「是的，陛下。我是韓福瑞——韓福瑞．馬洛。」

湯姆發覺他那兩位保護者應該早點跟他說明眼前這個人的身分。現在狀況很微妙。他應該怎麼做？假裝他認識這孩子，然後每說一句話都會洩露他先前從未聽過這孩子？不，這樣行不通。他想到了一個解決問題的好主意：像這樣的意外其實很可能會不時發生，現在他兩位保護者赫福德與聖約翰因為身為遺囑執行人，經常會離開他的身邊處理緊急事務，因此最好自己想出個辦法，來應付現在這種突發狀況。沒錯，這會是個聰明的辦法，他可以拿這個男孩來測試，看看自己能成功的做到什麼地步。他為難地敲了敲前額好一會兒，不久他說：

「我似乎依稀記得你，但是我的心智受到阻礙，因為病痛而記憶不清……」

「哎呀，我可憐的主人！」挨鞭童大喊，語氣中充滿同情，接著他心想：「他們說的是真的，他心智喪失，唉，可憐的人！但是我交上了壞運，我怎麼忘了！他們說當他出錯時，不准露出察覺的表情。」

「這幾天真是奇怪，我的記憶莫名其妙與我作對，」湯姆說，「不過不用擔心，我正在慢慢痊癒，給我一點小提醒，我就能夠想起把忘掉的人名或事情。（而且不只是能想起我真的見過卻忘記的人與事，連本來從未聽過的，只要這孩子一說，我也可以『想』起來，這孩子很快會發現這點。）現在告訴我你是做什麼的。」

「那件事真的無足輕重，陛下，只是我還是會回答陛下的問題。兩天前，陛下在您的希臘文課裡錯了三次——就在早上上課的時候——記起來了嗎？」

「真・的・呢，我想真有這回事（這不太算是說謊，要是我真的去學希臘文，可不會只錯三次，而是四十次。）沒錯，我現在想起來了，繼續說下去。」

「老師他因為您的學習漫不經心又愚昧遲鈍而發怒，保證一定要為此好好地鞭打我一頓，而且……」

「鞭打你！」湯姆說，心中的震驚在臉上表露無遺，「為什麼他要為了我的錯而鞭打你？」

「啊，陛下又忘了。當您在課堂上犯錯，他總是會鞭打我。」

「真的，真的，我都忘了，你是我的個人家教，所以要是我沒學好，他就會認為你沒有善盡職責，所以……」

「哦，陛下，您在說什麼啊？我是您卑微的僕人啊，怎麼敢教您？」

「那麼你到底犯了什麼錯？你是在打什麼啞謎？到底是我真的瘋了，還是你瘋了？給個解釋，快說。」

「但是，請陛下明察，這應該沒什麼需要解釋，沒人能責打威爾斯親王神聖不受侵犯的身體，因

此當他犯錯時，都是由我來接受體罰，這是件合理又正確的事，因為那就是我的職責，也是我的謀生方式。」（原註12）

湯姆看著這個鎮靜的男孩，在心中忖道：「看呀，這是一件奇妙的事，真是最奇怪又不尋常的職業，我很驚訝他們沒有雇用一個男孩來幫我梳頭髮與穿衣服——天啊，他們真的有可能會這樣做！——如果他們真做了這件事，我寧願由自己承受鞭打作為交換，還感謝上天能做出如此交換。」然後他大聲說：

「所以，我可憐的朋友，老師照他所說的鞭打你了嗎？」

「不，陛下明察，我的處罰是定在今天，而且我懷疑可能會取消，因為在守喪期間做這種事並不適當，我不知道，所以斗膽來到這裡，跟陛下確認，關於陛下好心的答應幫我求情……」

「向老師求情？讓你免受鞭打？」

「啊，您記起來了！」

「你看看，我的記憶慢慢恢復了。你就放心吧，你的背部會毫髮無傷，我會確認這點。」

「哦，多謝大人！」男孩大喊，再度單膝跪下。「或許我已太過逾越，只是……」

看到韓福瑞吞吞吐吐的樣子，湯姆鼓勵他繼續說下去，並說他現在「或許會答應。」

「那麼我就說出來了，這件事讓我深切擔心許久。因為您不再是威爾斯親王，已繼位為國王，您可以照自己的意願下達命令，沒人能反對；所以，合理的猜想，您應該不會再折磨自己去念那些可怕的書，而是會燒了這些書，改去做些自己喜歡的事。那麼我就毀了，連我沒了雙親的妹妹們都跟我一起毀了！」

「毀了？請說明怎麼會毀了？」

「噢，高貴的陛下，我的背就是我家的麵包來源啊！如果我的背不挨鞭子，我就要挨餓了。如果您停止上課，您就不再需要挨鞭童，那麼我的工作就沒了。請別趕我走啊！」

這可憐的困境讓湯姆為之動容。他慷慨地說：

「不用再擔心了，孩子。你的職位將會永遠屬於你與你的子孫。」他以劍脊在這男孩一邊肩膀上輕拍了一下，大聲說道：「平身，韓福瑞・馬洛，英格蘭王室的世襲大挨鞭童！不用傷心，我會重拾我的書本，並且學習得很糟糕，讓你職務的工作量大為增加，讓他們得公正地付你三倍薪水。」

高興的韓福瑞熱烈地回答：

「多謝，噢，最高貴的主人，如此寬大的慷慨賞賜，完全克服了我對未來的不安，我會一生幸福，馬洛家族所有後代也一樣。」

湯姆夠聰明，知道這個孩子對他很有用。他鼓勵韓福瑞多說一些事，而後者也非常樂意照做。他非常高興地相信自己是在幫湯姆「治療」，因為他注意到，每當他幫心智受損的湯姆回想，提到在王宮內的王室專用教室或其他地方所發生的許多細節，接著湯姆總能很清楚地「回想起」當時發生的事。一個小時後，湯姆發現自己已經很清楚許多關於宮廷內人與事的有用情報，所以決定每天都要從他身上得到許多有用的教導，為此，他下了命令，當韓福瑞進宮時，只要英格蘭至尊沒有接見其他人，他就可以直接進入國王的房間。

韓福瑞才剛離開，赫福德爵爺就帶著更多麻煩事前來晉見湯姆。他說國會的議員們，擔心國王健康受損的嚴重傳聞可能已經洩露並廣為流傳，他們認為陛下這一、兩天內，應該開始公開用餐，只要他氣色良好，步伐有力，在謹慎守護者的引導下，表現出合宜的言行舉止與從容優雅的態度，就可以確實平息民眾的騷動——要是任何邪惡的謠言已經散播出去的話——這比其他任何計畫都還來得更有效。

赫福德繼續巧妙地教導湯姆，在莊嚴的正式場合應該遵行哪些禮節，並以「提醒」湯姆他本已經知道的事情為勉強的藉口。但令他極度驚喜的是，湯姆在禮節方面並不需要太多協助——他已經利用韓福瑞學會這方面的事，因為韓福瑞早就聽到宮中流傳的耳語，告訴湯姆過幾天他就要在公眾面前用餐。只不過，湯姆把韓福瑞的事當作自己的小祕密。

看到國王的記憶力有了改善，伯爵大膽地以明顯不著痕跡的方式對他做一些小測試，想知道究竟改善了多少。結果就某些方面而言，令伯爵非常開心——就是韓福瑞曾經提醒湯姆的那些方面——大致上伯爵覺得非常高興而且受到鼓舞。正因為受到相當鼓舞，他滿懷希望地問道：

「現在我相信如果陛下肯再稍微用心回想，就能夠解決大國璽下落的窘境，在昨天要用印的重要時刻發現它遺失了，雖然今天暫時用不到，因為隨著先王過世，使得國璽的效力中止。陛下您願意試試看嗎？」

湯姆一聽有如置身茫茫大海，一枚國璽，他完全聽都沒聽過的事物。經過好一陣子的遲疑，他抬頭一臉單純地問道：

「大人，那是什麼東西？」

伯爵幾乎不動聲色地開口低聲自言自語：「哎呀，他的心智又飄走了！恐怕別再逼他回想才是好主意。」接著馬上機敏地改變話題，想把那枚不幸的國璽從湯姆的腦海中抹掉，這個目標倒是輕易就達成了。

## 原作者註

原註10：休謨，《英格蘭史》。

原註11：休謨，《英格蘭史》。

原註12：挨鞭童。英王詹姆斯一世與查理二世在童年時期都有自己專屬的挨鞭童，當他們上課達不到要求，挨鞭童代替他們受罰；我個人則是基於自己創作上的需求，大膽地創造出一個給我們的小王子。

# 第十五章　湯姆身為國王

隔天，各國大使來訪，身後都跟著光鮮亮麗的隨從群。湯姆無比莊嚴地坐在王座上接待他們，起初，絢爛的場景感讓他目不暇給，也燃起他的想像力，但是冗長又乏味的謁見儀式以及同樣冗長又乏味的對話，讓原本愉快的儀式，不久漸漸變得既累人又讓人想家，湯姆說出赫福德再三教導他的講詞，並努力表現得盡善盡美，但是他實在太不熟悉這些事務，而且太過緊張，以至於這次行程只能算是勉強成功。他外表看起來國王架勢十足，但是他一點也不認為自己是那塊料。他為了儀式總算結束由衷感到高興。

以他的觀點來看，今天一整天的時間都「浪費」——他在心中對自己這麼說——在耗費力氣處理國王的事務上。即使有兩個小時的國王專用休閒時間，對他來說不過是另一種負擔，因為這些活動是如此受到繁文縟節約束，因而限制重重。不過他仍然有一個小時私人時間與他的挨鞭童相處，他認為這個小時算是有收穫，因為既可以得到休閒，又可以得到所需的情報。

湯姆國王治下的第三天，一如過去兩天一般來了又過去，但是他的陰霾總算稍稍散去，他不再像一開始那樣感到不自在，他正一點一滴地習慣四周的狀況與環境，他依然對無形的枷鎖感到困擾，但不再時時刻刻如此。他發現出席公眾場合接見重要賓客所帶來的折磨與尷尬，隨著他每個出神物外的時刻，而急遽減輕。

但有單單一件事，讓他對第四天即將到來感到萬分苦惱：那就是要在公眾面前用餐。從那天起，就要開始公開用餐，還有其他更重要的計畫——他必須在那天主持一個會議，將就英格蘭將遵從何種外交政策，以與分散廣大地球遠近的世界各國交流，提出見解與決議；在那天，赫福德也將正式接受任命成為攝政大臣；第四天還安排了其他的要事，但是對湯姆來說，這些要事比起獨自一人在公眾面前用餐這項考驗，都只是小事一樁，有那麼多雙好奇的眼睛全都盯在他身上，而且有那麼多張嘴巴對他的舉止表現品頭論足，如果他又不幸犯了什麼錯，流言蜚語一定沒完沒了。

不過，沒有什麼可以阻止時間流逝，所以第四天到了。湯姆那天無精打采且心神恍惚，這狀況一直持續，他怎麼也擺脫不掉。他忙著處理每日早晨的例行公事，讓他感到疲倦，再度覺得自己身上的束縛沈重。

近午時分，行程排定要儀式性謁見一大批高官與廷臣，他身處一間大型謁見室，一邊與赫福德伯爵交談，一邊無聊地等候謁見時間到來。

湯姆信步走到窗邊，看著王宮大門外的大馬路，對大馬路上的人生百態與一切動靜興致勃勃——不只是閒來無事的那種興趣，而是全心全意地渴望成為那混亂與自由當中的一份子——沒多久，他看到一大群喧鬧叫囂不休、毫無秩序的人群，裡頭都是階級最低且最貧窮的男女與小孩，從大馬路的另一頭，向著這邊而來。

「我想知道發生什麼事！」小男孩對這種事的好奇心讓他大叫道。

「您是國王！」伯爵帶著敬意，莊嚴地回覆道，「陛下允許我前去傳達嗎？」

「噢，太開心了，是的！噢，樂意之至，是的！」湯姆興奮地大叫，一陣鮮明的滿足感湧上心頭，他自言自語：「老實說，當國王也不全是悲慘的壞事，當國王也有它的好處與方便。」

伯爵叫來侍童，派他去向衛兵隊長傳令。

「奉國王的命令！叫那群暴民停下，並詢問他們，是要去參加什麼活動，」

幾秒後，一長排身裹著閃亮鋼甲的王室衛兵從大門出發，列隊在馬路中央，擋在那群人面前。一名信使回來報告，表示這群人跟在一個男人、一個女人與一個少女後面，想觀看他們三人處刑，他們因侵犯了這個國家的和平與尊嚴而遭判死罪。

處死——還是暴力地處死——這些不幸的可憐人！如此想法折磨湯姆的內心。同情心支配了他的思緒，壓過了一切其他考量，他沒想過他們侵犯了什麼法條，或者這三個犯人對受害者造成什麼樣的傷痛或損失，他只想到絞刑臺，與犯人頭吊在上面的可怕命運。他的關心使他一下子忘記他只是個虛假的國王，不是本人，還沒來得及想到這點，一道命令脫口而出：

「把他們帶來這裡！」

接著他面紅耳赤，本想表達歉意，話來到嘴邊，他卻看到伯爵與侍童都毫不訝異地執行他的命令，於是把原本想說的話吞了回去。侍童很理所當然地向他鞠躬，退出這個房間傳達命令。湯姆感到一陣自豪的喜悅，再度發覺擔任國王這職位所帶來的——足以補償其不便的——好處。他對自己說：「真的就跟我以前讀了老神父的故事書，幻想自己成為王子時的感覺一樣，制定法條，對所有人發號施令，說著『做這個，做那個』而且沒有人敢敷衍或違抗我的意志。」

現在房門開啟，報上一個接著一個有名的頭銜，擁有這些有名頭銜的人群走進來，這大廳一半的地方很快擠滿了衣著華麗的貴族。但是湯姆幾乎沒有察覺到他們的存在，他全心全意、徹底地被另一件更有趣的事吸引，他心不在焉地坐在王座上，一臉迫不及待地望向門口。看到這情況，這群大臣沒有打擾他，只是彼此聊些混著公眾事務與宮廷八卦的話題。

過了一會兒，軍人規律的步伐聲接近，一名副保安官[1]帶領犯人們，在一隊禁衛兵護送下來到國王面前。那名官員先跪在湯姆面前，接著起立站到一旁，三名犯人也跪在國王面前，之後一直跪著，而衛兵則站在湯姆的椅子後面。湯姆好奇的打量著犯人，男人的衣著與長相勾起了一絲模糊的印象。「我想我以前見過這個男人……但想不起來在什麼時候、哪個地方。」他正這樣想，就在此時，剛好那男人很快抬頭往上一瞥，接著迅速再度低下面孔，不敢直視統治者令人敬畏的天顏，但是這麼一瞥，已經足夠讓湯姆看清對方的面貌。他對自己說：「我知道了，他就是在冷颼颼的元旦那天，從泰晤士河拉起吉爾斯．威特，救了他一命的陌生人，那真是個勇敢的義舉，可惜他居然犯下卑劣的罪行，落到這種悽慘的下場……日期與時間我都記得很清楚，因為他救人之後一個小時，大概十一點左右，我沒能逃過康迪老太婆的痛揍一頓，那頓毒打真是空前絕後，跟那天比起來，她在其他時候的狠

[1] 副保安官（under-sheriff），古代英格蘭沒有警察制度，君王或各領主任命保安官（sheriff）代為管理各郡治安，副保安官為保安官副手。

揍，簡直成了寵愛與愛撫。」

湯姆下令將女人與少女帶離眼前片刻，接著與副保安官對話：

「這位長官，這男人犯了什麼罪？」

官員跪下答道：

「回陛下您的話，他下毒殺死一名被害人。」

湯姆對囚徒的同情，與對奮勇拯救溺水男孩者的欣賞，受到極大震撼。

他問道：「他犯案證據確鑿嗎？」

「非常確定，陛下。」

湯姆嘆了口氣，說道：

「把他帶走，他自取死路。真可惜，他曾有顆勇敢的心，不，不，我是指他看起很勇敢！」

那個犯人湧起一股突來的力氣扣住雙手，絕望地緊緊互掐，同時用斷斷續續且恐慌的語句向「國王」哀告陳情：

「噢，國王陛下，如果您同情死者，也請同情我吧！我是無辜的，他們用捕風捉影的證據就控告我。不過我所要說的並非這點，法官就是要冤枉我，我的死刑判決已經無可更改，但在我生命的盡頭，我祈求恩賜，因為我的處刑超過我所能承受。發發慈悲，發發慈悲啊，國王陛下！請您憐憫，接受我的祈求：改判我接受絞刑吧！」

湯姆感到訝異，這結果出乎他的意料之外。

「怪事，這什麼奇怪的恩賜！難道你的判決不是絞刑？」

「陛下聖明，不是的！我的判決是活活煮死！」這句可怕的話讓湯姆嚇得差點從椅子上彈起來。當他心情一平復，立即叫道：

「可憐的人，我答應你！就算你毒死一百人也不該死得這麼慘。」

這犯人鞠了個躬，臉幾乎貼到地上，連連說了好幾句表達誠摯謝恩的話，最後一句是：

「萬一您將來遇上不幸──老天保佑千萬別讓它發生──希望您今天恩賜予我的好意，能夠得到人們的追憶與回報。」

湯姆轉身對赫福德伯爵說：

「大人，真是不敢相信，現在竟然還有如此殘暴的判決？」

「陛下，法律明文規定，下毒者就是如此懲罰。在日耳曼，鑄造偽幣的犯人要下油鍋炸死，不是一下子就丟進去，而是用繩子綁著一點一點放進去；先是雙腳，再來是雙腿，接著……」

「噢，別再說了，大人，我快聽不下去了！」湯姆叫道，他雙手摀眼以免想像起那種畫面，「我懇求賢明的大人，接受我下令，更改這條法律。噢，別讓更多可憐人受到殘酷折磨。」

伯爵臉上洋溢著衷心喜悅，因為他是個慈悲又慷慨的人，在那個殘暴的年代，在他那個階級中，這樣的人並不常見。他說：

「您仁慈高貴的一句話已經廢除了這項殘忍刑罰。歷史將會記得您為王室所帶來的榮耀。」

副保安官正打算帶走犯人，湯姆向他比個手勢要他停下，接著他說：

「這位長官，我想再深入了解這件事。這男人說他的犯案證據是捕風捉影，告訴我你所知道的內情。」

「回陛下的話，審問的時候，案情的敘述如此：這男人進入伊斯靈頓[1]小村落裡的一棟房子，房裡躺著一個病人，三名目擊者說早上十點看到他走進去，另外兩個說是十點過後幾分鐘，那時病人自己一人在屋內睡覺，不久這男人又從屋內走出離開。那個病人反胃又嘔吐，一小時後就死了。」

「有誰看到下毒嗎？毒藥有找到嗎？」

「哎呀，沒有，陛下。」

「那怎麼知道是有人下毒？」

「回陛下，醫生認為除非遭人下毒，不然不會死於那種症狀。」

在那個幼稚的年代，這算是鐵證如山，湯姆也明白這句證詞不容忽視，並說：

「醫生明白自己的專業，他應該是對的，這證據看起來對這可憐的男人不利。」

「陛下，不只如此，還有更多更不利的證據。很多人都作證說有巫婆——事發後，她就已經離開村落，不知所蹤——曾經預言，私下對他們說，那個病人將會中毒而死，而且，是遭一名陌生人下的手，是個有著褐髮、穿著破爛普通外衣的陌生人，而且這名囚徒又已經自白認罪了。既然這起罪行早被預言說中，請陛下明察，判決在這個狀況下所應當判予的嚴刑。」

在那個迷信的年代，這論點很有說服力。湯姆認為這件事已經塵埃落定，證據說明了一切，這可憐的傢伙罪證確鑿。他還是給這個犯人機會，說道：

[1] 伊斯靈頓（Islington），源自一〇〇五年薩克遜人的古地名：吉瑟爾堂（Giseldone），後轉音為英文伊斯靈頓。原本是倫敦城牆外的自治聚落，後發展為都市，目前是大倫敦都會區底下的伊斯靈頓自治市。

「你對這個行為有什麼要辯駁的，快說吧。」

「我提不出有利的證據，吾王，我是清白的，只是我提不出證據來。我沒有朋友，不然我就可以提出我那天不在伊斯靈頓的不在場證明；如果我有朋友，我也可以證明其實那時候我離那裡超過一里格[1]，人正在華賓老階梯[2]；還有，吾王，我就可以證明，他們說我在殺人的時間，其實我正在救人，而且我救成了，救了個溺水的男孩……」

「安靜！保安官，說出這件事發生的日期！」

「早上十點，或者還要晚個幾分鐘，那是光輝燦爛的新年元旦……」

「釋放這個犯人，這是國王命令！」

這句不像國王的唐突發言，讓他緊接著面紅耳赤，為了盡可能掩飾自己的無禮，他又說：

「我很生氣，居然以這種毫無根據又愚蠢的證據就要吊死一個人！」

低聲又模糊的讚美在人群中傳開。這並不是在讚美湯姆發表的判決，因為饒過已經定罪的犯人這件事，其正當性或權宜性不足，很少人可以接受這樣的事，也不認為這樣值得讚美。不，大家的讚美是因為湯姆表現出的機智與勇氣。一些人對這些事低聲評論道：

「國王並沒有瘋，他心智正常的很。」

「他問的問題是如此理智，對這件事的處置粗魯又專斷，跟他生病前的天性是那麼的相像。」

1 里格（league），歐洲古老長度單位，一里格約等於三英哩。

2 華賓老階梯（Wapping Old Stairs），華賓是薩克遜古地名，位於倫敦塔東邊的泰晤士河北岸，原本充做船隻卸貨港，為了方便船夫作業，這個地區建有許多通往河灘的石造樓梯，因而得名。

「謝天謝地，他的病好了！他現在不是個弱者了，是個王者。他生來就像他父親一樣是個王者。」

空氣裡充滿了喝采，湯姆一定有聽到一些，這些喝采產生的效果讓他覺得無比自在，也讓他心中充滿無比的滿足感。

然而他年幼的好奇心馬上高漲，超過這些愉快的想法與感覺，他熱切想知道那個女人與少女到底是犯了什麼要命的過錯，所以他下令把那兩個嚇壞了正啜泣的犯人帶來他面前。

他詢問保安官：「她們做了什麼？」

「回陛下，她們被控使用黑魔法犯罪，而且罪證確鑿，因此法官宣判依法處以絞刑。她們把自己出賣給惡魔，這就是她們所犯的罪。」

湯姆顫抖了一下，以前有人教他要憎恨這種做邪事的人。不過，他可不想剝奪自己滿足好奇心的樂趣，因此開口問道：

「在哪裡做的？何時做的？」

「十二月某天半夜，在一間頹圮的教堂，陛下。」

湯姆又顫抖了一下：「有誰在現場？」

「陛下，就她們兩個，還有惡魔。」

「她們有招認嗎？」

「沒有，陛下，她們拒絕招認。」

「那麼請告訴我，怎麼知道是她們做的。」

「陛下聖明，有幾位目擊者看到她們去那裡，因此懷疑她們，還發生了悲慘的事件，證明是她們所作所為，坐實了對她們的指控。特別是，有證據顯示，她們用和惡魔交易所得到的力量召喚暴風雨，摧毀了教堂四周的區域。有超過四十名目擊者可以證實有這場暴風雨，其實目擊證人可能高達一千人，每個人都因此蒙受損失，所以每個人都記得這件事。」

「這確實是件嚴重的事。」湯姆心中反覆思考著這件惡行的卑劣之處，接著問道：

「這女人也因為暴風雨而受害了吧？」

人群中幾個老成的人看出問題背後所包含的智慧而頻頻點頭，然而這位保安官並沒看出這個問題與案件有何關聯，他單純地直接回答：

「是的，陛下，她也受災了，而每個人都認為那是罪有應得。暴風雨掃倒她的住所，她與自己的孩子都無家可歸。」

「我認為，這股力量是她用非常昂貴的代價換來的，卻造成她如此慘重損失。她被騙了，就算她只付了一枚花星幣買這個力量也是被騙，更何況她還是付出自己與孩子的靈魂為代價，這證明她瘋了，如果她瘋了，那麼她根本不知道自己在做什麼，所以她應該是無罪的。」

幾個年老的人再次認同湯姆的智慧而頻頻點頭，其中一人喃喃自語道：「如果國王真如傳聞所說發瘋了，那麼這是一種還可以使人更加聰明的瘋病，我敢說，得到這種病真是上帝的恩賜。」

湯姆問道：「這孩子幾歲？」

「回陛下，九歲。」

湯姆轉身問一位博學多聞的法官：「依據英格蘭的法律，一個孩子能夠簽訂契約出賣自己嗎，大人？」

「陛下聖明，法律不允許孩童簽訂或處理任何重大的事務，因為未成年人的心智無法妥善面對大人圓滑成熟的心智與詭計多端的邪惡心腸。惡魔如果想要的話，大可以買下一個孩子，而且那個孩子也盡可簽約同意，只要那個孩子不是英格蘭人，若他是英格蘭人的話，契約在法律上無效。」

「出賣靈魂的指控聽起來就像野蠻的異教徒迷信，而且不合情理，因為英格蘭法律明定英格蘭人無權出賣靈魂給惡魔！」湯姆耿直地大叫。

這個新奇的觀點讓許多人興奮得臉上浮現笑容，許多人記住這件事，準備到宮廷裡宣傳，證明湯姆不僅心智逐漸恢復健全，還很有創造力。

那年紀較大的犯人已停止啜泣，興奮且滿心期待地仔細聽著湯姆說話。湯姆注意到這點，對她身處如此危險又不友善的情境深表同情。不久他問：

「她們如何召來暴風雨？」

「陛下，她們脫下自己的襪子。」

這使湯姆感到震驚，也燃起他的好奇心。他熱切地說：

「太棒了！這樣就一定能造成可怕的結果嗎？」

「是的，陛下，至少如果這女人想要的話，再加上唸咒語，心中默唸或唸出聲來都有效。」

湯姆轉身面向那個女人，以衝動的熱誠說道：

「展現妳的力量，我想看場暴風雨。」

迷信的人群一下子都臉色發白，有位將軍雖然沒表現出來，但非常想離開這地方，但湯姆完全沒有察覺所有人的反應，他對一切充耳不聞，滿心只想要看見一場大動亂，看到女人臉上迷惑又震驚的樣子，他興奮地補充道：

「別怕，妳不會因此受責，還有，我會放了妳，沒人會對妳怎樣，展現妳的力量。」

「噢，國王大人，我沒有那種力量，那是對我的不實指控啊！」

「妳還在害怕，開心點，妳不會受到任何傷害。製造一場暴風雨，不管規模多小都行，我不要求風暴很大或者具有破壞力，當然我其實喜歡大一點，趕快召來我就饒妳一命，妳可以跟妳的孩子一起獲得釋放，帶著國王的赦免，在全國各地都免於傷害或憎恨。」

那個女人拜倒在地，流淚主張她沒有力量創造奇蹟，不然的話，既然要服從國王的命令才能得到這麼寶貴的恩典，她會很樂意照辦，而且只求單單拯救她小孩的性命就好，犧牲她自己，她也心滿意足。

湯姆一再催促，這女人依然堅持自己的看法。最後，他說：

「我想這女人說的是實話。我母親如果與她處境相同，又擁有惡魔的法力，只要能拯救我遭判處死刑的小命，她一定毫不遲疑，馬上召來暴風雨摧毀整個國家！顯然全天下的媽媽都是一樣的。這位善良的太太，妳自由了，妳與妳的孩子都自由了，因為我認為妳們是無辜的。現在妳們不用害怕，有件事要麻煩妳：脫掉妳們的襪子！如果能為我召來暴風雨，我就賜妳榮華富貴！」

死裡逃生的囚徒大聲謝恩，並接著服從王命，讓湯姆帶著熱切的期望與些許不安看著，同時朝臣們也很明顯的面露不安與不自在。那個女人脫下自己還有少女腳上的襪子，顯然她已經盡最大的努力，想發動一場地震，回報國王的恩賜，但卻失敗了，讓他很失望，湯姆嘆氣說道：

「好，善良的人，不用再麻煩了，妳的力量離妳而去。安靜地走吧。哪天如果妳的力量又回來，別忘了替我帶來一場暴風雨。」（原註13）

# 原作者註

原註13：赫福德的人格。年幼的國王與他舅舅十分親近，而他大體上是個穩健又正直的男人。

——休謨，《英格蘭史》第三卷，第三二四頁。

不過雖然他（攝政大臣）因為專擅過度而受到抨擊，但他在會期內通過的許多法案應該受到極大的讚揚，藉由這些法案，大幅減輕以前過於嚴厲的法令，也給予憲政自由一些安全保障。在英王愛德華三世在位第二十五年立法規定以後，所有過去擴大解釋的判亂重罪，都遭到廢除，包括前任國王任期內頒布的所有擴大解釋重罪範圍的法令、所有之前針對羅拉德教派與異端的法令，[1]以及所有的六要點法令。[2]若有人說了大逆不道的言論，說出口後，過了一個月的追訴期，就不會再追究。經由這幾次立法廢止舊法，得以廢除一些過去英格蘭所通過的史上最嚴酷法令；至此人民在公民自由與宗教自由兩方面有了初步的曙光。還廢除了國王對所有法律的否決權，過去這項否決權使得國王的聲明，在法律上的地位跟成文法條一樣有效。

——休謨，《英格蘭史》第三卷，第三三四頁。

1 羅拉德教派（Lollardy），反對教廷某些規定的基督徒，羅拉德在中古荷蘭語中意為抱怨者，帶有貶意。

2 六要點（Six Articles），亨利八世時立法，六種行為可視為判亂重罪。

活煮至死。英格蘭國會在亨利八世統治時期立法通過，下毒者依法活活煮死。這法條在亨利八世死後就廢除了。

日耳曼地區就算到了十七世紀，這種恐怖的刑罰依舊用於懲罰鑄造偽幣或印假鈔的犯人身上。船夫詩人泰勒（John Taylor, the "Water Poet", 1578~1653）曾經描述一六一六年時他在漢堡看過這種處決過程。法官宣判一位偽鈔犯應該「在熱油裡煮死：不可以一次就丟進鍋子裡，而要用滑輪與繩索繞過他的腋下吊起來，然後一點一點放進熱油中；先放雙腳，再放雙腿，如此才能將他活生生煮到骨肉剝離。」

——J. 漢默．川布爾博士（Dr. J. Hammond Trumbull）著《藍色法律之真假》（*Blue Laws, True and False*），第十三頁。

最有名的襪子案例。亨丁頓（Huntingdon）一個婦女與她九歲的女兒，被控出賣她們的靈魂給惡魔，並脫下她們的襪子引發一場暴風雨，因此都遭到絞刑。

——前引書，第二〇頁。

# 第十六章　公眾盛宴

用餐的時刻逐漸接近，不過，很奇怪的，這個想法只為湯姆帶來些許不自在，絲毫沒有恐懼感。今天上午的經驗，已美妙地建立起他的自信，可憐的小灰貓已經逐漸熟悉這奇怪閣樓中的生活，才經過四天的適應，就比成年人待上一個月還要熟悉。這個例子，真是前所未有地鮮明顯示了小孩子適應環境的能力。

當湯姆為即將參與的盛事準備時，讓我們享受一下特權，先很快地來到宴會大廳一窺那邊的狀況。這是一間廣大的房間，內有漆金柱子與壁柱，以及繪有壁畫的牆壁與天花板。門口兩旁站著高大警衛，他們有如雕像般挺立，穿著華麗如畫的衣裳，手持長戟。房間四周高聳的看臺上，有一群樂師與許多衣著華麗的男女公民。房間中央突起一座平臺，充做湯姆的餐桌。現在且看古老《年代紀》的描述：

> 一名紳士手持儀仗進入房間，後面跟著另一人拿著桌布，兩人萬分恭敬地下跪三次後，才在桌面上攤開桌布，接著又跪下一次，才雙雙退下；接著又進來另外兩人，其中一名依舊拿著儀仗，另一名拿著一罐鹽壺、一只盤子與一條麵包；他們如前一批人一樣跪下行禮，然後把帶來

的東西擺放在桌子上，又如同之前的侍從一般行禮退下；最後進來兩名衣著華麗的貴族，其中一名帶著一把餐刀，他們用極其優雅的禮儀拜伏在地板上三次，然後靠近餐桌，用桌上的麵包與鹽擦拭桌面，敬畏的神情有如國王就在面前一般。（原註14）

莊嚴的準備工作至此結束。現在，在迴廊深處響起號角回聲，與一陣朦朧的叫喊：「國王駕臨！讓路給最英明的國王陛下！」這些聲響不停地重複，越來越近，不久近在耳邊，軍人答數般的響亮吼聲不斷喊著：「讓路給國王！」在這瞬間，一支華麗的隊伍出現了，整齊的來到門口列隊。再來看看《年代紀》如何描述：

> 首先上前的是侍從、男爵、伯爵、嘉德騎士，所有人都穿著華貴的衣裳並脫帽；接著走進來的是大法官，走在兩人之間，其中一名拿著王室的權杖，另一名拿一把插在紅色劍鞘裡的王國之劍，上面鑲嵌著金色鳶尾花飾，劍尖朝上；接下來國王本人進場，隨著他的出現，十二支號角與無數小鼓齊聲大響致敬以表歡迎，同時所有站在看臺上的人都大聲喊出：「天佑吾王！」國王側近的貴族們跟在他身後，他的左右兩旁是他的儀仗隊，以及那五十名拿著漆金戰斧的御前侍衛。

一切是如此美好與歡樂。湯姆的脈搏加速，眼中閃爍著愉快的光芒。他的舉止十分優雅，又因為他整個人已經全然沉迷於美妙場面與悅耳音樂之中，使得他完全沒有思考該怎麼做，因而顯得更怡然自得；除此之外，穿著這麼漂亮又合身的衣裳，任誰都會舉止優雅，而且他早就已經悄悄地適應了這些衣物，特別是當他完全沒意識到這些衣服的存在時。湯姆記起他所受的教導，依照要求輕點戴著羽飾帽子的頭向群眾致意，然後禮貌地說道：「謝謝你們，我優秀的子民。」

他在餐桌前坐下，並沒有摘下自己的帽子，而且一點都不覺得尷尬，因為戴著帽子進食的習慣是王室與康迪家族的唯一共同點，對於這古老的愛好兩個家族不分軒輊。華麗的隊伍分散開來，排成各種如畫一般的隊形，他們依然未戴帽子。

現在，在悅耳的音樂中，御林衛士[1]進場，「他們是經過嚴格挑選，全英格蘭最高最壯的男人。」但我們還是讓《年代紀》告訴我們吧：

> 御林衛士脫帽進場，穿著深紅色衣裝，背後繡著一朵金玫瑰；他們來回走動，每一次都端來一道放在大盤上的成套佳餚，再由一位紳士以同樣的順序接過這些佳餚，並擺在餐桌上，同時試食官命每位端餐前來的衛士，都嘗一口自己所送上的佳餚，以免有人下毒。

湯姆這餐仍然吃得很順利，儘管他感覺到有數百雙眼睛一直盯著他所吃的每一口餐點，興致盎然的看著他吃，那興趣之強烈，不下於一場致命的爆炸，彷彿要把他給全身炸開，四散在宮中四處一

[1] 御林衛士（the Yeoman of the Guard），英王亨利七世創立於一四八五年，也是國王的貼身侍衛，制服為紅色與金色，是現存最古老的英國王家禁衛部隊，目前入團成員以英國陸軍、王家陸戰隊與王家空家的士兵為主。

樣。他小心翼翼不慌不忙，並同樣注意什麼都不要自己動手，只要等著適合的官員跪下來幫他做就好。他並沒有犯下任何錯誤，完美無瑕地成功度過晚宴。

這場盛宴終於結束，他在鮮明隊伍的簇擁之下離開，歡愉吵鬧的號角、鼓聲還有如雷的喝采聲傳到他的耳裡，他過去曾認為在公眾面前用餐是最糟糕的事，現在他認為他非常樂意每天忍受幾次如此的折磨，只要這件事能讓他從更可怕的王室職務中解脫出來。

## 原作者註

原註14：雷．漢特（Leigh Hunt, 1784~1859）所著《小鎮》，第四〇八頁，內容引用一位早年的遊人說法。

# 第十七章　蠢蠢一世

邁爾斯．漢堂急匆匆地沿著橋走向南華克那一側的橋頭，一路仔細搜尋他所要找的人，他滿懷希望，期待能立即追上他們，可是，現實讓他失望了，而透過詢問路人，他在南華克又繼續追蹤了一段路，然後就斷了任何蹤跡。下一步該怎麼辦，他毫無頭緒，不過，這天剩下的白晝時間，他還是盡一己所能繼續尋找，到了黃昏時分，他雙腿疲憊不堪、餓得半死，但是還是一樣找不到任何線索，於是，他在禮服旅館吃過晚餐就上床睡覺，決心第二天起個早，把這個城鎮搜個遍。正當他躺著一邊思考想一邊計畫，不一會兒，他開始這麼推論：男孩一有機會，一定會逃離那個自稱他父親的惡棍身邊，若是如此，他會回到倫敦，去他原來的出沒之處嗎？不，他不會這麼做，他會避免再被逮住。那麼，他會怎麼做？他遇到邁爾斯．漢堂以前，在世界上孤苦無依，從來沒有過半個朋友，也沒有保護人，他自然會試著再去找那個朋友，只要尋找過程不用回到危機四伏的倫敦就行。他會前往漢堂府邸，這才是他合理的選擇，因為他知道漢堂正在回家的路上，他會期望在那兒找到他。是的，漢堂把事情想得很清楚：他不能再在南華克浪費任何時間了，要立刻動身，穿過肯特郡，朝僧侶低地去，在森林裡搜尋，邊走邊打聽消息。現在，讓我們回頭來講這這位消失的小國王。

倫敦橋上旅館的服務生，說見到一名惡棍正要與那個年輕人以及國王「會合」，不過確切地說，那名惡棍並沒有與他們會合，而是緊隨其後，跟著他們的腳步。他一言不發。左胳膊懸在吊帶中，左眼上頭戴了一大塊綠眼罩，腳有點跛，拄著根橡樹枝當拐杖。年輕人領著國王走上左彎右拐的路線穿過南華克，漸漸來到了遠處的大路上。國王現在不耐煩了，說他要在這兒停下，以漢堂的地位，應該是漢堂來找他，而不是由他去找漢堂，他不能容忍這樣的傲慢，他要停在原地。年輕人說：

「你朋友受了傷，躺在遠處樹林裡，你要在這裡逗留嗎？那隨你便。」

國王的態度立刻丕變。他大聲喊道：

「受傷了？是誰膽敢傷他？不過先不管這個，走吧，走吧！快點，小子！你鞋子灌鉛了嗎？他受傷了，是嗎？就算傷他的人是公爵之子，我也一定要他後悔莫及！」

離樹林還有不短的距離，他們卻很快就走到了。年輕人向四周看了看，發現有根大樹枝插在地上，上面繫著一小塊破布。他領路走進樹林，一邊留意同樣綁著破布的大樹枝，每隔一段就找到一個，顯然它們是指引他前往目的地的路標。漸漸地，他們來到一塊空曠地，那裡有農舍燒燬的焦黑殘跡，旁邊是座坍塌成腐朽廢墟的畜棚。哪兒都沒有生命的跡象，只有極端的寂靜。年輕人走進畜棚，國王急切地緊隨其後。那裡沒半個人！國王又驚又疑地望了年輕人一眼，問道：

「他在哪兒？」

他得到的回答是一陣嘲弄的笑聲。國王一時間暴怒，他抓起一根短木頭，正要衝上前攻擊年輕人，這時，又一陣嘲弄的笑聲傳進他耳朵裡。笑聲來自那個一直遠遠跟著他們的跛腳惡棍。國王轉過身，生氣地說道：

「你是誰？你來這兒做什麼？」

「別說蠢話了，」那男人說，「你給我閉嘴，我的喬裝可沒好到讓你可以假裝不認識你父親。」

「你不是我父親，我不認識你。我是國王。如果你把我的僕人藏起來，給我找他來，否則你就要為你的所作所為付出痛苦的代價。」

約翰．康迪用嚴厲而克制的聲音回答道：

「你顯然是瘋了。我不想打你，但是如果你招惹我，我肯定會懲治你。你在這兒囉嗦這些還無所謂，沒人會聽信你那些蠢話。不過，你最好學著小心說話，這樣，我們到了新住處，才不會惹來什麼禍事。我犯了謀殺罪，不能再待在家裡。你也不能，因為你得幫我做事。為了明哲保身，我換了個名字，名叫霍布斯，約翰．霍布斯。你的名字叫傑克，你要好好記住。那麼，現在，給我說，你的母親在哪兒？你的姐姐們在哪兒？她們沒有到約定的地方來，你知道她們去哪兒了嗎？」

國王憤怒地回答：

「別跟我打啞謎。我母親去世了，我姐姐們在王宮裡。」

一旁的青年突然爆出一聲嘲諷地大笑，國王本來要去打他，但遭到康迪──或是應該稱他為如今改換的名字：霍布斯──制止，康迪說：

「別笑了，雨果，別煩他。他腦袋壞了，你這樣會讓他更煩躁。傑克，坐下來，安靜點，你很快就有東西吃了。」

霍布斯和雨果開始小聲交談。國王盡可能遠遠地躲開這兩個令人厭惡的同夥。他退到畜棚另一頭的暮色之中，發現地上鋪了一英呎深的稻草。他躺在上面，抓了把稻草當毯子蓋在身上，很快陷入了沉思。他有很多傷心事，但是其中有件最大的慟事，讓其他小事顯得微不足道，那就是失去了父親。

對於世界上其他人來說，亨利八世這個名字讓他們不寒而慄，有如一個食人魔，他的鼻孔呼出的是毀滅，他一手造就懲罰與死亡；但是，對於這個男孩來說，這個名字帶來的只有快樂的感覺，它喚起的印象是滿溢溫柔與慈愛的面容。他想起了很多父親和他一起渡過的親情流露時光，情不自禁地陷入這些思緒當中。他淚流不止，印證著他內心的悲傷是多麼沉重和真實。下午過去了，這孩子因煩惱而疲乏，逐漸進入沉靜與療傷的睡夢中。

過了很長的時間，他不知道過了有多久，他的意識在半夢半醒間掙扎。他閉眼躺著，模模糊糊地思考自己在哪兒，發生了什麼事。這時，他聽到了細細碎碎的聲音，那是雨點沉悶地打在屋頂上的聲音。一股溫暖的舒適感流遍全身，但下一刻，尖銳咯咯竊笑混合著嘶啞大笑的噪音，粗魯地打斷他的睡眠。他不悅地驚醒，在持續的吵鬧聲中探出腦袋瞧瞧。他看到的是一幅令人厭惡、不堪入目的場景：畜棚另一頭的地板中央，營火熊熊燃燒，旁邊圍著一群衣衫襤褸的貧民窟乞丐與惡棍，紅色火光將他們照得模樣十分古怪，裡頭有男有女，懶洋洋地或坐或站，四肢胡亂伸展著，這情景他在書上從未見過，更連作夢也沒夢見過。那群人裡頭有高大結實的男人，皮膚曬成棕色，一頭長髮，身穿怪誕的破爛衣服；有中等身材的青年，一臉好鬥的表情，穿著差不多的破衣；有瞎眼乞丐們，眼睛戴著眼罩或紮著繃帶；有瘸子們，裝了木義腿或拄著拐杖；有一臉凶惡的小販，帶著包裹；有磨刀匠，有補鍋匠，有理髮師，都拿著各自行業的工具；有些女的是未成年的少女，有些風華正茂，有些是年老、長滿皺紋的醜太婆。每個人都正大聲叫嚷、厚顏無恥、滿嘴髒話，而每個也都渾身髒污，毫不檢點；有三個面容痛苦的嬰兒；最後還有兩條餓瘦的狗，脖子上套著鏈子，是給盲人引路的導盲犬。

夜晚降臨，這幫人剛剛結束宴會，就開始狂歡，酒罈子從一個人嘴邊傳到另一人嘴邊。有人大喊一聲：

「來首歌！瞎子和瘸子獻首歌！」

其中一個盲人站起身來，他把眼罩扔到一邊，準備開嗓，而眼罩下遮著的卻是一雙完全健全的眼睛，他也扔了那塊記述著他不幸瞎眼原因的病態謊言佈告。瘸子則丟掉礙事的木頭腿登上舞臺，四肢完好健全地站在他的流氓夥計身邊。接著，他們吼出一曲歡快的小曲，每一節結束時，整群人都一起響亮地合聲。當唱到最後一節，半醉的熱情達到了高潮，每個人都加入，從起頭就開始合唱，整曲一直唱到完，歌聲震耳欲聾，連椽子都應聲晃動。那鼓舞人心的歌詞是這樣寫的：

那麼再見了，痛飲、少婦和酒館，
可憐的朋友離開了，
遭流氓背叛，正前往絞刑架，
前往長眠的路上。
所以，走吧，我漂亮的女人，
走出倫敦，
看看偷走你衣服的人，
正在絞刑架上受刑。（原註15）

接著眾人交談了起來，但並不是講著歌曲裡頭群賊所使用的黑話，因為那只在有不友善的旁聽者在場時才會使用。從言談中聽起來，「約翰．霍布斯」並不完全是個新成員，而是很早之前就在這幫人中混了。大家要他講講最近的經歷，當他說起自己「意外地」殺了個人，大家表示相當滿意，當他又說殺的是個神父，受到全場鼓掌歡迎，他不得不跟每人都喝了一杯。老相識們高興地歡迎他，新朋友們很驕傲能與他握手。有人問他為什麼「消失了好幾個月」。他回答說：

「倫敦比鄉下好多了，更安全。最近這些年，法律是那麼的嚴酷，執法那麼的嚴格。要不是發生了意外，我就待在那兒了。我本來下定決心要留在倫敦，不再到鄉下來。可是那起意外讓我沒法子再待下去了。」

他問現在幫裡有多少人，那名「傲客」，也就是首領，回答說：

「總共二十五個人，有強壯的小夥子、大塊頭、瘦排骨、乞丐生的、滿嘴渾話的，包括小女孩、妓女和其他一堆人。（原註16）大多數都在這兒，其他人正朝東部過冬去了。等黎明我們就跟上去。」

「我在周圍的老實人中沒有看到溫。他會在哪兒呢？」

「可憐的傢伙，現在他在蘇州賣鹹鴨蛋了，這對於他清淡的口味來說實在太重。他在一次打架中送了命，大概仲夏的時候。」

「聽到這件事，我感到很難過。溫是個有能力的人，很勇敢。」

「他確實是，真的。布萊克．貝絲，他的女兒，還是我們的一員，但正在往東走的那群人之中，不在這兒。她是個很好的小女孩，行為端正，舉止正經，沒人見她一周喝酒超過四天。」

「她總是嚴以律己，我記得清清楚楚，確實是個好女孩，再怎麼讚美也不為過。她的母親更放任些，沒那麼講究，是個惹是生非、脾氣不好的惡婆娘，但卻擁有非比尋常的智慧。」

「正因為如此，我們失去了她。她看手相的天賦與其他算命的本領，終於讓她落了個巫婆的罪名，法律判決她在慢火上烤死，她面對自己的命運時英勇無畏的樣子，真讓我感動到柔腸寸斷，她詛咒、辱罵圍觀人群，讓他們目瞪口呆，就在這時，火苗上竄吞噬了她的臉，燒著她稀少的頭髮，在她那蒼老的灰白色腦袋周圍劈啪作響，我有說嗎？她詛咒著那些人！你活一千年都聽不到這樣咄咄逼人的詛咒。嗚呼，她的才華隨著她一同逝去，現在世間只剩些略懂皮毛之徒與差勁的模仿，已沒有真正的通靈術了。」

首領歎了口氣，聽者也同情地歎了口氣，一陣沮喪籠罩了這群人好一會兒，即使是這些鐵石心腸的法外之徒，也並沒有完全喪失情感，在特別感傷的情境下，他們還是能偶爾感受到一絲絲的失落感與苦惱，例如，就像現在這種天才離去而後繼無人的情景。

儘管如此，一輪痛飲之後，這些哀悼者又很快從悲傷的情緒中恢復過來。

「我們的朋友之中，還有人吃不飽飯嗎？」霍布斯問。

「有些——是的，尤其是新來的——比如小農夫，因為自己的農場被奪走，成為羊群牧場，他們只好過一天算一天，忍饑挨餓，他們乞討，遭逮後，押在馬車後頭，剝光上衣挨鞭子，一直鞭打到鮮血淋漓，然後綁上栓架，給人扔石頭；他們再度乞討，再挨鞭子，給割掉了一隻耳朵；他們第三次去乞討——可憐的傢伙，他們別無選擇？——他們遭紅熱的烙鐵燙印在臉頰上，然後賣為奴隸；他們逃跑，但給人逮到，然後絞死。這是一個很短的故事，講得很簡略。我們其他人都還算能吃飽。過來，約克爾、伯恩斯，還有霍奇，展現你們身上的裝飾！」

這幾個人站起來，脫下破衣，露出他們的背，一條條鞭打留下的舊傷痕縱橫交錯。一個人撩起他的頭髮，露出了少了左耳朵之處；另一個人展示了他肩膀上的烙著的「流」字和一隻殘缺的耳朵；第三個人說：

「我叫約克爾，原本是個富有的農夫，家有愛妻與孩子們。現在，我所擁有的，與我的頭銜都大不相同了：妻子和孩子已不在人間，或許他們在天堂，又或許在……在其他地方。祈求好心的上帝，不要讓他們在英格蘭！我那善良無辜的老母親，為了掙口飯吃而去照顧病人，其中一個病人死了，醫生找不出死因，所以我的母親就被當作巫婆燒死了，就當著我孩子們的面，就當著他們痛哭的時候，英格蘭的法律！起來吧，所有人都端著酒杯起來！現在一起來乾杯！為慈悲的英格蘭法律乾杯，它讓她逃離了英格蘭這個地獄！謝謝，夥伴們，感謝你們所有人，我和我的妻子，為了養活自己與挨餓的孩子們，挨家挨戶地乞討，但是在英格蘭，挨餓就是犯罪，因此，他們剝了我們的衣服，一路鞭打我們，追趕了三個市鎮。大家再為慈悲的英格蘭法律乾杯！因為，它的鞭打吸乾了我妻瑪麗的血，它那賜福的解脫來得很快，她躺在那兒，躺在陶工場，逃離了所有傷害。而孩子們，啊，當英格蘭的法律從一個鎮到另一個鎮追打著我的同時，他們正在挨餓。喝吧，夥計們，只一口，為可憐的孩子們喝一口，他們從來沒有傷害過任何人。我又去乞討，討一點麵包皮，卻討來一頓打，還丟了一隻耳朵，看啊，這兒還留著殘餘部分；我再去乞討，這殘餘的部分提醒我要小心，但我還是去乞討，結果被當奴隸賣了，看我臉上，這塊污漬下面，如果我把污漬洗去，你們就可以看到烙鐵印在那兒的紅字『奴』！奴隸！你們懂這個詞嗎？英格蘭奴隸！他就站在你們的面前。我從主人那裡逃跑，要是我有一天被抓到──按照受老天狠狠詛咒的英格蘭法律規定──我將被絞死！」(原註17)

響亮的聲音穿過黑暗的空氣：

「你不會的！從今天開始，那樣的法律結束了！」

眾人都扭過頭，看到一個怪誕的人影，是小國王正急匆匆走過來。人影走到燈光下，清楚地展現在眾人面前，一時間人人都在互相詢問：

「這是誰？這是什麼人？你是誰，小矮人？」

男孩鎮靜地站在那麼多雙驚訝和疑惑的眼神之間，以王室的高貴氣度回答道：「我是愛德華，英格蘭國王。」

這引起了哄堂大笑，一半是嘲笑，一半是被這個絕妙的玩笑給逗樂了，這刺傷了國王的自尊，他尖聲說道：

「你們這些無禮的遊民，我允諾賜予你們王家的恩惠，這就是你們的回報嗎？」

他繼續說了更多，語調憤慨、手勢激昂，但全都淹沒在那有如龍捲風般的大笑與嘲弄聲中了，喧鬧中，「約翰．霍布斯」好幾次努力想讓大家聽到他說話，最後終於成功了，他說：

「夥計們，他是我兒子，一個作白日夢的傢伙，一個傻瓜，澈頭澈尾瘋了。別理他，他以為自己是國王。」

「我是國王，」愛德華轉向他說道，「而你遲早要償命的，總有一天。你承認你殺了人，你將會因此被絞死。」

「你要出賣我？你？看我揍你……」

「噓！噓！」魁梧的首領及時介入救了國王，他不僅只出言相幫，還出拳一擊打倒霍布斯：「不尊重國王，也不尊重首領？你再無視我的存在，我就自己把你絞死。」接著他對陛下說：「你不能威脅你的同伴，小子，你也得管住你的嘴巴，不能在其他地方說同伴們的壞話。如果這樣子能安撫你瘋癲的情緒，那就當國王吧，但可別害了其他人，別亂說你是國王，那是犯了叛國罪，我們在某些微不足道的方面是壞人，但是我們都沒有惡劣到背叛國王，在這一點上，我們有仁愛和忠誠的心。聽著，我說的都是心裡話。現在，大家一起說：『英格蘭國王愛德華萬歲，英格蘭國王愛德華萬歲！』」

英格蘭國王愛德華萬歲，英格蘭國王愛德華萬歲！

龍蛇雜處的乞丐們都跟著喊，聲音有如狂風暴雨，這間瘋狂的屋子也隨之震動。一時間，小國王的臉上一下子充滿欣喜之色，他輕輕點點頭，極其自然地低聲答道：

「我向你們致謝，我善良的子民們。」

這個意料之外的回答逗得大家哄堂大笑起來。不一會兒，大家又都恢復安靜的時候，首領堅定地，帶著一片好意說道：

「別玩這個了，孩子，這不明智，也不好。如果你非得幻想不可，就幻想吧，但選個別的頭銜。」

一個補鍋匠提出了建議，他尖聲說：

「蠢蠢一世，傻瓜們的國王！」

這個頭銜立刻被「採納」了，眾人都扯著嗓子喊，聲音震天：

「傻瓜們的國王蠢蠢一世萬歲！」緊接著是一片叫喊、噓聲和陣陣笑聲。
「拉他過來，為他加冕！」
「給他穿上長袍！」
「授予他權杖！」
「讓他登上寶座！」
這幾句話伴隨著二十聲叫喊！可憐的小受害者幾乎還沒來得及吸一口氣，就被戴上了個錫盆，裹上爛毯子，坐上一只木桶寶座，授予補鍋匠的烙鐵當作權杖。隨後，眾人都跪拜在他周圍，一齊諷刺地哭號、嘲弄地哀求起來，還用髒兮兮的、破破爛爛的袖子與圍裙擦著自己的眼睛：
「可憐可憐我們，啊，好心的國王！」
「不要踐踏向您懇求的可憐蟲，啊，高貴的陛下！」
「同情您的奴隸吧，賞給他們您高貴的王家一踹！」
「用您仁慈的光輝鼓舞我們，溫暖我們，啊，君主是燃燒的太陽！」
「讓您的聖足讓大地成為聖土，這樣我們就能吃一把泥土，然後變成貴族！」
「請您紆尊降貴向我們吐口唾沫吧，啊，陛下，好讓我們的孩子的孩子講述您高貴的不可一世，永遠感到驕傲和幸福！」
不過，滑稽的補鍋匠創造了那一晚的「高潮」，摘下了最逗趣的冠軍頭銜。他跪下，假裝親吻國王的腳，卻遭憤怒地一腳踢開，接下來，他到處乞討一塊破布，好用來遮蓋臉上被王家之腳踢過的地方，說必須保護它，防止它與粗俗的空氣接觸，還說他應該到公路上展示它，看一眼收一百先令，這樣就發財了。他成為如此迷人的搞笑人物，髒兮兮的烏合之眾都對他萬分羨慕又欽佩。

小君主的眼睛裡閃爍著羞辱與憤怒的淚花，他心裡想：「要是我對他們做了十分不公不義的事，他們最多也只不過像這樣殘忍報復我。可是，我給他們的只有仁慈，他們卻以這樣的對待回報我施予的仁慈！」

## 原作者註

原註15：引用自《英格蘭遊俠》（*The English Rogue*），倫敦出版，一六六五年。

原註16：道上黑話用語，指各種小偷、乞丐與流氓，以及他們的女性同夥。

原註17：淪為奴隸。國王如此年輕，而農民如此無知，很容易造成錯誤，這就是一個例證。不過讓這位農民所受苦的法律日後才發生；故事中使小國王發怒反對的法律，在當時尚未存在：因為這條可怕的法令制定於小國王自己當政期間。然而，我們都知道，基於他人格中的人道精神，這法令不可能是由他倡議的。

# 第十八章　王子和流浪漢們

流浪漢大軍一大早就起床，踏上了他們的征途，頭頂著低垂的天幕，腳踏著泥濘的大地，空氣飄著嚴冬的寒意，眾人的歡樂情緒消失無蹤，有的悶悶不樂、沉默不語，有的急躁易怒，無人心情溫和，而人人都口乾舌燥。

首領把「傑克」交給雨果照看，簡單叮囑了幾句，並命令約翰．康迪離他遠點，別去煩他，同時也警告雨果不要對小傢伙太粗魯。

過了一會兒，天氣緩和了些，雲也略略散了開，流浪漢大軍不再冷得打哆嗦，精神也開始好轉，他們越來越快活，總算開始彼此閒扯淡，辱罵道路沿途的過路人，這顯示他們再度重拾那享受生活與生命中樂趣的幽默感。他們這種人顯然帶給他人十足的恐懼，因為人人都讓路給他們，溫順地聽著他們粗俗、傲慢的言語，一點兒也不敢頂嘴，他們隔著樹籬搶走亞麻，有時就當著主人的面，主人也不反抗，只看起來像是感激他們沒有連樹籬也一起搶走。

不久，他們佔領了一座小農舍，當成自己家，嚇得直打哆嗦的農夫和他的家人們清空食品櫥，為他們做了一頓豐盛的早餐，他們一邊從主婦和她的女兒們的手裡接過食物，一邊撫弄她們的下巴，拿她們開粗俗的玩笑，伴隨著侮辱言辭和陣陣狂笑。他們朝農夫和他的兒子們扔骨頭和蔬菜，讓他們一直左躲右閃，每當打個正著，就喧鬧著鼓掌。最後，當其中一個女兒對他們的毛手毛腳發怒，他們在她頭上塗滿奶油。他們走的時候還威脅說，如果有人向官府通報他們的行為，他們就會回來，把這家人遮風蔽雨的房子給燒了。

經過疲乏地長途跋涉，大約中午時，這幫人在一座大村莊郊外的樹籬後停下，首領允許他們休息一小時，然後他們四散開來，從不同地方進入這座村莊，各自幹起不同的勾當。「傑克」跟雨果分到一組，有好一會兒，他們倆這兒走走，那兒走走，雨果在尋找下手的機會，但沒有找到。於是，他最後說：

「我沒看到有什麼可以偷的，這是個窮地方。在窮地方我們就要飯吧。」

「我們，真是的！你去討飯吧，你適合這行，但我可不乞討。」

「你不乞討！」雨果大聲喊道，眼睛驚訝地盯著國王，「拜託，你什麼時候金盆洗手啦？」

「你這話什麼意思？」

「意思？你不是在倫敦街上要飯長大的嗎？」

「我？你這個笨蛋！」

「省省你那恭維的話，以免一下子用光了。你老爸說你從來都在要飯。或許他撒謊，也或許是你膽大到敢說他在撒謊。」雨果嘲笑道。

「你說他是我父親？是的，他撒謊。」

「過來，別再玩你那瘋子的遊戲了，你可以以它來尋開心，但可別找罪受，如果我告訴他這件事，他好好地把你烤成焦炭。」

「不用勞煩你，我會親自告訴他。」

「我喜歡你的勇敢精神，真的喜歡，但我不敢恭維你的判斷力。人生裡已經有夠多的嚴刑拷打了，可不用還特意去討打。不過，別談這些事了，我相信你老爸，我並不懷疑他有能力說謊，我也不懷疑他的確在某些時候說謊，因為我們這些人大多都說謊，但是，我想在這件事上他沒說謊，聰明人可不會浪費寶貴時間撒無利可圖的謊。但，過來，既然你不想乞討，我們從哪兒下手呢？搶廚房？」

國王不耐煩地說道：「你的蠢主意有完沒完，我厭煩了！」

雨果動了脾氣，回道：

「現在，聽著，夥計，你不要飯，你也不搶，那好，但是，我來告訴你該做什麼，你要在我要飯的時候扮演誘餌。不幹？你有膽就試試看！」

國王正要輕蔑地回話，雨果打斷他說：

「安靜！來了個看起來很好心的人。現在，我要假裝抽筋倒地，當那個陌生人向我跑過來時，你就開始哭，跪在地上，看起來像在啜泣，接著，你得大聲哭喊，哭得好像所有悲慘的魔鬼都在你肚子裡似的，然後說：『啊，先生，這是我可憐的、受盡折磨的哥哥，我們無依無靠。啊，看在上帝的份上，用您慈悲的眼睛同情地看一眼這個病奄奄的、被遺棄的、最可憐的不幸的人吧，從您的財富中拿出小小的一便士，施捨給這個受盡折磨、將要死亡的人！』記住，要一直哭個不停，直到我們騙到他的錢為止，否則有你好看的。」

接著，雨果馬上開始呻吟、歎息、翻眼睛、腳步蹣跚，跌跌撞撞地四處走動。當那個陌生人走到跟前時，他一聲尖叫，四肢癱開倒在他前面，開始在土裡扭動翻滾，看起來十分痛苦。

「噢，孩子，噢，孩子！」好心腸的陌生人喊道，「噢，可憐的傢伙，可憐的傢伙，他受著怎樣的痛苦！來，我來扶你起來。」

「噢，高尚的先生，請不要，上帝愛你這樣高貴的紳士，但是，我抽筋的時候，如果有人碰我，就疼得要命，我弟弟在那邊，他會告訴閣下，我抽筋的時候，是如何受盡了痛苦的折磨，一便士，好先生，給一便士吧，讓我們買點吃的，您就不用管我的痛苦了。」

「一便士！該給你三個，你這不幸的傢伙。」他急急忙忙地在從口袋裡摸索著掏了錢出來，「這兒，可憐的孩子，收下它們，不用客氣。現在，過來，我的孩子，幫我抬你受苦的哥哥回家，你家在哪兒……」

「我不是他弟弟。」國王打斷他說道。

「什麼！不是他弟弟？」

「噢，聽他說的！」雨果呻吟道，然後暗暗咬牙切齒，「他不認自己的哥哥了，那一隻腳已經踏進了墳墓的哥哥！」

「孩子，如果他真是你哥哥，你真是鐵石心腸，我為你感到羞愧！他的手腳幾乎不能動彈了。如果他不是你哥哥，那他是誰？」

「一個乞丐與小偷！他已經得到你施捨的錢，還扒竊了你的口袋，而你還可以施展治癒疾病的奇蹟，只要把你的東西放在這傢伙的肩膀上，等一會兒，神蹟就會自然發生。」

不過，雨果沒耽擱半刻就讓這個奇蹟發生：他立刻站起身來，飛也似跑了。紳士在後面窮追不捨，高聲大喊又奮力大吼著。國王十分感謝上天讓他獲得了自由，他向相反的方向逃去，絲毫不慢下腳步，直到確定逃離險境為止。他踏上眼前的第一條路，很快就把村莊拋在身後。他急匆匆地往前走，能走多快就走多快，有好幾個小時，他都一直緊張地往身後看，深怕有人追趕，但是，他終於不再害怕，取而代之的一絲心懷感激的安全感，他現在意識到自己餓了又疲憊不堪。於是，他停在一家農舍前，但是才正要開口說話，對方就打斷他，粗暴地趕他走，他的衣著外貌讓人不願接納他。

他漫步前行，心中既受傷又生氣，下定決心不再讓自己淪落遭人輕蔑對待的處境。但是，飢餓是自尊的主人，於是，傍晚即將來臨時，他又到另一家農舍碰碰運氣，可是，他這次的遭遇比上次更差，那戶人家以相當難聽的字眼辱罵他，而且還說，如果他不快點走開，一定會把他當遊民給抓起來。

夜幕降臨，寒風冷冽、天色陰沉，腳酸疼不堪的國王仍艱辛地慢慢前行，他不得不一直走，因為每次他一坐下來休息，寒冷馬上直透骨頭裡。他穿過肅穆陰沉而又空寂遼闊的夜晚，對他來說，其中的一切感受與體會都既新鮮又陌生，他不時聽到有說話聲接近，經過他，然後又歸於平靜，卻看不見說話的人，只看到一些無形中飄動的模糊之物，像幽靈般的古怪，嚇得他直發抖；有時，他突然看到閃爍的光線，距離顯然總是很遠，幾乎來自另一個世界；即使他能聽到羊群叮噹的鈴聲，也都很模糊、遙遠、迷濛不清；牛群低沉的叫聲隨著夜晚的風飄到他耳朵裡，抑揚頓挫而逐漸消失，聲聲哀怨；不時有幾聲狗的抱怨般嚎叫，從無邊無際的廣闊森林與田野那頭傳來。所有聲音都很遙遠，這使得小國王覺得一切生命和活動都遙不可及，而他孤獨無依地站在無邊的寂寥之中。

他蹣跚前行，感受著這嶄新經驗的恐怖魔力。偶爾頭頂上枯葉輕柔地沙沙作響，聽起來好似有人在竊竊私語，把他嚇了一跳，不久，他突然走到一盞錫燈籠的斑駁燈光下，那錫燈籠就近在眼前，他退回到陰影裡等待著，燈籠掛在一座穀倉敞開著的門口，國王等了一會兒，沒有聲音，沒有人出現。他冷極了，呆立不動，那舒適的穀倉看起來那麼誘人，終於他決定冒險進去，他開始躡手躡腳地、敏捷地走了過去，正要邁過門檻，忽然聽到背後有說話聲，急忙疾奔躲到穀倉的一只酒桶後面，低下身子。兩個農夫拿著那盞燈籠走了進來，他們開始邊幹活，邊聊天。他們拿著燈走動時，國王到處看了看，看到穀倉的另一頭好像是個很大的畜欄，他想等剩他一個人時，就摸到那頭去，他還注意到半路上有一疊鞍褥，便有意將其順手拿來，讓它們為英格蘭國王效勞一晚。

沒多久，農夫幹完活，關緊身後的門，便提著燈籠離開了。發抖的國王在黑暗中以最快的速度衝向鞍褥，一把抱起它們，摸索著安全抵達畜欄，他以兩個鞍褥當床，然後拿剩下的兩個當被子蓋。儘管鞍褥又舊又薄，也實在不大夠暖和，還散發出刺鼻的馬臭味，味道強烈得幾乎讓人窒息，但他現在有床有被，是個快活的君王了。

國王雖然饑寒交迫，但他也又累又睏，睏倦很快戰勝了饑寒，他不一會兒就打起瞌睡，進入半夢半醒之間，接著，正當他要完全睡著時，卻明顯地感到有什麼東西碰了他一下！他馬上完全清醒，倒抽了一口涼氣。那黑暗中的神祕碰觸冷得嚇人，害他心臟差一點停止跳動，他一動也不動地躺著傾聽，幾乎不敢呼吸，但是沒什麼動靜，也沒聽到半點聲息，他繼續等待與傾聽，彷彿過了很長的時間，但仍然沒有動靜，仍然無聲無息，於是終於他又開始打起瞌睡，突然間，又感覺到那神祕的觸碰！在這個聽不見聲息、看不見動靜的地方，這記輕輕的觸碰真是令人毛骨悚然，讓男孩滿腦子都是對鬼怪的恐懼。他該怎麼做？他面臨這個問題，但他不知道答案是什麼。他應該離開這個還算舒適的小窩，飛也似的逃離這神祕的恐怖？可是，逃到哪去？他出不了穀倉，一想到要在黑暗中到處亂跑，又出不了這四堵牆，還有鬼魂飄在他後面，每次輕輕蹭著臉頰或肩膀一下，那真是讓人受不了。但是，待在這兒不動，一整夜活受罪，這樣更好嗎？不。那，還有什麼其他辦法？啊，只有一種辦法。他明白了，他得要伸出手去找出那個東西！

想到這一點很容易，可是要鼓起勇氣去嘗試卻很困難。他有三次小心翼翼地將手往黑暗中伸出一點，但是都猛地迅速縮了回去，倒抽一口涼氣，不是因為他摸到了什麼東西，而是他覺得肯定就要摸到它了。但是，第四次，他摸索得更遠一點，然後他的手輕輕地撫摸到了什麼又軟又暖的東西。他幾乎嚇僵了，腦袋一時還轉不過來，只想到那是剛死還有餘溫的屍體，不可能是別的。他覺得自己寧死也不想再去摸它一次。但是，他的這個想法錯了，他不明白，人類好奇心的力量是永無止盡。不一會兒，他的手又顫抖著摸索起來，違背了意識，不自覺的，就這樣繼續向前摸，手碰到了一束長長的毛，他嚇得抖了一下，但順著毛摸下去，似乎是摸到了一條暖暖的繩子，順著繩子，他摸到了一頭無辜的小牛！因為這條繩子其實不是繩子，而是小牛的尾巴。

國王打從心底為自己感到羞愧，竟然為了一頭睡著的小牛這麼微不足道的東西而擔憂受怕。不過，他不必為此自責，因為他不是懼怕小牛，而是把小牛當成了什麼可怕的、不存在的東西，在那個迷信的時代，任何一個男孩都會像他一樣害怕與煎熬。

國王很高興，不僅因為發現那東西不過是一頭小牛，更因為他有了小牛做伴，他一直覺得那麼地孤獨又無依無靠，因此即使這樣卑微的動物陪他，做他的夥伴，他也很歡迎。他遭到自己同類一次又一次的打擊與粗暴對待，而現在，他終於來到了動物朋友的世界，至少牠心地溫柔且脾氣溫和，儘管牠缺乏其他更高的才智，他仍然感到安慰。所以，他決定放下地位，與小牛做朋友。

他輕撫著牠光滑、溫暖的後背——離他很近，很容易搆著——這時他想到，這頭小牛的作用可不止一種，於是，他重新鋪了鋪床，把它攤在離小牛很近的地面上，然後他挨著小牛的背蜷縮成一團，拽來鞍辱被子，蓋在自己和他的朋友身上。一兩分鐘後，他就覺得和以前在西敏宮裡的絨毛沙發上一樣暖和舒適。

他馬上想起了快樂的事，日子似乎越來越好過了。他逃離了奴役與犯罪的枷鎖，逃離了低劣野蠻的亡命之徒們。他很暖和，有遮風避雨之處，換句話說，他很開心。夜晚風起，一陣陣地橫掃而至，吹得舊穀倉搖搖晃晃、格格作響，風力又偶爾變小，在角落裡和突起處呻吟哭號，但是，這對國王來說有如天籟，因為他現在溫暖而舒適。就讓它盡情吹襲肆虐吧，就讓它拍打撞擊吧，讓它呻吟哀號吧，他不在意，只是聽得很高興。他就只是緊緊地依偎著他的朋友，滿足於溫暖奢侈的享受中，意識幸福地飄遠，進入了沉沉的睡眠，沒有夢的打擾，只有安祥和平靜。遠處的狗正在狂吠，憂鬱的母牛正在抱怨，風繼續肆虐地刮著，暴雨還刷刷地敲打著屋頂，可是，英格蘭的領袖不受驚擾，繼續睡著，小牛也一樣，牠是簡單的生物，不容易受暴風雨驚擾，也不會因為與國王一塊兒睡而感到難為情。

# 第十九章　王子和農夫們

國王一大早醒來時，發現昨天晚上有隻濕漉漉的聰明老鼠爬進穀倉，在他的胸膛上舒適地睡了一覺。現在老鼠驚醒，倉皇逃走了。男孩笑了，說道：「可憐的傻瓜，為什麼這麼害怕？我像你一樣孤單，我自己也很無助，要是去傷害同樣無助的生靈，那是很可恥的行為。而且，我得感謝你為我帶來了一個好兆頭。因為，當一個國王落魄到連老鼠都能在他身上睡覺時，就肯定表示他要時來運轉了，因為他顯然不可能再更落魄了。」

他起身，走出畜棚來。就在這時，他聽見孩子們說話的聲音。穀倉房門開啟，走進兩個小女孩，她們一看到他，就不再說話，也不笑了，她們停住腳步，靜靜地站著，十分好奇地盯著他看。不一會兒，她們開始竊竊私語，然後再走近些，又停了腳步，盯著他低聲地說著。等了一會兒，她們鼓起勇氣，開始大聲談論他。一個人說：

「他有張清秀的臉蛋。」

另一個人補充說：

「還有漂亮的頭髮。」

「可是，穿得夠破爛的。」

「他現在看起來餓壞了。」

她們走得更近了，膽怯地悄悄圍在他身邊打轉，從上到下仔細打量了他一番，好像他是什麼新奇的動物。不過，她們同時又小心又警惕，好像有點害怕他可能是會咬人的動物。終於，她們在他跟前停下，兩人彼此拉著手壯膽，以天真無邪的眼睛好好的看了他一番。然後，其中一個小女孩鼓足所有的勇氣，真誠而直接地問：

「男孩兒，你是誰？」

她們得到莊重地回答：「我是國王。」

女孩們有點吃驚，啞口無言，眼睛睜得大大的，足足有半分鐘。然後，好奇心打破了沉默：

「國王？什麼國王？」

「英格蘭國王。」

兩個孩子看看彼此，又看看他，接著，又看看彼此，驚奇又困惑。然後，其中一個說：

「你聽到他說了嗎，瑪格麗？他說他是國王。會是真的嗎？」

「不是真的是什麼呢，普莉西？他會說謊嗎？妳想想看，普莉西，如果他說的不是真的，就是說謊。既然他不會說謊，所以當然就是真的。現在，想想吧。因為任何話如果不是真的，就是說謊，妳不可能有別的結論。」

這真是好一個嚴謹的論證，無懈可擊，讓普莉西的半信半疑徹底消散。她想了一下，然後說了句很簡單的話，讓國王有了尊嚴：

「如果你真的是國王，那我相信你。」

「我真的是國王。」

這件事就這麼定了，沒有更多的問題或討論，她們接受了國王陛下的王家身分。兩個小女孩馬上開始問他怎麼到這裡的，他怎麼會穿得這麼不像國王，他要去哪裡，還有所有關於他的事情。能傾訴他所遇上的麻煩，而不會遭到嘲笑或懷疑，讓他感到無比寬慰，所以，他帶著情感將故事娓娓道來，甚至暫時忘了飢餓，善良的小女孩們傾聽著，表達最深切、最溫柔的同情。可是，當他說到他最近的經歷時，她們才知道他多長時間沒吃東西了，她們打斷他，急忙帶他到農舍，讓他吃早餐。

國王現在很愉快、很高興，心想：「等我再做回我自己時，我將永遠尊敬小孩子，記住在我身處困境時，她們是如何信任我、相信我，而那些大人，自以為更聰明，卻嘲笑我，認為我在說謊。」

孩子們的母親殷勤招待國王，對他滿懷同情。他無助的境況和他那顯然錯亂了的心智打動了她的母性。她是個寡婦，又相當貧窮，見識過的麻煩夠多，因而能同情不幸之人。她猜想這個精神錯亂男孩應該是跟朋友或監護人走散了，因此她想找出他來自何方，好想個法子送他回去，可是，儘管她提起了周圍所有的城鎮和村莊，在字裡行間問起他對這些地方熟不熟，卻一無所穫，男孩的臉上只是一臉茫然，他的回答也表明對這些地方毫無所悉，他真切地說著宮廷的事，提到剛去世的國王「他的父親」時，他多次崩潰。但是，每當談話轉到底層的話題上時，他就失去了興趣，沉默不語。

女人困惑極了，可是她沒有放棄，她一邊做飯，一邊開始想辦法，好出其不意地讓男孩洩露出真正的祕密。她談到了牛群，但他一點也不關心，談到了羊群，結果也相同，她本來猜他曾是個牧童，看來是猜錯了；她談到了磨坊，談到了織工、補鍋匠、鐵匠等各種行當的人；她還談到了瘋人院、監獄、收容所，但無論說起什麼，都沒能得出頭緒。但也不是真的全無頭緒，因為她到目前為止所提到的都只限於民間，對，她現在確信她的思路是正確的，他以前一定是個貴族家僕，所以，她就往這方面去刺探，可是，結果令人失望，打掃的話題似乎令他厭倦，生火沒有引起他的興趣，清洗和洗滌也沒有激起他的熱情。女主人心灰意冷，隨口提起了燒飯的話題，讓她驚喜萬分的是，國王的臉立刻發亮了！啊，她想，她終於套出真相來了，她使用拐彎抹角的機靈計謀達成目的，她為此非常驕傲。

現在，她疲憊的舌頭有了休息的機會，因為國王受到飢餓的折磨，與劈啪噴濺的鍋壺所溢出香味的誘惑，開口說話了。他談起美味佳餚時口若懸河，不到三分鐘，女主人就心想：「我真的猜對了，他是在廚房幫廚的。」接著，他提到了很多料理的名字，有如鑑賞家一般、有聲有色地談論著這些料理，好心的女主人心想：「天啊！他怎麼會知道這麼多料理的名字，而且都是如此講究的料理？只有權貴人家的餐桌上才會有這些料理。啊，我現在明白了！儘管他現在衣衫襤褸地遭人遺棄，但他精神失常之前，一定在宮廷裡做事。是的，他肯定是在國王的廚房裡做事！我要試試他。」

她急著想證明自己的睿智，便請國王幫忙照看一會兒爐火上的飯菜，還暗示說，如果他想的話，可以自行創作加上一兩道菜。然後她就離開了廚房，並打手勢示意，要她的孩子們也跟著她一起出去。國王小聲抱怨道：

「過去也有一位英格蘭國王曾做過類似的事情。偉大的阿弗列國王都能紆尊降貴接受這個工作[1]，我做同樣的工作，也不算損害國王的尊嚴。不過，我可要好好完成人家的委託，要表現得比阿

---

[1] 阿弗列（Alfred, 849~899），盎格魯－撒克遜人，威塞克斯王國國王，也是第一位自稱「英格蘭國王」的君主，率領軍隊抵抗維京人對英格蘭的侵略。阿弗列國王烤焦蛋糕的傳說就是抵抗維京人時發生的，不過後世考據這個傳說最早只能追溯至十二世紀。

弗列王好，別像他把蛋糕給烤焦了。」

心願很好，可是表現並不如意，因為這位國王和過去那位國王一樣，很快地就開始沉思自己的國家大事，導致了同樣糟糕的結果：飯菜燒焦。女主人及時回來挽救，才沒讓早餐給完全毀掉，她一聲爽利而熱忱的責備，讓國王從他的夢中驚醒，然後，看到他為了沒盡到責任而煩惱，她立刻心軟了，對他又仁慈又溫柔。

男孩吃了豐盛、美味的一餐，精神恢復了許多，很是高興。這一餐有個獨一無二的奇妙特點，那就是雙方都彌平了階級，然而接受恩惠的雙方對此都毫不知情。女主人本來想讓年輕的流浪者像其他流浪漢一樣，或者像狗一樣，在角落裡吃剩飯，但她十分懊悔對他的斥責，於是竭盡所能來補償，允許他與家人圍坐在餐桌上，與她們一同吃飯，就當他與她們平等；而在國王這邊，他十分懊悔這家人對他那麼好，他卻沒有做好他們委託自己的事情，於是，他勉強自己，以紆尊降貴的方式補償他們，他與這家人平起平坐，而不因王家出身與國王的尊嚴獨自享用她們的飯桌，要求女主人和她的孩子們站著伺候他。有時，隨便些對大家都好，善良的女主人對一個流浪者雅量屈尊，都為自己感到驕傲，一整天心情愉快；國王對一個卑微的農婦仁慈俯就，一樣洋洋自得。

早餐吃完了，女主人讓國王洗碗。這個命令一時間讓國王吃了一驚，他差點回絕，但隨後他心想：「偉大的阿弗列國王肯照看蛋糕，那麼他肯定也會洗碗的，我就試試。」

他洗得實在夠糟的，這也出乎他自己意料之外，因為洗木勺和木盤看起來很簡單，這是件枯燥的麻煩事，但他終於完成了，現在，他迫不及待地想上路，但是，他無法輕易離開這位節儉夫人的家，她給了他幾件幹活兒的工具，他馬馬虎虎會用了，並得到了讚揚，然後，她讓他和小女孩們給冬天的蘋果削皮，可是他削得差勁極了，她不再讓他削皮，改給他一把切肉刀來碾碎蘋果。之後她讓他梳理羊毛，直到他開始想起，插圖故事書和歷史書上所記載的，那些賣弄的身體力行英雄主義，現在自己在這一點上，做得連仁慈的阿弗列國王也望塵莫及了，於是，他開始三心二意想推辭工作。而就在午飯過後，女主人給了他一籃子小貓拿去溺死時，他也真的推辭——至少他正要推辭，他覺得他必須得畫出一個底線，而在他看來，把底線設定在拒絕溺死小貓上，是件正確的事——就在此時，忽然有人打擾，打擾者正是背著小販背包的約翰·康迪，還有雨果！

國王在他們看見他以前，就先察覺這些流氓正朝前門走來，所以，他沒提畫出底限的事，反而是拿起那籃子小貓，一聲不吭地悄悄從後路走了，他遠離那幫來到庫房裡的惡棍，急匆匆地走進後頭一條窄巷裡。

# 第二十章　王子與隱士

現在，高聳籬笆為他擋住了房子那邊的視線，他在一股極端恐懼下，使出全身氣力，撒腿跑向遠處森林，他嚇得頭也不敢回，直到將近跑進森林的掩蔽之中，才敢回頭一瞥，看見遠處有兩個人影，看一眼就夠了，他沒等看清楚他們就急忙趕路，直到走進半明半暗的森林深處才敢放慢腳步。他停了下來，告訴自己現在已經夠安全了，他仔細傾聽，但只有無盡的、肅穆的沉靜，可佈、平靜，而又讓人精神壓抑。久久才有一次，他那神經緊繃的耳朵確實捕捉到了聲音，可是聲音是那麼的遠、那麼的空靈與神祕，似乎不是真正的聲音，而只是逝者的鬼魂在呻吟著、抱怨著。所以，雖然聲音打破了寂靜，卻比寂靜更令人害怕。

一開始，他本來打算這一天接下來就待在原地，可是一陣寒意很快浸透他發汗的身體，最後，他為了保暖，不得不繼續走動。他在森林裡直直朝前走，希望能儘快穿過森林走到路上，可是，他失望了，他繼續走啊，走啊，可是很明顯地，他走得越遠，森林變得越來越茂密，漸漸地，林間昏暗氣氛越來越濃重，國王意識到夜晚來臨了，一想到要在這個可怕的地方過夜，他就不寒而慄，於是他想加快步伐，卻走得更慢，因為他現在看不清路，無法審視落腳處，結果，他一直要不就是絆在樹根上，要不就是纏在樹藤和荊棘叢裡。

總算看見一線燈光，他真是高興極了！他小心翼翼地朝燈光走去，不時停下來看看四周圍，並側耳傾聽。燈光來自一間破舊小屋，一扇沒鑲玻璃的窗戶。這會兒，他聽到了一個聲音，他下意識地想跑開躲起來，但他馬上改變了想法，因為那人的聲音顯然是在祈禱。他溜到小屋窗邊，踮起腳尖，往裡面偷瞄了一眼。房間很小，地面是天然的泥土地，受經年累月的踩踏成了硬土；牆角處有一張燈心草鋪的床和一兩條破毛毯，旁邊放著一只桶子、一個杯子、一個盆子、兩三個罈罈罐罐，還有一只小板凳和一張三條腿凳子，壁爐裡頭的柴火餘燼冒著煙，後頭有座聖壇，由一根蠟燭照亮，聖壇前跪著一位老人，他身旁的舊木匣子上放著一本打開的書和一個骷髏頭。這個人高大又瘦骨嶙峋，有著長而雪白的頭髮與鬍鬚。身穿一件羊皮袍子，從脖子拖到了腳跟。

「一位高潔的隱士！」國王自語道，「這下我真的交上好運了。」

隱士站了起來；國王敲了敲門。回答的是一個深沉的聲音：

「請進！但把罪惡留在身後，因為你要踏上的土地是神聖的！」

國王走進來，停在那兒。隱士一雙發著亮、不平靜的眼睛看向他，說道：

「你是誰？」

回答溫和而率直：「我是國王。」

「歡迎，國王！」隱士熱情地大喊。接著，老人開始手忙腳亂起來，還不停地說著「歡迎，歡迎」。他在壁爐邊擺了板凳，讓國王坐在上面，往爐火裡增添薪柴。最後，他開始在屋裡緊張地踱來踱去。

「歡迎！很多人都來過這兒尋求至聖所，但他們都不值得得道，我都趕他們走了。但是，國王能扔掉他的皇冠，拋棄宮殿裡的虛榮浮華，穿上襤褸的衣衫，潛心向聖，親身修行，真是了不起，我很歡迎他！他可以在這裡終老一生。」國王急著想打斷他，跟他解釋，可是隱士完全不理會，顯然，他甚至沒聽見他說什麼，只自顧自的繼續自說自話，聲調越來越高，說得越來越起勁：

「在這裡，您能得到身心的平靜，沒人會找到您的藏身處來打擾您，來懇求您回到那種上帝讓您拋棄的空虛、愚蠢的生活。您將在這裡祈禱，您將研讀聖經，您將沉思世界上的荒唐事和種種迷惑，沉思即將到來的世界的崇高；您還將以麵包皮和藥草為食，每天用鞭子鞭打您的身體，來淨化您的靈魂；您將一絲不掛，皮膚上只裹著毛髮，您將只能喝水，您將永遠安寧，是的，絕對的安寧，因為不管誰來找您，都將無功而返。他不會找到您，他無法騷擾您。」

老人仍在房中來回踱步，他不再大聲說話，而是開始輕聲低語，國王抓住這個機會，陳述自己的情況，滿懷不安與憂慮使他滔滔不絕地講著，但是，隱士繼續低語，毫不理會。他一邊繼續輕聲低語著，一邊走近國王，動情地說：

「安靜！我告訴您一個祕密！」他彎腰正要開口，卻欲言又止，擺出了一副傾聽的姿勢。過了片刻，他踮起腳尖走到窗口，頭伸出去，朝薄暮中四處望了望，然後又踮著腳尖走回來，臉往下緊挨著國王的臉，耳語道：

「我是大天使！」

國王大吃一驚，對自己說：「願上帝讓我再回到亡命之徒那裡，因為，看啊，我現在落入一個瘋子的掌握！」他的憂心加劇完全表現在臉上。隱士低聲而興奮地接著說：

「我知道你感受到了我的氣氛！你面有懼色！沒有誰可以在這個氣氛中不受影響，因為這正是天堂的氣氛。我到了天堂又回來了，就在一眨眼的瞬間。那是五年前，我就在這個地方被任命為大天使，是天堂派來的天使授予我這個極大的榮耀，天使的到來將這個地方照得光輝奪目，他們向我下跪，國王！是的，他們向我下跪！因為我的地位比祂們更高。我曾漫步於天庭，與主教們說過話。觸碰我的手——不用害怕，摸一下——好了，現在，你摸過了一隻曾經被亞伯拉罕、以撒和雅各緊握過的手！因為，我曾漫步於在金色的天庭，我曾當面見過上帝！」他頓了頓，以強化他的語氣，然後，他突然臉色大變，又站了起來，生氣激動地說：「是的，我是大天使，只是一個大天使！我本來可能是教宗！這是事實。二十年前，上帝在睡夢中告訴我的。啊，是的，我本應該是教宗！我本應該當教宗的，因為上帝說過的。可是，國王解散了我的修道院，而我，一個可憐、渺小、沒有朋友的修道士，便在這個世界上無家可歸了，我那無量的前途就這樣給毀了！」此時，他又開始咕噥，在盛怒之下用拳頭猛打自己的額頭，他不時惡毒地詛咒一句，不時又病態地說：「為什麼我只是一個大天使，我啊，本應該是教宗的！」

他就這麼說了一個小時，而可憐的小國王坐在那忍受著疲勞轟炸。接著，老人的瘋狂突然停止了，變得全然和藹。他的嗓音轉為溫柔，也不再陰鬱，而是開始率真地、有人情味地談天說地，很快就完全贏得了國王的心。這位老信徒把男孩挪到靠近爐火的地方，讓他舒舒服服的，還用靈巧溫柔的雙手護理他的小塊瘀傷與擦傷，接著又開始準備燒晚飯，燒飯全程都愉快地聊個不停，偶爾還溫柔地摸一下小傢伙的臉頰，或者拍一下他的頭，在這種溫柔的愛撫下，不一會兒，國王對大天使的所有害怕和厭惡，都化為對這個人的尊敬和喜愛。

兩人用晚餐時，氣氛仍然融洽。接著，在聖壇前祈禱之後，隱士讓男孩到隔壁一間小屋睡覺，像個母親一樣，親切地為他將被子蓋得暖暖和和的。然後，隱士撫摸了他一下才離開，在爐火旁坐下，心不在焉地胡亂撥弄著烙鐵。過了一會兒，他停下了，然後用手指拍了幾下自己的額頭，像是試著記起他忘了的什麼事情。顯然，他沒記起來。此時，他迅速起身，走進他客人的房間裡，說：

「您是國王？」

國王昏昏欲睡地回答道：「是的。」

「什麼國王？」

「英格蘭國王。」

「英格蘭國王？那麼亨利去世了！」

「嗚呼，的確去世了。我是他的兒子。」

隱士緊鎖眉頭，一股報復的力量油然而生，讓他攥緊骨瘦如柴的雙手。他站了一會兒，呼吸急促，不斷吞著口水，然後用沙啞的聲音說：

「就是他讓我們在這個世界上無處可棲、無家可歸，你知道嗎？」

沒有回應。老人彎下腰，看了看男孩寧靜的臉龐，聽了聽他平和的呼吸。「他睡了，沉沉地睡了。」他的眉頭不再緊皺，取而代之的是一副邪惡而自滿的表情。睡夢中的男孩臉上露出一抹微笑。隱士咕噥道：「那麼，他的內心是快樂的。」然後，他轉身走開了，他悄悄地在四周走來走去，到處尋找著什麼東西，他一會兒停下來傾聽，一會兒又頭一歪，朝床那邊迅速地瞥了一眼，同時一直不斷地輕聲低語，不斷地自言自語，終於，他似乎找到了他要找的東西：一把生銹的舊屠刀，和一塊磨刀石。接著，他躡手躡腳地走到爐火旁，坐下來，開始輕輕地在石塊上磨那把刀，嘴裡仍舊在低語著，咕噥著，不時蹦出幾個字。風在這孤獨之處四周歎息，那神祕的夜晚聲音從遠處飄過。大膽的小鼠和大鼠們從縫隙和隱蔽處探出閃閃發光的眼睛盯著老人，但是，他繼續全神貫注地、一心一意地磨自己的刀，對周圍的事情渾然不覺。

久久一次地，他以大拇指沿著刀身試試刀鋒，並滿意地點點頭，「刀越來越鋒利了，」他說：「是的，越來越鋒利了。」

他忘了時間的飛逝，只是靜靜地磨著，自己想著什麼高興的事，偶爾突然叨念出幾句話來：

「他父親把我們整慘了，他毀了我們，而他已經墮入地獄永不停息的業火！是的，墮入永不停息的業火！他逃出了我們的手掌心，可那是上帝的意志，是的，那是上帝的意志，我們不能抱怨，但是，他沒有逃過業火！沒有，他沒有逃過業火，燒盡一切地、無情地、殘酷的業火，而且業火永不停息！」

他就這麼磨啊，磨啊，低語著，不時冒出兩聲粗聲輕笑，有時又突然說話：

「我只是一個大天使，是他父親一手造成的，要不是他，我應該是教宗！」

國王翻了翻身。老人無聲無息地一躍來到床邊，雙膝跪下，朝床上躺著的身體彎下腰，手裡高舉著刀子，男孩又翻了一次身，眼睛掙開了一會兒，可是，那雙眼睛什麼都沒在看，也什麼都沒看到，下一刻，他平靜的呼吸聲表明他又睡熟了。

隱士保持這個姿勢，幾乎屏住呼吸，觀察傾聽了好一會兒。然後，他慢慢放下自己的胳膊，不一會兒，他退縮了，一邊說：

「午夜已經過了許久，如果他喊出聲來就不好了，怕有人碰巧經過。」

他在小屋裡悄悄走來走去，從這兒找一塊破布，從那兒拿一條皮帶，又從別處拿個什麼東西，然後，他回到床邊，小心翼翼地輕輕將國王的腳踝綁在一起，沒有吵醒他。他接著想綁他的手腕，試了幾次想把它們交叉起來，可是，正當要用繩子綁時，男孩不是伸開這隻手，就是伸開另一隻手，但是，就當大天使幾乎絕望時，終於，男孩自己交叉雙手，緊接著它們便被綁了起來。現在，他往這個熟睡的人下巴下方穿過一條繃帶，接著拉到他的頭上，緊緊地繫住。他那麼輕柔地、一點一點地，而又如此熟練地綁緊繩結，整個過程都沒有驚動男孩，他一直安靜地睡著。

# 第二十一章　漢堂前來救駕

老人彎著腰，躡手躡腳地悄悄溜開，拿了一把矮板凳過來，坐上凳子，身體有一半在昏暗閃爍的燈光下，一半隱沒在陰影裡，他就這樣坐著，以渴望的眼神注視著沉睡的男孩，持續耐心地守夜，全然不顧時間的流逝。他輕輕地磨著他的刀，一面叨叨咕咕、輕聲發笑，樣子和神態看起來像極了一隻巨大的灰色蜘蛛，正幸災樂禍地看著倒楣的昆蟲無助地黏在牠的蛛網上。

過了好一會兒，老人眼睛雖然仍凝視前方，但視而不見，他的精神已經進入迷離夢鄉。突然，他發現那男孩雙眼睜著！他雙眼圓睜，目不轉睛地盯著上方的刀子，嚇呆了。老人的臉上漸漸露出了魔鬼般滿意的笑容，然後他臉上表情不變，身體動作也不變地說：「亨利八世的兒子，你祈禱了嗎？」

男孩在綁縛中無助地掙扎，從被捆得緊閉著的上下顎之間擠出一聲悶哼，隱士就當作這是對問題的肯定回答。

「那麼再祈禱一遍吧，為即將到來的死亡而祈禱！」

男孩渾身打了個哆嗦，臉色發白，然後，他又掙扎著想逃脫，朝著各個方向又轉又扭，瘋狂地、猛烈地、絕望地扯著，想掙脫束縛，卻徒勞無功。這個老魔鬼始終面朝下方向他微笑，點著頭，平靜地磨著他的刀，還不時喃喃自語：「時間是寶貴的，稀少又寶貴，為死亡祈禱吧！」

男孩絕望地呻吟一聲，停止了掙扎，氣喘吁吁。接著，男孩流出眼淚，一顆一顆順著臉頰淌下，但這可憐模樣並未使殘忍的老人心軟。

隱士注意到天就要亮了，便突然大聲說起話來，聲音裡有種神經兮兮的憂慮：

「我不能再沉浸在這狂喜之中了！夜晚已經過去，有如在一眨眼之間就過去了，只有一眨眼，但願它能持續一整年！教廷毀滅者的子嗣，閉上你那該死的眼睛，那將是你最害怕看到……」

剩下的話就成了聽不清楚的咕噥。老人雙膝跪下，手拿刀子，朝呻吟的男孩彎下腰。

聽！小木屋近處傳來說話聲，隱士手中的刀子滑落，他拖來一張羊皮蓋住男孩，渾身顫抖地起身。聲音漸大，不一會兒，那說話聲變得粗魯而憤怒，接著是打架的聲音、呼救的喊聲，然後是有人急速逃離的腳步聲，緊接著，小木屋外就傳來了咚咚響的敲門聲，接著有人說：

「喂、喂！開門！看在閻羅十八殿的份上，快點！」

啊，這是國王的耳中所響起過最神聖的聲音，因為那是邁爾斯．漢堂的聲音！

隱士咬牙切齒，憤怒卻無能為力，他迅速走出臥室，走出小木屋，關上身後的門。國王隨即聽到從那個「小禮拜堂」傳來的對話，大意是這樣的：

「向您致上敬意與問候，可敬的先生！男孩在哪兒，我的男孩？」

「什麼男孩，朋友？」

「什麼男孩！別跟我撒謊，教士先生，別跟我耍詭計！我現在沒那個心情。我在這附近抓住了那些惡棍，我斷定就是他們把孩子從我這裡偷走的，而且我也逼他們坦白認罪了。他們說他又逃跑了，而且他們說他們一路追蹤到了你的門口，他們給我看他的腳印，別再搪塞了，你看看你，神聖的先生，你敢不把他交出來……男孩在哪兒？」

「噢，好心的先生，你可能是指昨晚在這兒留宿的，那個穿著破舊王室衣服的遊民吧。如果像你這樣的人會對他那樣的人感興趣，那麼，我告訴你，我派他出去辦點事，他等一會兒就回來了。」

「多久？多久？快說，別浪費時間，我不能趕上他嗎？他多久會回來？」

「你不用著急，他很快就回來。」

「那麼，就這樣吧。我就試著等等。可是，等一下！你派他去辦事？你！真是的，這一定是謊言，他不會去的，要是你真的對他那麼傲慢，他會扯掉你的鬍子。你撒謊，朋友，你肯定在撒謊！他不會為了你或任何人去辦事。」

「為任何人，不會，他或許不會。但我不是凡人。」

「什麼！那麼，看在上帝的份上，你是什麼？」

「這是個祕密，記著，不能說出去。我是大天使！」

邁爾斯．漢堂迸出了一聲大吼——而不是全然的唾罵——接著說：

「這樣就合理了，這解釋了他為什麼乖乖地去跑腿！我很瞭解，他不會為任何凡人親力親為幹這不體面的活兒，可是，主啊，當一個大天使下達命令時，即使是國王也得聽從！讓我……噓！那是什麼聲音？」

整個談話過程，小國王都在那邊一會兒因害怕而發顫，一會兒因希望而發抖，同時，他也一直在使盡全身氣力，發出痛苦的呻吟聲，一直希望能傳到漢堂的耳朵裡，但是又一直痛苦地明白到：漢堂沒聽到，或者至少沒注意到。所以，他忠誠的僕人漢堂剛才說了聽到什麼聲音的那句話，就像從生氣勃勃的田野吹來復甦的氣息，吹向垂死之人，於是他又一次用盡全身的氣力出聲。這時，隱士說道：

「有聲音？我只聽到了風聲。」

「可能是風聲。是的，毫無疑問是風聲。我一路都隱隱約約聽到風聲……那聲音又來了！那不是風聲！多麼奇怪的聲音！來，我們找找它從哪裡來的！」

現在，國王幾乎忍不住興奮。他那疲倦的肺盡了全力，也充滿希望。但是，不幸地，遭封住的嘴巴，和蓋在身上的羊毛皮，阻礙了他的努力。於是，可憐的傢伙的心沉了下來，他聽到隱士說：

「啊，聲音是從外面傳來的，我想是從遠處的小樹林裡。來，我來領路。」

國王聽到這倆人說著話，走出去，聽到他們的腳步聲很快地消失，接著就只剩下了他自己一人，陷入不祥的、徘徊不去又駭人的寂靜中。

這段寂靜時間漫長無比，像是過了一輩子，之後他才再聽到腳步聲和說話聲漸近，這次他還聽到了其他聲音，顯然是馬蹄聲。接著他聽到漢堂說：

「我不會再等了。我不能再等了。他一定在這茂密的森林裡迷了路。他朝哪個方向走了？快點，指給我看。」

「他……不過等一下，我跟你去。」

「好，好！啊，你的心眼比你的長相好多了。天啊，我想沒有第二個大天使有你這麼好的心眼了。你要騎馬嗎？你要騎這頭為我的男孩準備的小驢呢，還是跨開你神聖的雙腿，騎我的這頭壞脾氣的騾子呢？這也是騙來的，我借給一個失業的補鍋匠一塊黃澄澄的花星幣，放了一個月的高利貸就換來的抵押品，遠低於牠的價值。」

「不，騎著你的騾子，牽著你的驢，我更相信自己的雙腳，我走路。」
「那麼，請在我冒著生命危險，試著能不能成功騎上這頭大騾子時，幫我照看一下這頭小驢。」
接著，外面傳來了一陣踢、打、踩踏和跳躍的混亂聲，伴隨著一連串雷鳴般的大聲詛咒，最後，那頭騾子挨了一聲狠狠的吆喝，肯定是嚇到失魂落魄，因為之後牠似乎就停止了反抗行動。
被綁住的小國王聽著說話聲和腳步聲漸漸遠去，然後消失，痛苦得難以形容。所有希望都離他而去，此時此刻，他心中湧起一股陰晦的絕望：「我唯一的朋友上了當，被引開了。」他說：「隱士會回來，而且……」他倒吸了一口氣，沒再說下去，而是立即又開始瘋狂地掙扎著，想掙脫束縛，終於甩掉了那令人窒息的羊皮。
這時，他聽到門開了！這聲音讓他渾身發冷得直透骨髓，他似乎已經感覺到刀子架上喉嚨。恐懼使他閉上了雙眼，恐懼又使他睜開了雙眼，而他面前站著約翰·康迪和雨果！
如果嘴巴沒被封住，他一定會說：「謝天謝地」！
沒一會兒的工夫，他的四肢就自由了，逮住他的兩個人一邊抓著他一隻胳膊，急急忙忙地全速跑進森林。

# 第二十二章　背叛的受害者

「國王蠢蠢一世」又再度跟這些流浪者與亡命之徒們一起漂泊了，他成了他們那些粗野笑話和愚蠢諷刺的笑柄。而有時，當首領不注意的時候，他就落到了康迪和雨果手裡，成為他們小小惡作劇的受害者。只有康迪和雨果真心不喜歡他，其他人有些喜歡他，而且所有人都佩服他的勇氣和精神。這兩三天，雨果監視、掌控著國王，並用盡一切偷偷摸摸的手法讓男孩不好過。在晚上慣常的狂歡宴會上，他若有似無的羞辱國王來逗笑大夥兒，而且總是假裝是出於無心之過。他兩次「無意地」踩到國王的腳趾，而國王為了表現與王者相稱的言行，只是輕蔑地顯得對此毫不在意與漠不關心。但是，當雨果第三次為了找樂子又這樣做時，國王一棍將他打倒在地，這讓眾人興奮異常。雨果惱怒成羞，跳起來，抓了條棍子，狂怒地奔向他的小敵人。人們立刻在兩名鬥士身邊圍成一個圈子，開始打賭與歡呼。但是，可憐的雨果毫無勝算，他那狂亂和笨拙的三腳貓招式根本起不了半點作用，因為這時他遇到的是由歐洲一流大師們教導單棍、鐵箍棒術與全套劍術及劍法的對手。小國王帶著警覺，但優雅放鬆地站著，輕而易舉並準確無誤地或格擋、或閃避對方暴雨似的亂打，混雜的旁觀者對此敬佩萬分而狂歡不已。不時地，當他那熟練的眼睛找到對方的空檔，一記閃電般突襲就會朝雨果腦袋敲去，這時，暴風雨般的歡呼和笑聲響徹全場，聽起來美妙極了。一刻鐘過後，雨果已經遍體鱗傷，全身瘀青，成為無情嘲笑狂轟濫炸的目標，他偷偷地從戰場上溜走了。歡樂的群眾抓住格鬥中毫髮無傷的英雄，把他高高地抬在肩膀上，送上首領旁邊的尊貴座位，在那裡以隆重的儀式加冕他為鬥雞國王，同時莊嚴地取消並廢除他過去卑微的蠢蠢一世頭銜，宣稱如果之後有人再這麼叫，就下令將其逐出該幫。

所有使國王為這夥人做事的嘗試最後都失敗了。他固執地拒絕做事，而且，他總是試圖逃跑。回來的第一天，他就被扔進一間無人看管的廚房，他不僅雙手空空地出來，而且還試圖警告屋裡的人；他被派出去給一個補鍋匠做幫手，但他不願幹活，更過份的是，還拿起補鍋匠自己的烙鐵威脅他，最後，雨果和補鍋匠兩個人發現光是看顧著他不讓他逃跑，就沒空做別的事了。只要有人妨礙他的自由或強迫他做事，他都龍顏大怒。在雨果的授意下，他被派去與一個邋遢並帶著患病嬰兒的婦女一起乞討，但是結果不那麼令人滿意，他拒絕為這群丐幫乞討，或者參與他們的任何勾當。

就這樣過了幾天，流浪生活的悲慘，以及生活中的疲累、污穢、卑劣與粗俗，漸漸讓這個囚徒越來越無法忍受，以至於最後他開始覺得，他從隱士刀下逃過一劫，只不過是暫時的緩刑而已。

但到了晚上，在夢裡，他忘記了這一切，他又坐在寶座上成為主人，當然，這更加重了醒來時的痛苦。於是，從他回到奴役下的生活起，到跟雨果那場打鬥的那幾天之間，每當早晨來臨，那股受辱感越來越強烈，越來越無法忍受。

打鬥後的第二天早上，雨果醒來時，滿心想著要報復國王。具體來說，他有兩個計畫：一是羞辱這傢伙，那種讓他的高傲脾氣與「幻想中」的王家地位無法忍受的羞辱；如果這個計畫沒成功，他另一個計畫是設計讓國王犯下某種罪行，再告發他，讓他落入法律無情的魔掌中。

為了實行第一個計畫，他打算在國王的腿上放上「氣候」，這一定會將國王羞辱到極致中的極致。一旦「氣候」做好了，他打算叫康迪幫忙，強迫國王在公路上露著腿乞求施捨。「氣候」是道上黑話，意思是人為製造的潰爛。為了製造氣候，施作者用生石灰、肥皂和舊鐵銹製成漿糊或敷膏，塗在一張皮革上，再把那張皮革緊緊包上他的腿。不一會兒，它就會侵蝕皮膚，露出破皮瘡口，看起來潰爛紅腫。然後在腿上塗血，等血完全乾了，就成為烏黑令人作嘔的顏色。接著再巧妙地以髒兮兮的破布繃帶胡亂地纏在腿上，讓可怕的潰瘍依稀可見，以博取路人的同情。（原註18）

雨果得到了補鍋匠的幫助，就是國王拿烙鐵嚇唬的那個補鍋匠。他們說是帶著男孩出去熔補，一旦到了營地視線範圍之外，他們就一把推倒男孩，補鍋匠壓住他，雨果將敷膏緊緊綁在的國王腿上。國王暴怒痛罵，發誓只要他一回到王位，便要絞死這兩個人。可是他們緊緊地抓著他，享受他那無能為力的掙扎，嘲笑他的威脅。一切就這樣繼續，直到膏狀物開始侵蝕皮膚，如果無人打擾，不用多久這工作就能完美地完成。但是有人來了，就在這個時候，那個發表詆毀英格蘭法律演講的「奴隸」碰巧撞見，扯掉膏狀物與繃帶，阻止了這項工作。

國王想借用救命恩人的棍子，當場痛揍這兩個流氓，但那人說不行，說這會惹來麻煩，把這事留到晚上。到時候，所有人都在，外界不敢介入妨礙。他帶著這幾個人回到了營地，並向首領報告了這件事。首領聽了思考了一下，然後決定不應該再派國王去乞討了，因為顯然他應該做更高尚和體面的事情。因此，他當場將國王從乞討的階級別晉升為偷的階級！

雨果欣喜若狂，他早就試圖逼國王行竊，卻都失敗了，但是現在不再有這個問題，因為，理所當然的，國王可不會想要公然反抗領袖直接下達的明確命令吧。於是，他為當天下午策畫一場搶劫，打算讓國王在這個過程中遭法律逮捕，這件事可要精心設計，要看起來是偶然的無心之過，現在鬥雞國王很受歡迎，誰要是把他出賣給他們共同的敵人：法律，幹下這麼嚴重的背叛行為的話，整幫人可不會輕易放過這個犯眾怒的傢伙。

很好。雨果很早就帶著他的獵物往鄰村走去，兩人悠閒地走過一條又一條街，其中一人機警地尋找一個十拿九穩的機會，以達成他那邪惡的目的，另一人也同樣機警地觀察，尋找機會開溜，好永遠逃離這令人厭惡的囚禁。

兩人都錯失了一些還算不錯的機會，因為兩人都暗暗下定決心，這次行動必須要有十足的成功把握，他們兩人都忍住了強烈欲望的引誘，沒有冒然採取任何沒有把握的行動。

雨果的機會先來了，總算走來一個提著籃子的婦人，籃子裡放著鼓鼓的包裹。雨果的眼神因罪惡的喜悅而發亮，他心想：「我的天啊，我就讓他在這兒下手，太好了，上帝保佑你，鬥雞國王！」他等著，觀察著，表面上不動聲色，但是內心極其興奮。一直到婦人走過，時機成熟，他便輕聲說：

「在這兒別動，等我回來。」說完就悄悄地往獵物追了過去。

國王滿心歡喜，因為只要雨果為了下手而跑得夠遠，他馬上就可以逃跑了。

但他沒有那麼幸運。雨果躡手躡腳地跟在婦人後面，搶了包裹就往回跑，把包裹捲在他搭在胳膊上的一條舊毯子裡。婦人立即嚷嚷起來，她覺得身上輕了，知道丟了東西，儘管她並沒有看見偷的過程。雨果毫不遲疑地把包袱塞到國王手裡，說：

「你快和其他人一起追著我，大喊『抓賊！』，但是記住把他們引到另外一條路上！」

接下來，雨果拐了彎，向一條彎曲的小巷飛奔，不一會兒，他又出現在人們視線中，懶洋洋的，一副無辜又滿不在乎的樣子，站定在一根杆子後面，準備看結果如何。

受到侮辱的國王將包裹往地上一扔，毯子飛了開，不巧那婦人正好過來，後頭還跟著一群嘰嘰喳喳的群眾。她一隻手抓住國王的手腕，另一隻手抓住她的包裹，開始對男孩破口大罵，同時男孩掙扎著想逃脫她的掌握，但沒有成功。

雨果看夠了——他的敵人遭逮，現在法律會懲罰他——於是他悄然溜開，樂呵呵笑著往營地方向走去，邊走邊想著該如何把這事編成一個合理的版本，來向首領與丐幫成員們報告。

國王繼續在婦女的手中掙扎，不時惱怒地喊道：

「放開我，妳這個愚蠢的傢伙，搶了妳那不值錢東西的不是我。」

人群湊過來，對國王威脅辱罵。身穿皮圍裙的壯碩鐵匠，把袖子捲到胳膊肘上，一把抓住他，說要好好揍他一頓，給他點教訓，就在此時，長劍劃過空中，劍脊朝下猛力落在那人的胳膊上，同時，持劍的大好人笑吟吟地說道：

「啊，善良的人們，讓我們用文明的方式處世吧，不要以仇恨和惡言相向。這件事應該由法律來裁決，不是私下用私刑解決，放開這個男孩，女士。」

鐵匠打量一眼那位強壯的戰士，就邊咕噥邊揉搓著胳膊走開了，婦人不情願地放開了男孩的手腕。人群不友善地盯著這個陌生人，但都謹慎地閉上了嘴巴。國王一躍跳到救他的人身邊，滿臉通紅，眼睛發亮，大聲說道：

「你來得太晚了，但是你來得正好。現在，邁爾斯爵士，為我把這群烏合之眾撕成碎片！」

## 原作者註

原註18：引用自《英格蘭遊俠》，倫敦出版，一六六五年。

# 第二十三章　王子成了階下囚

漢堂擠出了個笑臉，彎下腰，在國王的耳邊悄聲說道：

「小聲點，小聲點，我的王子，說話可要小心點……不，請忍耐一下，根本別說半句話。相信我……最後一切都會沒事的。」然後他又心想：「邁爾斯爵士！天啊，我完全忘了我還受封為騎士！主啊，這是多麼奇妙的事情，他的記憶力好到記得他那古怪而瘋狂的幻想！……我的頭銜是空虛和愚蠢的，可是也不無價值，因為我覺得，在他的南柯一夢王國裡做個虛幻的騎士，比在這個真實世界的王國裡做個卑微的男爵更為榮耀。」

人群分了開來，讓路給治安官，治安官走近，剛要把手放在國王的肩膀上，漢堂突然說：

「輕點，好朋友，拿開你的手。他會乖乖跟你走的，我保證。請帶路，我們跟在後面。」

治安官領路，那婦人拿著她的包裹跟在後面，邁爾斯和國王跟隨其後，緊跟著他們的還有一群人。國王想要反抗，但是漢堂小聲對他說：

「陛下，您想想，您的法律對於您的王室地位來說就好比是健康的空氣。如果法律的源頭都違抗它們，怎麼還能讓那些支流遵守它們呢？很明顯的，您已經觸犯了其中一條法律。當國王再坐到寶座上，想起當他隱藏自己的高貴身分，喬裝為平民時，屈服於他自己的統治權力，想必不會因此而悲傷吧？」

「你是對的，不用再多說了。你將會看到，英格蘭國王要求人民接受的任何法律處置，當他自己身為平民身分時，他也會都接受。」

婦人受傳喚到治安法官[1]面前作證時，她發誓說公開受審的這個小犯人就是那個犯下竊案的賊。因為沒有任何反證，所以國王被認定有罪。現在包裹打開了，裡面是一頭光溜溜的豬。這時，法官面露憂慮之色，而漢堂臉色變得蒼白，身體因一股焦慮的電流而顫抖，可是國王依舊平靜，因一無所知而無憂無懼。在這個不祥的停頓中，法官沉思片刻，然後轉向婦人，問道：

「妳認為這個財產值多少錢？」

婦人行禮回答道：

「三先令八便士，法官閣下。我一分錢都不能少說，這是真的值這麼多錢。」

法官不自在地看了一下周圍的群眾，然後對治安官點了點頭，說道：

「旁聽者退出法庭，關門。」

眾人退庭完畢。除了兩個治安官、被告、原告和邁爾斯．漢堂，沒有留下其他人。邁爾斯一臉嚴肅，沒有血色，額頭上冒出了大顆大顆的汗珠，汗珠破裂、融合為一，順著臉淌了下來。法官又轉向婦人，同情地說道：

---

1 治安法官（Justice of Peace），又稱為「太平紳士」，源於英格蘭的司法制度，由政府委託民間人士擔任兼職法官處理簡易的法律流程及維持地方安寧。

「這個無知的小夥子，可能是實在飢餓難忍才犯案，這是個可憐人過著困苦日子的時代。妳瞧瞧，他的面相並不邪惡，但是當飢餓難忍時，好心的女士，妳知道嗎？當偷的東西價值超過十三個半便士，法律將判他絞刑。」

小國王吃了一驚，驚恐地睜大了眼睛，但是他控制住情緒，保持平靜。可是婦人卻無法平靜了。她一躍而起，嚇得顫抖起來，喊道：

「啊，天啊，我做了什麼啊！仁慈的上帝，給我整個世界，我也不願絞死這可憐的傢伙！啊，請讓我免於害死這孩子，尊敬的法官，我該怎麼做，我能做什麼？」

法官保持著法庭上應有的沉著，只是說：

「無疑地，既然我們還沒有記下物品的價值，當然還允許修改。」

「那麼，看在上帝的份上，就說這頭豬值八便士吧，上天保佑我，在這一天，我的良心可以擺脫這件可怕的事情！」

邁爾斯．漢堂高興得忘記了禮儀，他雙手擁抱國王，冒犯了國王的尊嚴，讓國王吃了一驚。婦人感激地道別，領著她的豬離開。治安官為她開門，跟著她走進窄廳裡，法官繼續寫他的記錄。總是警覺的漢堂，想弄清楚治安官為什麼跟著那婦人出去，因此他悄悄地溜到昏暗的大廳裡聽著。他聽到的談話的大意是：

「這是一頭肥豬，肯定很好吃，你賣給我，給你八便士。」

「八便士，還真的啊！你不能這麼做。它花了我三先令八便士，那可是先王所發行的十足貨幣，那個剛死的老亨利從未濫發或貶值貨幣。你的八便士只能買一個無花果！」

「你在法庭上說的話是在放屁嗎？你發過誓證詞屬實，要是妳出爾反爾，當妳說價值僅僅八便士的時候，就是在撒謊。馬上跟我回到法官面前，為妳犯的罪負責！然後，那個孩子將受絞刑。」

「好了，好了，好心的，別再說了，我願意。給我八便士，就別再提這件事情了。」

婦人哭著離開。漢堂悄悄溜回到法庭上，治安官把他的好東西就近藏妥，不久也回到法庭。法官又寫了一會兒，接著向國王朗讀了一篇智慧、友善的訓誡，宣判他在普通監獄裡短期服刑，之後將受鞭刑示眾。國王驚訝地張大了嘴巴，可能正想要下令當場將這位好心的法官斬首，不過，他看到了漢堂給他的警告信號，於是在說出任何話之前又閉上了嘴巴。現在漢堂抓住他的手，向法官致敬，然後兩人隨著治安官朝監獄走去。一走到街上，怒火衝天的國王就停下來，甩脫了他的手，大聲說道：

「笨蛋，你真以為我會活著進普通監獄嗎？」

漢堂彎腰，有點嚴厲地說道：

「你能相信我嗎？住嘴！別再說危險的話讓我們陷入更糟的處境。上帝的意旨一定會實現，你無法使它提早實現，也無法改變它，所以只能等待，耐心地等。當該發生的事情發生之後，有的是時間抱怨或高興。」（原註19）

# 原作者註

原註19：因輕微偷竊罪遭處死。當康乃迪克殖民地與紐哈芬城尚在編纂他們的法典時，英格蘭本土法律規定凡偷竊金額超過十二便士即為可判處死刑的重罪，從亨利一世統治時期以來法律就如此規定。[1]

——J. 漢默．川布爾博士著《藍色法律之真假》，第十七頁。

一本奇特的古書《英格蘭遊俠》則記載這個上限應為十三又二分之一便士；任何人只要偷竊的贓物價值「超過十三又二分之一便士」就要判處死刑。

1 亨利一世（Henry I, 1068~1135），英格蘭國王威廉一世幼子，一一〇〇年其兄威廉二世離奇死亡後繼位。

# 第二十四章　逃跑

冬季短暫的一天即將結束。街上杳無人跡，只剩下三三兩兩的落單行人匆匆地直行，他們帶著那種專注趕路的表情，就像是只急著想盡快走回家門，然後窩進溫暖家中，躲避漸起的寒風與漸濃的暮色。他們只盯著前方，不顧左右，沒注意我們所談的這群人，甚至好像根本連看都沒看見他們。愛德華六世心想：過去是否曾經也有一個國王在走向監獄的路上遭受如此驚人的冷漠對待。不久，治安官來到一座廢棄的市場廣場，繼續前行穿過它。走到廣場中間時，漢堂把手放在他的胳臂上，低聲說道：

「等一下，好心的先生，現在四下無人旁聽，我有話要對你說。」

「我的職責不允許，先生，請別妨礙我的工作，天就要黑了。」

「不論如何，請稍等一下，因為這件事情與你密切相關：能否請你轉過身去並裝作沒看到，讓這可憐的小傢伙逃走。」

「你竟敢向我提這種事！先生，我要逮捕你……」

「不！別這麼急，請小心不要犯下愚蠢的錯誤。」然後，他壓低聲音成了悄悄話，在這人耳邊說道，「你花了八便士買的那頭豬可能會讓你上絞刑臺。」

可憐的治安官吃了一驚，一時說不出話來，接著當他又說得出話，就咆哮出聲威脅。但是漢堂鎮靜並耐心地等他講完話，之後繼續道：

「朋友，我還蠻喜歡你的，所以不想看到你受到傷害。請注意，我每一個字全都聽到了。我會證明給你看。」接著他把這位治安官和婦女在府邸裡的談話，一字不漏地重複了一次，最後說：

「如何！我說對了嗎？要是迫不得已的話，我只好在法官面前一字不差的講出來，非得如此嗎？」

治安官既吃驚又沮喪，有好一陣子啞口無言。然後，他振作起來，強裝笑顏地說：

「這件事情確實很嚴重，但這只是一個玩笑。我只是嚇唬一下那個婦人，給自己找點樂子而已。」

「你拿走那個婦人的豬，只是找樂子？」

他尖銳地回答：

「沒別的事，好心的先生，我告訴你這只是開個玩笑。」

「我確實開始相信你了，」漢堂以半嘲笑半信任，令人迷惑的聲調說話：「但還是請你在這裡等一下，我去叫法官來，無論如何，他是個在各方面都經驗豐富的人，不論是在法律上還是在玩笑上……」

他一邊走開一邊說著。治安官慌張了，焦躁地罵了幾句，接著大喊：

「稍等！稍等！好心的先生，請稍等一下，法官啊！先生，他對待玩笑話就如同對待死屍一樣毫不留情。來嘛，我們好好商量一下。喔嗚，天哪！看來我鑄下了大錯，只不過是一個輕率無意的小玩笑。我是個有家室的人，我有妻子和和年幼的孩子們，請講講理吧，好心的先生，你想要我怎麼做？」

「除非你瞎了、啞了，或是癱了，不然每個人都能從一數到十萬，你就慢慢數吧。」漢堂說，臉上帶著一種只不過是請人幫個合理的小忙——還是非常小的小忙——的表情。

「我毀了！」治安官絕望地說道：「啊，請你講講理，好心的先生，只要面面俱到地好好看看這整件事情，就可以瞭解這只是個非常小的玩笑，這是多麼明顯、多麼清楚的事啊。即使你不認為它是個玩笑，它也只是個小錯誤，它所帶來的最嚴厲懲罰，只不過是法官的口頭斥責與警告而已。」

漢堂以嚴肅的語氣回應，使得周遭氣氛為之凍結：

「你這種玩笑在法律上是有明文律定罪名的，你知道是什麼嗎？」

「我不知道！難不成我真的很不智。我沒想過它是有法定罪名的，喔，天啊。我以為是我自己的獨創發明。」

「是的，它是有法定罪名的，這項罪名在法律上的專用術語叫做違反心智不堅者反擊以榮耀世界法。」[1]

「喔，我的天啊！」

「而且懲罰是死刑！。」

---

[1] 這「術語」為拉丁文：Non compos mentis lex talionis sic transit gloria Mundi，直譯為「心智不堅，反擊法，榮耀世界」。是原作者讓漢堂胡謅來唬人的無意義拉丁文。

「求上帝憐憫我這個罪人吧！」

「你趁一個人犯了錯而處在極端危險的情境下佔對方便宜，憑藉你的權力奪取價值高於十三個半便士的東西，卻只付了少許的錢，這點，以法律的觀點來看，這成立了蓄意詐欺、隱匿叛國者、怠忽職守、以及消除當事人存在地位罪[1]。懲罰是判處絞刑，不得易科贖金、減刑，亦不得受神職人員恩赦。」

「扶我一把，扶我一把，好心的先生，我雙腿都軟了！求您大發慈悲，讓我逃過厄運吧，我會轉過身去，當作沒看到已經發生的事情。」

「好！你現在變得很聰明而且很理智，而且你會交還那頭豬吧？」

「我會的，我會，真的，我再也不會碰豬了，就算那是上天再送一頭過來，由大天使抓來給我，我也不會再碰了。走吧，我因所犯的錯而盲目，我什麼都沒看到。我會說你闖進來，強行從我手中搶走囚犯。那只是一扇破爛的舊門，我會親自在午夜之後、天亮之前，撞破那扇門。」

「就這麼做吧，好心人，你不會因此而受任何傷害。法官對這個可憐的男孩抱持憐憫，不會因為他逃跑而傷心流淚，或因此打斷獄卒的腿。」

---

1 原文為拉丁文：ad hominem expurgated in statu quo，直譯為「消除當事人的存在地位」。同上，也是原作者讓漢堂胡謅來唬人的無意義拉丁文。

# 第二十五章　漢堂府邸

漢堂和國王一走出治安官的視線，國王陛下就按照漢堂的指示，匆忙地趕往鎮外指定地點，在那邊等他，漢堂則是到旅館去結清帳款。半個小時後，這兩位朋友愉快地騎著漢堂可憐的座騎向東慢慢前進。現在，國王既舒服又溫暖，因為他已經扔掉破衣，穿上漢堂在倫敦橋買給他的二手衣服。

漢堂不想讓男孩過度勞累，他認為辛苦的旅途、用餐不規律，以及睡眠不足，都對他瘋癲的心神不好；反之，休息、規律的作息，以及溫和的運動，肯定能讓病情快點好轉。他渴望看到他那受傷的心智能夠再度恢復，從受盡折磨的小腦袋中趕走疾病產生的幻覺。因此，儘管他已遭逐出家門那麼久，他還是按捺住歸心似箭、恨不得日夜趕路的心情，決心慢慢前行。

當他和國王走了大約十英哩後，來到一座大村莊。他們於此地停下，在一間好旅館過夜。他們恢復了先前的關係：國王吃飯時，漢堂站在椅子後面侍候他；他準備就寢時，為他更衣，之後自己則裹起一條毛毯，橫過門口，睡在地板上。

第二天、以及第三天，他們一邊懶洋洋地走著，一邊述說自從他們分開後，彼此所經歷的奇遇，雙方都對於對方的經歷感到非常有趣。漢堂詳細敘述他尋找國王的大探索，講到大天使如何欺騙他繞遍整座森林，最後大天使發現無法甩掉他，又帶他回到小屋的過程。然後，他說道，那老人走進臥室後卻一臉心碎地搖搖晃晃走了出來，說他本來以為男孩子已經回來了，躺在那裡休息，但事實卻不是這樣。漢堂在小屋等了一整天，等到國王回來的希望破滅後，才再度上路尋找他。

漢堂說：「陛下沒有回去，老聖徒非常難過，我從他的臉上看得出來。」

國王說道：「天啊，我一點都不懷疑這點！」然後他開始講他的故事；漢堂聽完以後，後悔沒有殺了大天使。

到了旅途最後一天，漢堂心情亢奮，他一直說個不停，講到他的老父親和他的哥哥亞瑟，敘述許多顯出他們崇高人格與大方個性的故事；他講起對他的艾迪絲的狂熱愛戀，而且心情好到甚至提起了與休之間的溫暖兄弟情義，他不停述說著即將進入眼前的漢堂府邸。這會給大家多麼大的一個驚喜啊，會是多麼令人感激和高興的場面啊。

這是個美麗的地方，遍佈著屋舍和果園，道路穿過廣袤的草地，草地往後延伸一望無際，不時溫柔地起伏著，像是大海時漲時落的波浪。到了下午，這位歸鄉的浪子一直向遠方眺望，看看他的視線能否越過小丘，遠遠地瞥見他的家。最後，他成功了，並且興奮地喊出來：

「我的王子，就是那個村莊，在那附近就是府邸，從這裡你可以看見那些塔、還有那棵樹，那是我父親的花園。喔，現在你就會知道什麼叫做莊嚴和宏偉了！一座擁有七十間房間的房屋——想想看它有多大！——還有二十七位僕人！對於像我們這種模樣的人來說，這真是奢侈的住宿了，不是嗎？來，我們快點，我迫不及待，再也等不及了。」

他們用最快的速度趕路，儘管如此，仍到了三點之後才抵達村莊。這兩位旅人飛奔穿過村莊，漢堂仍一直說個不停：「這裡是教堂，還是覆蓋著一模一樣的常春藤，不多也不少。」「那是老紅獅旅館、還有那裡是市場。」「這裡是五月柱、這是水泵、一切都沒變，除了人事全非，不管人變得是快是慢，經過十年都會讓人們有所改變，我好像認得某些人，但是沒人認得我。」他邊走邊說，很快走到了村莊盡頭，接著這兩個旅人進入一條狹窄蜿蜒的小路，小路兩邊豎著高高的籬笆牆。兩人一路匆忙輕快地走了半英里，接著穿過在巨大石柱上有著紋章浮雕的莊嚴大門，進入開闊的花園，富麗堂皇的府邸出現在他們面前。

「歡迎到漢堂府邸來，吾王！」邁爾斯大聲說道。「啊，這是了不起的一天！父親和哥哥，還有艾迪絲小姐會高興得發瘋，他們剛見到我會十分激動，只會看著我，和我說話，所以會像是冷落了你。不過別介意，他們待你的態度很快就會完全不同，因為當我說你是我守護的人，並告訴他們我對你的愛是多麼珍貴，你就會看到他們因為邁爾斯・漢堂而喜歡你，從此永遠讓你以此處為家，永遠喜歡你！」

下一刻，漢堂一躍來到宏偉大門前的地面，扶著國王走下去，然後拉著他的手，匆匆跑了進去。走了沒幾步就到了一處寬敞的廳堂。他進去，顧不得禮節，急急忙忙地讓國王坐下，然後他又朝坐在辦公桌前的年輕男人跑去，辦公桌之後是燒得正旺的柴火。

「給我個擁抱，休，」他喊道，「說你很高興見到我又回來了！請我們的父親出來，因為我得再次握到他的手、看見他的臉，以及聽見他的聲音，才是真正的回到了家！」

但是休卻只是向後退縮，臉上一瞬間洩露出內心的驚訝，之後朝著這名闖入者投以嚴肅的目光，起先是一種尊嚴受到冒犯的眼神，接著，反映著他內心的思緒與目的，轉變為一種奇妙的好奇的眼神，夾雜著真心的、或是假裝出來的同情。不久，他溫和地說：

「你似乎精神失常了，可憐的陌生人，也怪不得，從你的面容和衣服看得出來，你在世人的手裡遭受貧困和殘酷的虐待。你把我當成誰了？」

「當成誰？請問除了你自己，還能是誰？我把你當成休．漢堂。」邁爾斯大聲說。

對方繼續輕柔地說：「那麼你想像你自己是誰？」

「這跟想像一點關係也沒有！你假裝不認得我，不認得你的哥哥邁爾斯．漢堂嗎？」

一陣驚喜的表情滑過休的臉，他叫道：

「什麼！你不是在開玩笑吧？死人能復生嗎？假如能的話，感謝上帝！經過這麼多年痛苦的歲月，我們失去的可憐孩子總算回到了我們的懷抱中！啊，這似乎好到難以置信，真的好得令人難以置信。我請你發發慈悲，別跟我開玩笑！快，到亮處來，讓我好好看看你！」

他抓住邁爾斯的胳膊，將他拽到窗前，開始從頭到腳徹底地打量他，把他轉過來轉過去，圍著他輕快地轉啊轉，來從各個角度看清楚到底是不是他，而此時，歸來的浪子高興得容光煥發、微笑、大笑，不斷地點頭，說：「繼續，弟弟，繼續，別害怕，你不會找到不符合的四肢和特徵。隨便你怎麼看、怎麼檢查，直到滿意為止，我親愛的休老弟，我確實是你的老哥邁爾斯，沒變的老哥邁爾斯，你失去的哥哥，不是嗎？啊，多棒的一天，我說這是多棒的一天啊！讓我握你的手，讓我吻你的臉頰，主啊，我好像高興得要死了！」

他正要擁抱他的弟弟，可是休抬起手拒絕了，然後悲傷地將下巴埋到胸前，激動地說：

「啊，上帝慈悲，賜予我力量，讓我承受這悲傷的失望！」

邁爾斯很吃驚，一時說不出話來。接著他回過神，喊道：

「什麼失望？我不是你哥哥嗎？」

休悲傷地搖搖頭，說：

「我向天祈禱，希望上天能證明你真的是他，希望別人能看到我看不到的相似特徵。天啊，但恐怕那封信上所說的是再真實不過了。」

「什麼信？」

「大概六七年前，一封漂洋過海來的信，信上說我哥哥死在戰場上。」

「那是謊言！請父親來，他會認我。」

「你無法請來一個死人。」

「死人？」邁爾斯的聲音變低了，他的嘴唇發抖。「我父親過世了！啊，這真是沉重的噩耗。剛才的高興現在去了一半。請讓我見我的哥哥亞瑟，他會認得我。他不僅會認得我，還會安慰我。」

「他也死了。」

「上帝可憐我這個不幸的人！走了，都走了，好人都走了，留下我這個無用的人！啊！我祈求你的仁慈！不要說艾迪絲小姐……」

「死了？不，她還活著。」

「那麼，感謝上蒼，我又開心起來了！快點，弟弟，叫她來見我！看她會不會說我不是我，可是她不會這麼說的。不，不，她會認得我，我真是個傻瓜，竟然還懷疑這點。帶她來，帶老僕人們來，他們同樣也會認得我。」

「所有人都死了，只剩下五個，彼得、哈爾西、大衛、伯納德和瑪格麗特。」休這麼說著，一邊離開了房間。邁爾斯站著沉默了一會兒，開始在地板上踱來踱去，嘴裡咕噥道：「這五個大惡棍比那二十二個忠厚老實的人活得長，這真是荒唐的事情。」他繼續踱來踱去，自言自語，完全忘記了國王。過了一會兒，陛下嚴肅而動情地開口了，雖然這些話有可能會讓人覺得有點諷刺意味：

「別介意你的不幸，好漢子。世界上還有別人，他們的身分得不到認同，他們的言語受到嘲笑。你有伴了。」

「啊，吾王，」漢堂喊道，臉微微發紅，「您不要給我定罪，等著，我會向您證明我並不是冒名頂替者，她會親口證明的，您將從英格蘭最美麗的雙唇裡聽到證言。我是個冒名頂替者？那為什麼我會知道這座古老的廳堂、我祖先的這些畫，以及關於我們的所有事請，就像孩子瞭解自己的襁褓那樣的一清二楚。吾王，我在這裡出生，長大。我說的是真話，我不會騙您。如果其他人都不相信我，我祈求您別懷疑我，這會使我無法承受。」

國王帶著孩子般的單純與信任說道：「我沒有懷疑你。」

「我打從心底感謝你！」漢堂喊道，言語無比熱情，顯見他深受感動。國王又像剛才一樣帶著溫和的單純說：

「你懷疑我嗎？」

漢堂感到一陣內疚的困擾。他很慶幸這時門開了，休走了進來，讓他免於回答這個問題。

一位穿著華貴的美麗女士跟著休進來，後面跟隨幾個穿制服的僕人。女士走得很慢，低著頭，緊盯著地板，臉上的悲傷難以言表。邁爾斯・漢堂跑上前去，喊道：「哦，我的艾迪絲，我親愛的……」

可是休嚴肅地揮手示意要他退回去，並對女士說：

「看看他，妳認識他嗎？」

一聽到邁爾斯的聲音，婦人微微一驚，臉上泛起紅暈，身子發起抖來。她站立不動，經過讓人害怕的好長一段時間，才慢慢抬起頭，直視漢堂的眼睛，眼神毫無情感而帶著恐懼，血色從她臉上一點一點地褪去，直到只剩下死亡的灰白色，然後，她以與臉色同樣死氣沉沉的聲音說道：「我不認識他！」說完她轉過身去，帶著一聲悲嘆與壓抑的啜泣，蹣跚地走出了房間。

邁爾斯・漢堂頹然坐在椅子上，雙手捂住臉，他弟弟停頓片刻，然後向僕人們說：

「你們已經好好看過他了，你們認識他嗎？」

他們搖搖頭，主人接著說：

「僕人們不認識你，先生。我恐怕其中有些誤會，你已經見了我妻子，她不認識你。」

「你的妻子！」頃刻間休被按到牆上，鐵般的拳頭就在他的喉嚨邊。「哦，你這狡猾如狐的奴才，我全明白了！是你自己寫了那封偽造的信，用來奪取我的新娘、霸佔我的家產。好了，立刻滾開，省得我殺死你這可恥的侏儒，侮辱了我高尚的軍人身分！」

休臉滿臉通紅，幾乎窒息，搖搖晃晃地退到離他最近的椅子，命令僕人們抓住這個殺氣騰騰的陌生人綁起來。僕人躊躇不前，其中一個說：

「他有武器，休先生，我們沒有武器。」

「有武器！那又怎麼樣，你們不是有這麼多人嗎？我說，抓住他！」

但是邁爾斯警告他們小心自己的所作所為，又說：

「你們認識我很久了，我一點都沒變。過來，我的武器喜歡你們。」

這些提醒沒有讓僕人們振作多少，他們仍舊後退。

「上啊，你們這些沒用的膽小鬼，抄傢伙，守住門，派一個去叫守衛來！」休說，他轉向門邊，對邁爾斯說：「你最好明白，別妄圖逃跑，對你比較好。」

「逃跑？如果你擔心的就只有這點，那你就放心吧，因為邁爾斯．漢堂是漢堂府邸和其中所有財產的主人，他會留下來，你不用懷疑。」

# 第二十六章　否認

國王坐著沉默好些時候，然後抬起頭，說道：

「很奇怪，太奇怪了，我無法解釋這件事。」

「不，這不奇怪，陛下。我瞭解他，這種行為只是他的本性，他生來就是個無賴。」

「哦，我不是說他，邁爾斯爵士。」

「不是說他？那是說什麼？什麼事很奇怪？」

「國王沒有失蹤。」

「怎麼？什麼？我想我沒聽明白。」

「真的！沒看到全國遍佈著廷臣以及描述我樣貌的公告到處尋找我，你想想難道不覺得奇怪嗎？一個國家的元首失蹤了，我消失了、不見了，難道不是一件會引起騷動與驚慌的大事嗎？」

「是的，吾王，我忘了。」漢堂歎息一聲，喃喃自語道：「可憐的瘋腦袋，還滿腦子想著那可悲的夢。」

「不過我有一個計畫，可以讓我們都各歸其位。我用拉丁文、希臘文和英文三種語言寫一封信，你明天早上趕快將它送到倫敦去。不要給別人，給我舅舅赫福德爵爺。他看到信時，就會知道且會說是我寫的。然後他會派人來找我。」

「或許我們是不是最好在這裡等著，我的王子，等到我證明了自己的身分，維護了我對家產的權利？到時我就遠比現在更能夠……」

國王專橫地打斷了他：

「住嘴！與關乎國家安危和王權完整的事相比，你那些微不足道的財產，你那些無足掛齒的利益算得了什麼？」然後，他好像因為剛才的嚴厲感到抱歉，於是又柔聲補充道：「照我說的做，不要害怕。我會恢復你的身分，我會讓你無所不缺，是的，還不只是無所不缺，我會記得並報答你的。」說著，他拿起筆開始寫信。漢堂慈愛地凝視了他一會兒，然後自言自語說：

「如果天黑一些，我可能會相信這是國王在說話。不得不承認，當他來了那股勁兒，雷厲風行的時候，確實像個真正的國王。他是從哪裡學的這些把戲？看他滿意地胡寫亂畫一些沒有意義、歪歪扭扭的文字，還想像那是拉丁文和希臘文。除非我的腦袋瓜能想出個好點子改變他的主意，否則我明天就不得不假裝去跑他給我安排的這趟瘋狂差事。」

邁爾斯爵士的思緒在下一刻馬上又回到了眼前的情況，他陷入了深深的沉思，以至於不一會兒，當國王遞給他寫好的信時，他接了過來放進兜裡，卻對自己的動作毫無所覺，「她的行為多麼奇怪啊，」他咕噥道：「我想她認得我，我想她認不得我。這兩個觀點相悖，我很明白這點，但我無法調解它們，也無法透過辯論放棄其中任何一個，甚至無法說服自己其中一個勝過另一個。事情只能是這樣：她一定認得我的長相、我的身形、我的聲音，因為她怎麼可能認不出來？但是她說她不認識我，這是十足的證據，因為她不可能說謊。不，等等，我想我開始懂了，也許是他影響了她，他命令她，逼迫她撒謊，這就是答案，謎底解開了。她看起來怕得要死，是的，她受到了他的壓迫。我要找到她，我會找到她的。既然他現在不在，她會說出真心話。她會記起我們是青梅竹馬的往日時光，這會讓她心軟，不再背叛我，而是會承認我了。她生來就不會騙人，不會，她總是誠實又真誠。那些往日的時光中，她曾經愛過我，這是我的安全保障，因為一個人不會背叛自己曾經愛過的人。」

他急匆匆地朝門口走去，就在此時門開了，艾迪絲女士走了進來。她臉色蒼白，但是步伐矯健，神態十分優雅，溫柔高貴，面容仍舊如剛才一樣悲傷。

邁爾斯帶著愉悅的自信一躍而前，但是她只是用難以察覺的動作回應他，而他就在那兒站住了。她坐下，也叫他坐下，就這樣，如此簡單地就抹去了他心中老相識的感覺，把他變成了一個陌生的客人，這讓他大吃一驚，這始料不及的困惑一時間讓他開始懷疑，究竟自己是不是自己所聲稱的人。艾迪絲女士開口說：

「先生，我是來警告你的。也許我不可能說服瘋子走出他的幻覺，但是毫無疑問，我可以說服他們避免危險。我覺得，你認為你的幻覺是無比真實的，因此你不是罪犯，但是不要帶著它在此逗留，因為在此地，你的幻覺會帶來危險。」她目不轉睛地盯著邁爾斯的臉看了一會兒，又令人生畏地說道：「特別危險的是，你跟我們失去的男孩的模樣特別像，如果他還活著，長大了，就是這個模樣。」

「天啊，女士，但我就是他！」

「我真心相信你這麼想，先生，我一點也不懷疑你這麼說時是誠心實意的。但是，我警告你，到此為止吧。我丈夫在這一帶是主人，他的權力幾乎沒有任何限制，人們發達或餓死全都看他的意思。

如果你跟你所聲稱你是的人長得不像的話，我的丈夫可能不會打擾你，就讓你在你的夢裡自娛自樂。可是，相信我，我很瞭解他，我知道他會做出什麼：他會跟大家說你只是個冒名頂替的瘋子，而大家會直接附和他。」她又目不轉睛地盯著邁爾斯，接著說：「就算你真的是邁爾斯．漢堂，他知道，而且整個地區都知道——好好想想我說的話，仔細考慮它——你還是處於同樣的危險之中，無疑的仍會遭受同樣的懲治。他會否認你，詆毀你，沒有人會那麼勇敢地支持你。」

「我十分相信，」邁爾斯痛苦地說，「能夠下令要一生的朋友去背叛與否認另一位朋友，她還不得不遵命照辦，這樣的權力，確實會讓這一帶那些糧食與生活沒有保障、不關心忠誠和尊嚴的人低頭。」

女士的臉頰一時間微微泛紅，低下眼睛看著地板。但是，她繼續說話時，聲音沒有任何異樣：

「我已經警告你了，而我必須再一次警告你，就此離開吧。要不然這個人會毀了你。他是個不知憐憫的暴君，我是他戴上枷鎖的奴隸，我很明白這點。可憐的邁爾斯、亞瑟，還有我親愛的監護人理查爵士都已逃脫了他的魔掌安息了。你跟了他們去，也比留在此地，落入這個惡棍的魔爪裡好。你冒充邁爾斯，對他的頭銜和財產構成威脅。你在他自己的房子裡侮辱了他，如果你留下來，你就死定了。走吧，不要遲疑，如果你缺錢，收下這個錢包，我求求你，我也賄賂了僕人們讓你離開。啊，聽從警告吧，可憐人，趁還有機會時快逃走吧。」

邁爾斯揮揮手拒絕了錢包，起身站到她面前。

「請答應我一件事情，」他說，「請妳眼睛直視著我的眼睛，好讓我可以看清它們是否毫無波瀾。好了，現在回答我。我是不是邁爾斯．漢堂？」

「不。我不認識你。」

「發誓！」

回答聲音很低，但是很清楚：

「我發誓。」

「噢，那麼我相信了！」

「快逃啊！你為什麼要浪費寶貴的時間？快逃，救你自己。」

就在此時，一群治安官闖進房間，開始一場惡鬥，但漢堂很快落敗，遭人拖走了。國王也給帶走，兩個人都被綁了起來，關進監獄裡。

# 第二十七章　在獄中

牢房全都人滿為患，所以獄方將這兩個難兄難弟鏈在關押輕犯的集合大監牢裡，他們有人作伴，因為裡頭有二十幾個戴著手銬腳鐐的囚犯，男女老少都有，這是一幫既可憎又吵鬧的人。國王對他以至尊身分竟遭受如此奇恥大辱十分氣惱，但是漢堂鬱鬱寡歡、沉默不語。他完全茫然不知所措。這個浪子興高采烈的回到老家，以為每個人都會為他的歸來而萬分喜悅，結果反而是遭到冷遇，進了監獄。期望與現實落差之大，結果令人震驚，他不知這該算是最悲慘的，還是最荒誕的事情。他覺得自己就像個手舞足蹈地出門看彩虹，卻遭閃電擊中的人。

不過他那困惑煎熬的思緒漸漸地理出了點頭緒，接著他把思考的中心放在艾迪絲身上，他反覆思考她的行為，從各個角度衡量，但他沒有從中得出任何滿意的結論。她認得他嗎？抑或她不認得他？這真是個令人困惑的謎，盤據著他的腦海許久。但最終，他認定她確實認得他，只是因為利害關係而否定了他，他現在想在她的名字上頭加上一大串詛咒，可是這個名字長久以來對他來說是那麼的神聖，以至於他發現自己難以開口褻瀆它。

漢堂和國王裹著監獄裡骯髒破舊的毛毯，度過了難熬的一夜。獄卒收受賄賂，偷偷給一些囚犯酒喝，很自然的，結果就是他們唱起下流的歌、鬥毆、喊叫、飲酒狂歡。最後，剛過半夜不久，有個男人在獄卒趕來之前，以手銬猛打一個女人的頭，差點把她打死。獄卒狠狠在男人的腦袋和肩膀敲了幾棍子，才恢復了平靜，眾人停止飲酒狂歡。之後，所有不介意兩個傷患呻吟抱怨聲的人總算有機會睡個好覺。

接下來的一周，日日夜夜都單調地重複著同樣的事情，是什麼事呢？在白天，那些漢堂或多或少清楚地記得他們長相的人，前來探望這名「冒名頂替者」，來否認他的身分並侮辱他，而晚上，飲酒狂歡和爭吵打架的循環，周而復始地一再重複。然而，終於有件偶然的事情改變了這一切。獄卒帶進來一個老人，向他說：

「惡人就在這間牢房裡，睜大你那老眼，看看能不能認出哪個是他。」

漢堂抬頭一看，打從入獄以來，他第一次感到高興，他對自己說：「這是布萊克．安德魯斯，他一輩子都在我父親家裡做僕人，是個誠實的好人，有顆正直的心。但，那是以前的事了。可是現在沒有人誠實，每個人都是騙子。這個人會認得我，但也會跟其他人一樣否認我的身分。」

老人仔細地環視了大牢一周，一一看過每個人的臉，最後說：

「我看這裡都是些可惡的惡棍，街上的混混。哪個是他？」

獄卒大笑。

「這裡，」他說，「瞧瞧這隻大畜牲，給我個意見。」

老人走近，認真地看了漢堂好一會兒，然後搖搖頭，說：

「唉啊，這不是漢堂，絕對不是！」

「對！你的老眼還很健康。如果我是休先生，我會將這衣衫襤褸的粗人……」

獄卒停下來，掂起腳尖，做出遭想像的繩子絞死的動作，同時喉嚨裡發出窒息的咕嚕聲。老人惡狠狠地說：

「那還算便宜了他，他可要謝天謝地呢。如果讓我來處決這個惡人，我會將他活烤至死，否則我就不是個男子漢！」

獄卒笑得像隻高興的鬣狗，說道：

「臭罵他一頓，老頭，其他人都這麼做，你會發現這是個不錯的消遣。」

然後，他就走向前廳離開了。老人雙膝下跪，悄悄地說：

「感謝上帝，您又回來了，我的主人！七年來，我以為您死了，看，您還活著！第一眼我就認出了您，要裝成無動於衷，假裝所看到的都是卑鄙的惡棍和街上的人渣，對我來說真是件困難的事。我又老又窮，邁爾斯爵士，您說句話，我就去宣布真相，就算我會因此上絞架也在所不惜。」

「不，」漢堂說，「你不要去。那會害了你，卻對我沒有一點兒幫助。但是我感謝你，因為我快要對人類失去信心了，是你給了我一點支持。」

老僕人幫上漢堂與國王很多忙，他一天會來「侮辱」漢堂好幾次，而且每次都會偷偷夾帶少許佳餚，以補牢飯的不足，他也帶來最新消息。漢堂把可口飯菜留給國王，不然國王陛下可能早就餓死了，他吃不下獄卒給的粗茶淡飯。為了避免引起他人懷疑，安德魯斯不得不縮短探望時間，不過每次他都儘量透露許多消息，他悄聲的述說這些消息，這是說給漢堂聽的，其中夾雜大聲侮辱的詞語，那是說給別人聽的。

就這樣，他一點一滴講出了家裡所發生的故事。亞瑟已經死了六年了。亞瑟的死，加上漢堂杳無音信，使父親的身體每況愈下，他覺得自己即將歸西，希望去世前能看到休和艾迪絲成親，但是艾迪絲苦苦哀求拖延，希望等邁爾斯回來。接著，他們就收到那封通知邁爾斯死訊的信，噩耗擊垮了理查爵士，他相信自己將不久人世，於是和休堅持要辦完婚事。艾迪絲哀求，求得暫緩一個月，然後又拖了一個月，最後，第三個月，他們在理查爵士臨終時舉行了婚禮。這是樁不幸的婚姻，整個村莊都竊竊私語，傳言在婚禮舉行後不久，新娘從丈夫信件中找到那封害死理查爵士的信的幾張未完草稿，指責他用邪惡的假造信件逼婚，也指責他逼死了理查爵士。艾迪絲女士和僕人遭受虐待的事人盡皆知，自從父親去世後，休爵士撕掉了所有溫柔的面具，成為殘酷主子，壓迫那些依靠他與他的家產過活的人。

安德魯斯提到的一小段話，則讓國王饒富興趣地聽著：

「有傳言說國王瘋了。但是請好心點，千萬別說是我說的，因為他們說，談論這件事可是死罪。」

陛下注視著老人，說道：

「國王沒有瘋，好心人，別說些煽動人心的閒話。關心與你相關的事情吧，這才對你有好處。」

「這個孩子是什麼意思？」安德魯斯說道，如此乾脆而又出乎意料的抨擊，讓他吃了一驚。漢堂對他比個手勢，他就沒有追問下去，而是繼續方才的話題說道：

「先王一兩天內就要在溫莎下葬，就在本月十六號，二十號會在西敏宮舉行繼位新王加冕典禮。」

「我想他們得先找到那個繼位新王，」陛下咕噥道，接著又自信地說，「不過他們會好好解決這件事──我也該要好好解決這件事。」

「看在……」

但是老人沒再說下去，漢堂打了個手勢，示意他住口。他繼續方才談論的傳言：「休先生將參加加冕典禮，他懷抱很大的期望。他很有信心能受封晉身貴族之列，因為他深得攝政大臣的喜愛。」

國王陛下問：「什麼攝政大臣？」

「薩默塞特公爵閣下。」

「哪個薩默塞特公爵？」

「老天，只有一個啊：赫福德伯爵．西摩。」

國王尖銳地問道：「他什麼時候受封為公爵與攝政大臣了？」

「一月的最後一天。」

「還有，請問是誰封他的？」

「他自己和國會，加上國王的幫忙。」

國王陛下盛怒之下開口：「國王！」他喊道，「哪個國王，好心的先生？」

「哪個國王，是啊！（天可憐見，這男孩有什麼毛病？）我們一直只有一個國王，不難回答，就是最神聖的愛德華六世國王陛下，蒙上帝護佑！是的，他也是個可愛、親切的淘氣鬼，不管他瘋不瘋

——人們說他的瘋病漸漸好起來了——所有人都對他讚不絕口，所有人都祝福他，祈禱他能長久地統治英格蘭；因為他一登基就人道地赦免了諾福克公爵的死刑，現在正忙於廢除那些騷擾與壓迫人民的最殘酷的法律。」

這個新聞讓國王陛下驚訝得啞口無言，陷入十分深沈、憂鬱的思考中，以至於對老人接下來說的閒話充耳不聞。他懷疑那個「小頑童」是否就是那個穿著他的王家服飾，遺留在宮殿裡的小乞丐。這似乎不可能，因為若是他假裝是威爾斯親王，他的言行舉止一定會露出破綻，然後廷臣們就會趕走他，開始尋找真正的王子。會不會是宮廷推舉了某個貴族旁系來取代他的位置？不可能，因為他的舅舅不會允許篡位，他手握無比大權，有能力阻止政變，也必定會粉碎這樣的行動。男孩百思不解，他越努力想解開這個謎，就越是困惑，頭也越來越疼，睡得越來越差。他想回到倫敦的急迫感與時俱增，更幾乎無法忍受遭受囚禁的現狀。

漢堂的所有把戲對國王都起不了作用，怎樣都安慰不了他，但鏈在他身旁的兩位婦女倒是幫上了忙，在她們溫柔的照料下，他平靜下來，有了點耐心。他十分感激，日漸熱愛她們，享受著她們在場時的溫柔撫慰。他問她們為什麼會坐牢，她們說她們是浸信會教徒[1]。這時他笑了，問道：

「這是得關進監獄的罪行嗎？現在我可傷心了，因為妳們很快就不會再陪伴在我身邊——他們可不會為這點小事關妳們很久。」

[1] 浸信會（Baptists），基督新教宗派之一。宗教改革運動時，除了反對羅馬天主教某些教義，也反對英格蘭國教某些教義，因此遭到打壓。

她們沒有回答，而她們臉上的神情使他不安，他急切地說：

「妳們不說話，可憐我，告訴我吧，沒有其他懲罰了吧？請告訴我，不會再有別的懲罰了。」

她們試圖轉移話題，但這已經引起了他的擔心，他接著說：

「他們會鞭打你們嗎？不，不，他們不會這麼殘忍！說他們不會。快點，他們不會的，是吧？」

婦女臉上顯露出困惑和陰鬱，但是再也無法迴避問題，因此其中一人情緒激動而梗塞地說道：

「噢，你讓我們心碎了，你這溫柔的靈魂！上帝會幫助我們承受我們的……」

「這就是承認了！」國王插嘴說道，「所以他們會鞭打妳們，這群鐵石心腸的混蛋！但是，噢，妳們別哭，我無法忍受，請保持勇敢，我會及時回到自己的位置，將妳們從痛苦中解救出來，我一定會這麼做的！」

早上國王醒來時，婦女已經不見了。

「她們得救了！」他雀躍地說，但又沮喪地加了一句，「但我可慘了！因為她們是我的慰藉。」

她們每個人都留給他一條絲帶，繫在他衣服上，作為紀念。他說他會永遠保留這些紀念品，而且他很快就會找到這些親愛的朋友，保護她們。

就在此時，獄卒帶著幾個手下進來，下令帶囚犯到監獄院子裡。國王欣喜若狂，能再度見到藍色的天空，呼吸到新鮮的空氣，真是一件幸運的事。他對獄官的緩慢感到煩躁和惱怒，不過終於輪到他了，他從鎖鏈中釋放，和漢堂一起遵照命令隨著其他囚犯走。

這是個鋪著石地板的露天院子，或是說四合院。囚犯們穿過一座巨大石拱門進入院子，列成一隊，背靠著牆站著。他們面前有條拉緊的繩子，並且有獄官看守著他們。這是個寒冷陰暗的早晨，昨晚下的一層薄雪將大片空地覆蓋成了白色，更增添幾分淒涼。不時有冷風吹過此處，帶著雪花四處飄轉。

院子中央站著兩個鏈在柱子上的女人。國王一眼就認出這是他的兩個好朋友。他不寒而慄，對自己說：「天啊，和我原來以為的不一樣，她們沒有被釋放。想想，這樣的好人竟然要挨鞭子！在英格蘭！唉，這真是英格蘭的恥辱，這可不是在異教國家，而是在信仰基督的英格蘭！她們將受鞭刑，而我，曾經得到她們的安慰和善心施捨的我，卻必須眼睜睜的看著天大的錯事發生，這很奇怪，真奇怪！我，是這片廣闊的國土上的唯一權力來源，卻無力保護她們。不過，這些惡棍最好自己小心點，因為總有一天，我會和他們好好地算算這筆帳，他們現在每打一鞭子，將來就得挨一百鞭子。」

大門開啟，湧入一群老百姓，他們一窩蜂地圍住這兩個婦女，擋住了國王的視線。有位牧師走進來，穿過群眾，他淹沒在人群之中。現在國王聽到了說話聲，一來一去，好像是一問一答，但是他聽不清說話的內容，接著是一陣喧鬧和準備工作，獄官們來來回回穿過婦女身邊另一側的人群。在這一切進行的同時，人群漸漸安靜下來。

現在，一聲令下，人群分開散到兩旁，國王看到了那令他毛骨悚然的一幕。兩個婦女身旁邊堆了柴薪，有個人正跪著點燃這些柴薪！

兩名婦女低著頭，雙手捂住臉，黃色的火焰開始從劈啪作響的柴火堆往上爬，環狀的青煙隨風飄散，牧師抬起手開始祈禱，就在此時，兩個年輕女孩飛奔穿過大門，嘶喊著懾人的尖叫，直往柱子上的婦女這邊撲上來。獄官立刻拽開她們，緊緊捉住其中之一，但是另一個掙脫了，說她要和母親一起死，在獄官攔住她之前，她再次抱住母親的脖子，之後她又被拉開，外衣都燒著了。

兩三個人抱住她，扯下她外衣燒著的部分，扔到一旁繼續燃燒。她一直掙扎著想要逃脫，她說，母親死後，她在世上將孓然一身，所以乞求能和她的母親一起死。兩個女孩一直尖叫著，拼命想掙脫，但是這吵鬧聲突然淹沒於一陣撕心裂肺的尖叫聲之中，那是致命疼痛下所發出的慘叫。國王的視線從瘋狂的女兒們身上轉移到了柱子上，然後轉過身，將他死灰般的臉貼在牆上，再也不看了。他說：「我在剛才那短暫的一瞬間中所看到的情景，將永遠無法從我的記憶中抹去，它將永遠停留在那裡，我每個白晝都會看見它，每個夜裡都會夢到它，直到我死去。我寧願上蒼讓我眼睛瞎了！」

漢堂看著國王，他很滿意地自言自語道：「他的瘋病好些了，他變了，變得更加溫柔了。如果他像往常一樣，早就對這些惡棍發火，並說他是國王，再命令他們毫髮無傷地放了這兩個婦女。很快，他的幻想就會消失，送入遺忘深淵，他那可憐的腦袋瓜會再度健全。上蒼保佑那一天趕緊到來吧！」

同一天，獄方帶好幾個囚犯來過夜，他們要在看守下押送王國各地，去接受所犯罪行的懲罰。國王與這些人談話——他從一開始就特別重視此事，為了了解民情，以學習如何治國，他一有機會就向這些囚犯問問題——他們的故事很悲傷，讓他心如刀割。其中有一個可憐的半瘋女人，她從織工那裡偷了一兩碼布，因此被判絞刑；另一個人被控偷了一匹馬，他說證據並不確鑿，本以為可以免去絞刑，但是沒有，他差點就被釋放了，但是又遭控告殺了國王御林獵場裡的一隻鹿，罪名成立，他很快就要上絞架；還有一個商人學徒，他的案子尤其讓國王難過，這個年輕人說：一天傍晚，他發現了一隻從主人家逃走的獵鷹，以為自己有權利擁有牠，於是就帶牠回家，但是法庭判決他偷竊獵鷹，將他處以死刑。

聽了這些不人道的事情，國王怒不可遏，想叫漢堂帶他一起越獄，趕往西敏宮，這樣他便可以登上他的寶座，揮舞他的權杖，施恩於這些不幸的人們，挽救他們的生命。「可憐的孩子，」漢堂嘆氣道，「這些悲傷的故事又讓他犯病了，天啊，如果不是因為聽到這些悲慘遭遇，他肯定很快就痊癒了。」

囚犯中有位年長的律師，是個面容堅強、神情無畏的男人。過去三年裡，他寫了一本反對英格蘭大法官的小冊子，控告他執法不公，因此，他在枷刑中失去了雙耳，遭取消律師資格，此外，還罰款三千磅，並處以終身監禁。最近，他又重複自己的罪行，結果他現在被判割掉耳朵剩下的部分，罰款五千磅，雙頰烙上印記，仍舊是無期徒刑。

「這些是榮譽的傷疤。」他一邊說，一邊將花白頭髮往後撥，露出曾是耳朵之處，只剩下殘缺不全的耳根。

國王的眼睛裡燃燒著熱情。他說：

「沒人相信我，你們也不會相信我。不過沒關係，一個月之內，你們將被釋放，而且，讓你們蒙羞，也讓英格蘭蒙羞的法律，將從法典中廢除。天地不仁，國王們應該不時從他自己制定的法律當中經歷教訓，從而學會仁慈。」（原註20）

# 原作者註

原註20：根據許多對於竊盜罪的描述，法律規定：凡偷竊馬匹或獵鷹、或織工的毛織品，都必判須處絞刑，神職人員無法予以恩赦。另外像是獵殺國王御林中的野鹿，或者出口綿羊到國外者亦同。

——J. 漢默．川布爾博士著《藍色法律之真假》，第十三頁。

威廉．普萊恩（William Prynne,1600~1669），一名飽學的訟務律師，遭判決（一六三四年，這已是愛德華六世之後很久的年代）執行枷刑而失去雙耳、剝奪律師資格、罰款三千英鎊，並處以終身監禁。三年後（一六三七年），他發行一本小冊子公開指責大主教威廉．勞德（William Laud, 1573~1645），當時的坎特伯里大主教），他再次遭到起訴，判決割下他耳朵剩下的部分，罰款五千英鎊，雙頰烙上S（Sdeitious，煽動）與L（Libeller，誹謗者）字樣，入監服無期徒刑。如此嚴酷的判決與其執行一樣地兇殘嚴厲。[1]

1 英格蘭國會後來赦免普萊恩。

# 第二十八章　犧牲

同時，邁爾斯越來越厭倦身繫囹圄、無法行動的現況，他真是受夠了，不過現在他的審判將至，他滿心歡喜，覺得只要不用再坐牢，他樂意接受任何的刑罰。但在這一點上，他錯了。當他發現自己被描述成一個冒犯漢堂府邸主人的「頑固流氓」，並為此被判戴足枷兩個小時的時候，他勃然大怒。他聲明與原告是兄弟，對漢堂家的榮譽與財產享有合理的繼承權，但他的訴求卻遭到輕蔑的忽視，被當成根本不值得驗證的無稽之談。

前往受刑處的路上，他又是發怒，又是威脅，但都沒用，獄官們一路上粗暴地抓著他，不時因為他無禮的行為揍他幾拳。

國王無法穿過一窩蜂尾隨的烏合之眾，只能跟在後頭，與他的好朋友兼僕人離得好遠。國王本人也差點遭判足枷刑，罪名是與這樣糟糕的同伴為伍，但是考慮到國王年紀還小，法官只是曉以大義、警告一番之後放了他。人群終於停下，他沿著人群的外圍瘋狂打轉，想找個空隙鑽進去。經過好一陣子努力和等待，他終於成功了。可憐的隨從坐在可恥的足枷上，成了卑鄙暴民的娛樂和笑柄，他可是英格蘭國王的貼身侍衛啊！愛德華之前有聽到判決，但是他當時一點兒都沒意識到這意味著什麼，當真正瞭解這項新的侮辱代表什麼時，他開始怒火中燒，接下來，當他看見有顆雞蛋飛過空中，砸碎在漢堂臉上，然後聽到眾人因這個插曲而歡呼的時候，他的怒火一下子爆發，超過了炎炎夏日的溫度。他衝過人群的開口處，與主管的獄官面對面，大叫道：

「可恥！這是我的僕人，放了他！我是……」

「哦，住嘴！」漢堂驚慌之下大聲喊道，「你會毀了自己。別管他，長官，他瘋了。」

「不用費心提醒，好心人，我一點也不在意他，但我倒是很有興趣教他懂點事。」他回過頭對一個手下說：「讓這個小傻瓜嘗一兩下鞭子，好教他收斂自己的言行。」

休爵士建議：「以他的情況來說，半打鞭子比較恰當。」他剛剛騎馬過來，瞧瞧事情進行得怎麼樣。

國王被抓了起來，他甚至沒有掙扎，一想到像他這樣神聖的人竟會遭受如此暴行，他嚇得全身都僵了。歷史上已經有過一位英格蘭國王遭到鞭打的記錄，因而在史頁上留下污點，而他又會再加上同樣恥辱的一頁，一想到這點，他就覺得無法忍受。他進退維谷，孤立無援，他要不就只得接受懲罰，要不就得求饒，這是兩難的情形。他願意接受鞭打，國王可以接受鞭打，但是國王不能求饒。

不過同時，邁爾斯·漢堂正在解決這個兩難習題：「放了這個孩子，」他說，「你們這群無情的走狗，你們沒看到他年紀多小，多虛弱嗎？放了他，我會替他挨鞭子。」

「唉呀，好主意，真是謝謝了。」休爵士說道，臉上閃現出嘲笑的得意，「放了小乞丐，讓這個人替他挨一打鞭子，要是實打的一打鞭子，狠狠地打。」國王正想強烈反對，但是休爵士以一句相當震撼的話讓他住口：「對，開口說吧，說啊，放開你的膽子，只不過，你要知道，你每說一個字，他就得多挨六鞭子。」

漢堂解下足枷，脫衣露出赤裸的背部；鞭子打下去的時候，可憐的小國王將臉扭到一邊，與君王身分不相稱的眼淚止不住地順著臉頰流下來，「啊，勇敢的好心人，」他心想，「這樣忠誠的事蹟，我將永生不忘。我不會忘記它，而且他們也該好好記住！」他激動地補充道。他一言不發，但心中對漢堂的高尚行為的欣賞程度越來越高，感激的程度也同樣越來越高，不久他對自己說：「不管是誰，搭救王子使他免於傷害與可能的死亡，都是無比的功勞，而他為了我而出手相救；但是，這只是小事，不足稱道，哦，根本不值一提，比起他自願犧牲以使王子免於羞辱的行為，簡直不值一提！」

鞭子抽打下去，漢堂沒有喊出聲，而是以士兵的堅韌承受著重重的鞭打。他的堅韌，以及他代替這男孩挨鞭子的義行，甚至連聚在那裡的冷漠卑鄙人群都油然生起敬意，嘲笑和蔑視的喊叫消失了，只剩下鞭子落下的聲音。當漢堂發現自己又戴上足枷時，一片肅靜，與剛剛那一片喧鬧的侮辱聲形成強烈的對比。國王輕輕地走到漢堂旁邊，在他耳邊低聲說：

「你擁有善良與偉大的靈魂，諸王不能夠賜予你榮譽，因為比諸王更偉大的上帝已經賜予你榮譽，但是，國王可以向人們彰顯你的高尚。」他從地上撿起鞭子，輕輕地放在漢堂流血的肩膀上，輕聲說，「英格蘭國王愛德華封您為伯爵！」

漢堂十分感動。他眼睛裡湧滿了淚水，但同時現場情勢與所處環境的嚴峻氣氛，又讓他幾乎忍不住笑，只能盡可能努力不讓內心的歡樂表露出來。光著身子，渾身血跡的他，突然從一般的足枷犯人，提升到有如阿爾卑斯山一般的高度，得到顯赫的伯爵頭銜，這在他看來實在是最荒誕不經的事情了，他對自己說：「現在我穿金戴銀，真的！南柯一夢王國裡的虛幻騎士升為夢幻伯爵，這是那乳臭未乾的小子心智奔放的狂想啊！再這麼下去，不久我將帶著像五月柱一樣俗麗古怪的裝飾與虛幻榮譽而上絞架。儘管那都是些虛幻不實的東西，但是我將珍惜它們，因為它們代表著愛。我這些可憐又可笑的榮譽，不是乞求得來的，是由無邪的雙手與正直的心靈所賜予的，比卑躬屈膝地從吝嗇又自私的權貴那裡買來的真正爵位還更好。」

令人生畏的休爵士調轉馬頭，他揚鞭起步時，人牆默默地分為兩邊，讓他通過，又同樣默默地合攏在一起，人們就保持著這樣，沒有人敢替囚犯說句好話，或說句表示敬意的話，不過無所謂，停止辱罵本身就表達了足夠的敬意。一個晚到的人不瞭解現在的狀況，對「冒名頂替者」發出嘲笑，還準備丟出一隻死貓，人們二話不說立即將他打倒踢了出去，接著人群再度恢復寂靜。

# 第二十九章　前往倫敦

漢堂服足枷刑結束，他獲釋了，並遭嚴令逐出此地，不得再返回。他的劍，還有騾子和毛驢都還給了他。他騎上騾離開，身後跟著國王，人群帶著默默的敬意，讓開路給他們通過，他們走後，人群就散了。

漢堂很快陷入了沉思。有些關鍵習題需要思索解答。他該怎麼辦？他該到哪兒去？他得找到強有力的援手，要不然他就只能放棄遺產，一輩子背著冒名頂替者的污名。哪裡才有希望找到這種強有力的幫助呢？哪裡呢，真是的！這真是個棘手的問題。漸漸地，他想到了一種可能性。當然，這是渺茫得不能再渺茫的可能性，可是還是值得考慮，因為除此之外沒有其他任何可行的辦法。他記得老安德魯斯曾提起過年輕國王的仁慈，還有他寬大為懷，保護受冤枉與不幸的人的事跡，為什麼不試著和他談談、乞求正義呢？啊，是的，但是一個乞丐怎能獲准面見威嚴的君主，天底下真有這麼夢幻的好事嗎？沒關係，就順其自然吧，船到橋頭自然直。他是個沙場老兵，習慣了臨機應變與應急辦法，他肯定能夠找到路子。是的，他要朝著首都出發。也許父親的老朋友韓福瑞・馬洛爵士可以幫助他。這位「好心的老韓福瑞爵士是先王的廚房、或者馬廄、或者什麼的長官」，邁爾斯記不清到底是什麼或是哪一個了。既然他有了可以投入精力來達成的一個明確目標，原先籠罩他心神的那片羞辱與抑鬱的陰霾一掃而空，於是他抬起頭，看了看周圍，他很驚訝地發現自己已經走了這麼遠，已將村子遠遠地拋在身後。國王低著頭，慢悠悠地跟在他身後，因為他也在專心思索著計畫與對策。悲傷的疑慮遮蓋了漢堂方才的興奮：在這個男孩短短的生命裡，城市給他的只有虐待和貧困，他還願意再回到城裡嗎？但還是得問一下他，這是不可避免的。於是，漢堂勒住韁繩停下來，大聲說：

「我忘了問，我們要前往何方。請您下令，陛下！」

「往倫敦去！」

漢堂又繼續前進，他對這個回答非常滿意，卻也很是驚訝。

旅途全程平安，沒有發生什麼值得一提的冒險，但最後卻發生了一件事。二月十九日晚上十點左右，他們踏上了倫敦橋，陷入了翻滾推擠又狂歡大叫的擁擠人群中，人們喝得爛醉的臉龐，在火炬光輝照耀下醒目分明，就在這一刻，某個前公爵或者貴族腐朽的頭顱摔落在人群中，打在漢堂的手肘上，然後落在人群混亂匆忙的腳步中彈跳著消失了。人們在這個世界上的勞動成果是如此容易消散、無法持久！前任國王去世才不過三周，下葬才三天，他費心地為他的高貴大橋特地挑選，從知名人士身上砍下的裝飾品，就已經開始摔落。有個市民絆倒在那顆頭上，他自己的頭撞到前面某人的背，這人轉身打倒了身後跟著的第一個人，然後自己又立刻被那個人的朋友給打倒了。此刻剛好是發生一場混戰的絕佳時機，因為明天的歡慶——加冕日——已經拉開序幕，人人都酩酊大醉且充滿了愛國熱忱。五分鐘後，這場混戰佔據了大片地方，十或十二分鐘後，它擴展到了差不多一英畝地，演變成暴動。這個時候，漢堂和國王無助地走散了，迷失在大呼小叫著的人們的湧動和騷亂中。我們就暫且不說他們。

# 第三十章　湯姆的進步

當真正的國王在國土上到處遊蕩，衣衫襤褸、粗茶淡飯，一會兒戴著手銬遭流浪漢嘲笑，一會兒又與小偷和殺人犯關在一起，而所有人無一例外地都叫他傻瓜和騙子的時候，假國王湯姆．康迪卻在享受著一種十分不同的經歷。

我們上次說到他的時候，王室地位對他來說開始有了光明的一面，這光明的一面與日俱增地越發光鮮亮麗，在很短的時間裡，它變得幾乎滿是陽光與愉悅。他不再害怕，他的擔憂不再，尷尬逐漸褪去而終於消逝，他變得風度翩翩，從容自信，他也越來越懂得利用挨鞭童了。

他想玩或是想說話時，就召來伊莉莎白女士和珍．葛雷女士，結束後就讓她們退去，他的樣子就像是一個熟悉了這些事情的人，他也不再為這些高貴的人們離開時親吻他的手而困擾。

他開始喜歡晚上正式地由人引領就寢，喜歡早上複雜而莊嚴的穿衣儀式；出席許多光鮮亮麗國家官員和御前侍衛參加的晚宴，開始成了令他自豪的樂事；事實上，他還將御前侍衛的數量增加一倍，達到一百人；他喜歡號角在長廊中響起，還有隨後遠遠傳來的聲音：「讓路給國王！」

他甚至學會享受坐在國會的王位上，並看起來已能自行發號施令，不再只是攝政大臣的傳聲筒；他喜歡接見重要的大使，與他們陣容豪華的隨從，聽他們傳達與他「兄弟」相稱的傑出君王們的親切問候。啊，高興的湯姆·康迪，他前不久還在渣滓院裡！

他喜愛他華麗的衣服，並訂製了更多；他覺得四百名僕人不足以彰顯他應有的王家威嚴，便把他們增加為原來的三倍；問安朝臣們的奉承，成了他悅耳的音樂。他依舊善良溫和，是所有受壓迫的人們堅決的保護者，他孜孜不倦地向不公正的法律挑戰。不過有時，當受冒犯的時候，他會遷怒某個伯爵，甚至是某個公爵，然後給他一個讓人不寒而慄的眼色。有一次，嚴肅可怕的王姐瑪麗女士與他理論，認為他赦免那麼多本該坐牢、絞死，或是燒死的人，是不明智的行為，並提醒他：在他們威嚴亡父的監獄裡，有時曾同時囚禁六萬名罪犯，而且在他令人敬佩的統治下，交付劊子手處死了七萬兩千名小偷及強盜，(原註21)男孩義憤填膺，命令她回到自己的閨閣去，並請求上帝將她胸中的鐵石之心取走，給她一顆人類的心。

對於可憐的真正小王子，那個善良地對待他，熱心地飛奔出去找皇宮門口那個傲慢哨兵為他報仇的王子，湯姆·康迪就從來沒有感到過不安嗎？他有過。初來王宮的那些日日夜夜裡，王子走失的痛苦思慮糾纏著他，他熱切盼望王子歸來，盼望他高高興興地恢復與生俱來的權力和顯赫的地位。但是，隨著時間流逝，王子沒有回來，湯姆的腦子越來越被新鮮又迷人的經歷所佔據。漸漸地，走失的君王幾乎淡出了他的思慮，最後，當他偶爾真的闖入湯姆的思緒中時，他成了不受歡迎的小鬼，因為他使湯姆感到內疚和慚愧。

湯姆可憐的母親和姊姊們也同樣淡出了他的思緒。剛開始，他還想念她們，並為此感到悲傷，渴望見到她們，但是後來，想到哪天她們會穿著又髒又破的衣服來找他、親吻他、洩露他的身分，將他拉下高貴的王座，帶回貧民窟，過著貧困、下等的生活，他便感到不寒而慄。終於，她們幾乎完全不再糾纏他的思緒，他很滿意，甚至感到高興，因為，每當她們悲傷而帶著責備的面孔出現在他眼前，他就感到自己比地上爬的蟲子更可鄙。

二月十九日半夜，湯姆．康迪正躺在王宮中華麗的床上沉沉入睡。有王家衛兵看守著，四周是壯麗的王室宮殿，男孩很高興。因為明天是他莊嚴地加冕為英格蘭國王的日子。而這個時刻，愛德華，真正的國王，卻飢渴不堪，全身髒污，因旅途勞累而疲憊不堪，身上衣衫破破爛爛——這是捲入暴動的後果——他擠進一群人中，那些人正興致勃勃地看著工人匆匆進出西敏宮教堂，像螞蟻一樣地忙碌著，為王室加冕典禮做最後的準備。

## 原作者註

原註21：休謨，《英格蘭史》。

# 第三十一章　致意遊行

第二天早晨湯姆．康迪醒來時，空氣裡瀰漫著雷鳴般的低語，充斥在遠近四方，這對他來說有如天籟，因為這意味著英格蘭全國正竭盡全力、忠誠地迎接這偉大的加冕日。

不一會兒，湯姆發現自己再度成為泰晤士河上盛大遊船遊行隊伍的中心人物，根據古老的傳統，穿過倫敦的「致意遊行」必須從倫敦塔出發，而他正是要前往那裡。

當他抵達那裡時，莊嚴的堡壘似乎突然裂開上千個斷口，每個斷口都跳躍著紅色火舌與一股白煙，緊接著，一聲震耳欲聾的爆炸巨響淹沒人群的喊聲，讓地面為之震動，煙火一次又一次地重複發射，吐出噴射火焰、煙塵和爆炸聲，其速度令人叫絕，那煙火發射之多，使得不一會兒，老倫敦塔就消失在周圍白煙所形成的大片濃霧中，僅僅露出高大白塔[1]的塔尖，與其上的旗幟一同突出於濃重白煙之上，像是雲層裡冒出來的山頂。

衣著光鮮的湯姆．康迪跨上昂首闊步的戰馬，華麗的馬飾幾乎拖到了地面；他的「舅舅」攝政大

[1] 白塔（White Tower），倫敦塔的中央塔樓。倫敦塔原本是倫敦古城東南角的木造要塞，諾曼地公爵威廉爭服英格蘭後，在木造倫敦塔要塞中央增建石造堡壘是為白塔，後來陸續增築其他石造建物構成今日的倫敦塔建築群。

臣薩默塞特公爵同樣騎上馬，緊隨在後。國王的禁衛隊在左右兩邊各列成單縱隊，穿戴著光亮的盔甲；攝政大臣身後是幾乎一望無際的華麗貴族隊伍，由僕從們隨侍在側；他們之後是穿著深紅色天鵝絨袍子、胸前掛著金鏈子的市長大人和各參事；隨後是倫敦各行會的官員和成員們，他們穿著鮮豔，舉著幾家行號花枝招展的旗子。遊行隊伍中，擔任特別儀仗隊穿行全城的，正是歷史悠久的光榮砲兵連[1]，在那時，這個單位已經存在了三百多年，是英格蘭唯一一支享有特權，可以不受國會節制的軍隊（現在仍然享有此一特權）。這是一幅極其壯觀的場面，遊行隊伍莊嚴地穿過擁擠的人群時，人們一路歡呼致敬。《年代紀》作者寫道：

> 當國王進城時，人們向他祈禱、歡迎、高呼、祝福，用所有能夠表現臣民對君主的熱切喜愛的手勢來歡迎他。對那些站得遠的人，國王昂首露出高興的表情，對離陛下近的人，他則說著最溫柔的話語。人們感激地祝福他，他以同樣的感激接受人們的祝福。對所有祝福他的人，他都表示感謝。對於「上帝保佑陛下」的祝賀，他回以「上帝保佑你們所有人」並加一句「我全心全意感謝你們」。國王愛民的回答與舉止讓人們激動不已。

1 光榮砲兵連（Honorable Artillery Company, HAC），這支部隊最早可追溯至西元十一世紀左右，但在一五三七年，英王亨利八世頒發王家特許狀給該部隊，使其成為使用戰弩、長弓、手砲的遠射部隊。目前該部隊屬於英國陸上預備役部隊，也是全世界現存第二古老的軍隊組織。

在芬澈奇街[1]，有個穿著昂貴服飾的漂亮小孩站在臺上，歡迎陛下進城。他的歡迎詞最後一節是這樣的：

歡迎，啊，國王！盡全心全意的歡迎，
再一次歡迎，盡語言所能夠表達的歡迎，
歡迎愉快的話語，和無所畏懼的內心，
上帝保佑您，我們祈禱，願您永遠安康。

人們高興一聲喊往前衝，異口同聲地重複那孩子的話。湯姆．康迪掃視著群眾如澎湃浪潮般的熱情面容，心中洋洋得意，他覺得活在世上唯一值得做的事就是當國王，當一個國家的偶像。不久，他看見遠處有兩個衣衫襤褸的渣滓院同伴，其中一個在他原來的幻想宮廷裡擔任海軍大臣，另一個在他自命不凡的同一個虛幻王廷裡是首席內寢大臣，他的自豪感空前膨脹。噢，假如他們現在真的認出他來就好了！如果他們認出他，發現原來生活在貧民窟窮街陋巷、受人嘲笑的假國王成了真國王，傑出的公爵和諸侯們是他謙卑的僕人，整個英格蘭都拜倒在他腳下，那該是怎樣言語無法表達的榮耀啊！但是他不得自己打消念頭，壓抑自己的渴望，因為如果被他們認出來，產生的嚴重後果遠超過所帶來的快樂。所以他別過頭去，任由那兩個髒兮兮的小夥子毫不懷疑他們奉承對象的身分，繼續大聲喊叫

[1] 芬澈奇街（Fenchurch Street），倫敦街名，在舊倫敦市內。

與快活的阿諛著。

不時有人喊道：「賞賜！賞賜！」湯姆就往外拋灑一把閃亮、嶄新的硬幣，讓人群爭搶。

《年代紀》作者寫道：

在格雷斯漱奇街[1]北端，就在鷹標飾之前，矗立起一座宏偉的拱門，拱門下方有座舞臺，從街道的一邊延伸到另一邊。這是關於歷史的露天展覽，呈現國王父祖輩的故事。在那兒，亨利七世王后約克的伊莉莎白[2]坐在無數白玫瑰之間，花瓣在她周圍形成了美麗的裙裾。她旁邊是亨利七世[3]，以同樣的姿勢坐在許多紅玫瑰之中。這對王室夫婦十指相扣，結婚戒指炫耀似表露在外；有條花莖從紅白玫瑰叢中向上延伸到第二舞臺上，這座舞臺上是亨利八世，身處紅白相間的玫瑰叢中，身邊有著新國王的母親珍．西摩[4]的雕像。有根枝條從這對夫妻之間伸展出來，爬上了第三舞臺，上面是愛德華六世本人的肖像，正在加冕登基。整個露天展覽邊緣鑲滿紅白兩色玫瑰花邊。

1 格雷斯漱奇街（Gracechurch Street），倫敦街名，與芬漱奇街垂直交會。

2 約克的伊莉莎白（Elizabeth of York, 1466~1503），英格蘭玫瑰戰爭時，以白玫瑰為標誌的約克家族領導者——愛德華四世的長女，一四八六年與敵對的蘭開斯特家族領導者亨利．都鐸結婚，結束內戰。

3 亨利七世（Henry VII, 1457~1509），原名亨利．都鐸，蘭開斯特家族領導者，他在一四八五擊敗約克家族的理查三世，成為國王，並迎娶約克的伊莉莎白，像徵兩大家族和解。他的次子後成為亨利八世。

4 珍．西摩（Jane Seymour, 1507~1537），亨利八世第三任王后，生下愛德華．都鐸後十二天，因生產感染去世。

這樣精巧而華美的場景讓興奮的人群激動不已，以至於他們的歡呼聲完全蓋過了那孩子細小的聲音，而那孩子的任務正是以讚美詩介紹這個場景。但是湯姆．康迪不覺得可惜，因為忠誠的喧鬧聲，不論再怎麼粗俗無文，都是比詩歌更悅耳的音樂。無論湯姆笑臉盈盈的年輕面孔轉向何方，當人們看到肖像與本人十分神似，他本人就是肖像活生生的真人版本，就又爆發出一陣旋風般的掌聲。

盛大的遊行隊伍繼續行進、再前進，穿過一道又一道凱旋門，經過一連串令人眼花繚亂的、壯觀的、具象徵意義的舞臺造型，每座舞臺都代表與頌揚著小國王的某種品德、天賦，或優點。「整條窮鋪塞街上各處，每個閣樓和窗戶都掛上旗幟與彩帶，街上綴飾最華美的地毯、布料、金色的織物，全都是商店裡最有價值的貨物樣品，別條街道也如這條一樣華麗，有些甚至有過之而無不及。」

「而這一切奇觀和驚喜都是為了歡迎我，我！」湯姆．康迪喃喃道。

假國王的臉頰因興奮而發紅，眼睛閃爍光芒，意識沉浸在心神錯亂的愉悅之中。就在此刻，正當他又舉起手拋灑豐厚的賞賜時，他忽然發現一張蒼白、一臉驚駭的面孔，正從第二圈人群中往前擠出頭來，以強烈的眼神直直盯著他。一陣令他眩暈的驚愕感流遍全身，他認出了他的母親！他飛快地用手遮住眼睛，手掌朝外——這個無意識的習慣手勢，誕生於一件他已經記不得的小插曲，又由於習慣而保留了下來。下一刻，她奮力從擁擠的人群中擠出一條路，越過守衛，到了他的身邊。她抱住他的腿，在上頭吻了又吻，哭喊道：「噢，我的孩子，我親愛的寶貝！」她抬起因喜悅與慈愛而容光煥發的臉望著他，同時國王禁衛隊中有個軍官罵了一聲拽開她，他強壯的胳膊猛力一推，使她搖搖晃晃地退回原來的地方。在這件可憐的事情發生同時，湯姆．康迪的雙唇正吐出：「我不認識你，婦人！」

這樣的幾個字，但是，看見她受到這樣的對待，他心頭像挨了重重一擊，她回頭看了他最後一眼，同時淹沒於人群中，再也見不著人影，她看起來是如此傷心、如此心碎，一陣羞愧感籠罩了他，將他的驕傲燒成了灰燼，讓他偷來的王權凋萎，他的那些偉大經此打擊變得一文不值，它們就像腐朽的碎屑一樣從他身上片片剝落。

遊行隊伍繼續前進，穿過越來越壯觀的華麗場景，受到越來越熱烈的歡迎。但對湯姆來說，這些似乎都不曾存在，他既看不見也聽不到，王權不再優美可愛，它的壯麗變成了一種責備，懊悔正吞噬著他的內心，他說：「上帝，真希望能逃脫我的囚牢啊！」

無意中，他又開始說起他當初被迫接受這崇高地位時所說的話。

亮閃閃的遊行隊伍仍然穿梭在古雅舊城區那蜿蜒的巷子裡，像一條發光的長蛇，穿過歡呼的居民們。而國王仍舊低著頭騎馬，眼神茫然若失，眼裡只看見母親的面容與她受傷的神情。

「賞賜，賞賜！」他對這些喊聲充耳不聞。

「英格蘭國王愛德華萬歲！」呼喊聲震天動地，但是國王沒有反應。他聽著它，就像是在聽著從極遙遠處傳來的海浪拍岸隆隆聲，另外一種更近的聲音壓過了它，那個聲音近在他的胸腔裡，在他自責的良心裡，那個聲音一直在重複那句羞恥的話：「我不認識你，婦人！」

這句話打擊著國王的靈魂，好像葬禮的鐘聲打擊著一位倖存朋友的靈魂，因為鐘聲讓他記起不為人知的祕密：死者正是因為遭到他的親手背叛，才一命嗚呼。

每個轉彎處都有新的壯麗場景出現，新的奇景、新的驚奇，一一映入眼簾，待命的大砲釋放了積壓的喧騰，等待的人群從喉嚨裡傾瀉出新的歡呼，可是國王沒有任何回應，他所聽到的只有那個責備的聲音，在他無法平靜的胸膛裡呻吟。

人群臉上的高興表情漸漸起了變化，開始滲入了一些像是憂心與焦慮的情緒，連掌聲也很明顯地變小了，攝政大臣很快注意到了這些變化，他也很快地找到了原因，他策馬來到國王旁邊，在馬鞍上彎下身，摘下帽子說：

「陛下，現在不是作夢的時候。人們注意到了您低下頭，以及您陰鬱的神情，他們認為這是個惡兆。請聽從建議，釋放王權的光輝，讓它照耀在這些不吉的氣氛之上，使它們煙消雲散。抬起您的臉，對人們微笑。」

這麼說著的同時，公爵往左右各灑了一把硬幣，之後又回到了自己的位置上。假國王機械式地依言而行。他的微笑不是發自內心，不過少有離得夠近或足夠敏銳的人看透這點。他點點飾有羽毛的頭，向他的臣民致意時，舉止無比優雅而親切，他以國王的慷慨從手裡賜予豐厚賞賜，人們的焦慮也因此消失無蹤，又爆發出像先前一樣熱烈的歡呼。

遊行快要結束時，公爵還是不得不再一次策馬向前進諫。他低聲說：

「噢，令人敬畏的君王！擺脫這些陰鬱的心情吧：世人的眼睛都在看著您。」接著，他又帶著嚴厲的怒氣說：「那個瘋乞丐真該死！是她打擾了殿下。」

這位華貴的人物轉過頭，眼睛黯然無光地看了看公爵，死氣沉沉地說道：

「她是我的母親！」

「我的天啊！」攝政大臣沉吟道，策馬回到了自己的位置上，「這惡兆中懷有預示，他又發瘋了！」

# 第三十二章　加冕日

讓我們倒回幾個鐘頭，回到難忘的加冕日那天，凌晨四點的西敏宮教堂。我們有許多人相陪，因為，雖然仍在夜裡，我們發現在點著火炬的樓座裡已坐滿了人，他們很願意安靜地坐著等待七八個小時，直到能觀看他們預期一生中可能不會見到第二次的事情：國王的加冕儀式。是的，從三點預告砲聲響起時，倫敦市和西敏市就開始騷動起來，沒有貴族頭銜而買下入場特權的富人們，可以試著在樓座間尋找座位，他們已經開始群集在預留給他們這類人的門口。

時間拖拖拉拉地流逝，無比漫長又乏味。有一會兒，所有騷動都停止了，因為每個樓座早已經坐滿了人，我們現在可以坐下來，悠閒地觀看與思索了。我們藉著主教座堂中昏暗的黎明曙光遠近四處看看，可以看到許多擠滿人的楔形樓座與露臺的部分，其他部分則被其間的柱子與建築突出處擋住了。我們能夠看到壯觀的整個北十字型翼部，空空如也，正在恭候著英格蘭的特權人士。我們還能夠看到，寬敞的區域或平臺上鋪著華麗的地毯，那是王座所在之處。王座佔據了平臺的中心，由四級階梯往上托高而高於平臺。在王座裡藏有一塊粗糙扁平的石塊，那是斯昆石[1]，好幾代蘇格蘭國王坐在

[1] 斯昆石（the stone of Scone），歷代蘇格蘭國王加冕時放於座位下的岩塊，收藏於斯昆修道院。一二九六年，英格蘭

上面加冕，因此後來它變得十分神聖，神聖到可以用來為英格蘭君王加冕。王座和腳凳上都包著錦緞。

四周一片寂靜，火炬無精打采地閃爍著，時間拖著沉重的腳步一點一滴地流逝。但是，遲來的日光終於宣布自己的到來，火炬熄滅，柔美的光線充滿這個偉大的地方，現在，這座高貴的建築的所有特點都清晰可見，但因雲層微微遮掩太陽，而顯得柔和夢幻。

七點鐘時，這令人昏睡的單調首次打破，七點鐘聲一敲響，第一位貴族夫人走進了教堂的十字型翼部，穿得像光輝燦爛的所羅門王。一名穿著綢緞與天鵝絨服飾的官員引領她至指定的位置，同時，另一個裝扮相同的人，則托著夫人的長裙擺跟隨在後，等夫人入座後，幫她將裙擺整理在她的腿前。接著，他按她的意思放好腳凳，然後將她的寶冠放在她伸手可及的地方，方便到時同時為貴族加冕。

這時，光鮮亮麗的貴族夫人們絡繹不絕地走進來，穿著綢緞的官員一下這兒一下那兒地忙得團團轉，引領她們入座並安頓下來。這場面已經夠活潑的了，人頭攢動生機勃勃，五顏六色遍布全場。過了一會兒，一切又恢復了安靜，因為所有貴族夫人都已到場入座，這些花兒般美麗的女士足足占了一英畝的面積，她們繽紛多彩地盛開著，閃著冷光，像是鑲著鑽石的銀河。這裡什麼年紀的人都有：棕色皮膚、滿臉皺紋、頭髮花白的貴婦，好像可以沿著時間之河往回、再往回追溯，甚至能想起理查三世[1]加冕的日子，以及那些古老的、被遺忘年代裡動亂的日子。此外還有端莊的中年女爵士、可愛而

---

國王愛德華一世擊敗蘇格蘭王國將此石帶回放置於西敏宮的加冕王座「聖愛德華寶座」下。一九九六年，英國政府將斯昆石送還蘇格蘭，目前收藏於愛丁堡，並約定當下任君王即位時，愛丁堡需將斯昆石送回西敏宮供加冕典禮使用。

[1] 理查三世（Richard III, 1452~1485），玫瑰戰爭後期約克家族末代領導者，一四八三年即位為王，一四八五年領軍與

優雅的年輕主婦、溫柔而美麗的年輕女孩們，她們有著炯炯有神的雙眼與一臉稚嫩表情，在那偉大的時刻到來，要戴上自己鑲了珠寶的寶冠時，可能會笨手笨腳，因為這是她們的初次體驗，她們過度興奮更會讓她們變得笨拙，不過，尷尬事也許並不會發生，因為這些小姐們都安排特別梳理的髮型，以便信號一到，就能快速而成功地戴好寶冠。

我們已經見識到這一大群全身戴滿鑽石的貴夫人團，我們也看見這是一幅絕妙的奇景，不過，現在我們才要真正地嘆為觀止。大約九點，突然雲開見日，一道陽光穿過柔美的大氣，沿著一排一排的夫人、小姐慢慢地游移，光線每照到一排，就使這一排燦爛奪目，彷彿點燃了五光十色的火焰。這種令人驚奇的美麗景象有如電流般穿過我們全身，讓我們指尖都發麻了！不一會兒，一位來自東方某個遙遠偏僻角落的特使，隨著所有外國大使走進來，當他跨過這一束陽光時，我們屏氣凝神，他周身流動閃爍與跳躍著的燦爛光輝讓人傾倒，因為他從頭到腳都佩戴了寶石，他邁著細碎的步子，拋灑出一圈跳躍的光芒。

為方便起見，讓我們在時間上快速往後跳，時間流逝，一小時，兩小時，兩個半小時，低沉的隆隆砲聲驟起，表示國王和他壯觀的隊伍終於抵達，等待的人群歡騰了起來。大家都知道還得等一會兒，因為國王必須為這莊嚴的儀式充分準備並換上長袍，不過，等待的時間是愉快的，因為王國的貴族們正穿著莊重的長袍一起走來。他們儀式性地由人引領來到自己的座位，為了方便，他們的寶冠就放在手邊，同時，樓座裡的人群興致勃勃，因為他們大多是第一次看到這些家族姓氏已經在歷史上存

---

亨利．都鐸的蘭開斯特家族軍隊交戰，戰敗陣亡，成為最後一位戰死沙場的英格蘭國王，也結束了玫瑰戰爭。

在五百年的公爵、伯爵和男爵們。當最終所有人都入座完畢，從樓座之上，與所有視野良好的突出處，可以見到全員到齊的完整全景，這是值得眼見與緬懷的華麗場景。

現在，幾位穿著長袍、戴著主教冠的偉大教會主教與他們的隨從陸續走上平臺，站上指定的位置，緊隨其後的是攝政大臣與其他重要官員，其後又跟著身穿鋼甲的禁衛隊分遣隊。

儀式暫停片刻，之後，隨著一聲信號，現場齊奏鳴出響亮的喜慶音樂，湯姆．康迪身穿金色長袍現身門口，步上平臺。所有人都起立，加冕儀式就此開始。

接著，一首崇高的聖歌響起，其渾厚悠揚的旋律響徹大教堂，如此宣報與歡迎國王的到來，湯姆．康迪由人引領至王座，古老的儀式繼續進行，其莊嚴令人難忘，而觀眾都凝視著。當儀式越來越接近尾聲，湯姆．康迪的臉色變得蒼白，越來越蒼白，一種深刻且持續加深著的悲傷與失望，籠罩著他的精神與悔恨的心靈。

終於，最後階段準備開始。坎特伯里大主教從墊子上舉起英格蘭王冠，舉到正在瑟瑟發抖的假國王頭頂上。此刻一道虹彩光芒閃耀這座寬敞教堂的十字架翼部，因為在一瞬間名流貴族群中的每一個人，都同時舉起一頂寶冠，舉在他或她的頭頂上方，然後維持這個姿勢停止不動。

大教堂裡一片深深的靜寂。在這令人難忘的時刻，有個驚人的黑影侵入這一幕，專心於儀式的人們沒有看到這個黑影，直到它突然出現，走上宏偉的中央走廊。那是個男孩，沒戴帽子，穿著破鞋與破破爛爛的平民粗布衣服，與他那骯髒可憐的形象十分不相稱地，他莊嚴地舉起手，並說出如下的警告：

「我禁止你將英格蘭王冠放在那個將被斬首的腦袋上。我是國王！」

一瞬間，幾隻憤怒的手落在了男孩身上，但在同一瞬間，穿著君王服飾的湯姆．康迪迅速向前邁了一步，響亮地喊道：

「放開他，退下！他是國王！」

一陣驚愕的慌亂席捲了人群，他們在自己位置上半起半坐，面面相覷，又看了看這場景的主角，好像想知道自己到底是清醒而理智，還是在睡覺和作夢。攝政大臣和其他人一樣驚訝，不過很快就清醒了過來，威嚴地大聲說：

「不用擔心陛下，他的病又發作了，抓住這個遊民！」

屬下正要貫徹他的命令，可是假國王跺著腳大聲說道：

「找死！別動他，他是國王！」

那幾雙手縮了回去，屋子裡的人都僵住了，沒人動，沒人說話。確實，在這樣奇異又意外的突發狀況下，沒人知道該怎麼辦，或該說些什麼。當所有人的腦子都在努力尋找正確答案的時候，男孩仍以高昂的姿態和自信的風度繼續往前走著，他打從一開始就沒有停下來，當人們混亂的思維仍在徒勞地掙扎時，他走上了平臺。假國王滿臉歡喜地跑去與他相見，雙膝跪在他面前，說道：

「噢，國王陛下，讓可憐的湯姆．康迪率先表達對您的忠誠，並讓他說：『請戴上王冠，做回您自己！』」

攝政大臣的眼睛嚴厲地盯著新來者的臉，但嚴厲神色很快消失，取而代之的是一種驚奇的表情，其他幾位主要官員也發生了這樣的變化，他們面面相覷，都不約而同地往後退了一步，每個人腦海中想的都是：「多奇怪啊，他們真像！」

攝政大臣困惑地思索了片刻，接著，他十分恭敬地說：

「對不起，先生，我想問幾個問題，關於……」

「我會一一回答的，大人。」

公爵問了他許多關於宮廷、去世的國王、還有王子和公主的問題，而這個男孩都毫不猶豫地正確回答。他描述了宮廷裡的國事廳、去世國王的寓所，以及威爾斯親王的寓所。

這很奇怪，令人驚奇，是的，這無法解釋，聽到這些問答的人都這麼說。大勢開始改變，湯姆．康迪逃離王宮的心願越來越可望實現。忽然，攝政大臣搖搖頭，說道：

「這確實是驚奇無比，可是我們的國王也同樣能答得出來。」言下之意仍認為湯姆是國王，這句話讓湯姆．康迪傷心至極，他覺得他的希望正要破滅。

攝政大臣又說道：「這些不能作為證據。」

現在大勢正快速轉向，真的非常快，但是方向不對：它將可憐的湯姆．康迪留在王座上，進退兩難，卻將另一人沖向了大海。攝政大臣自己想了想，搖搖頭，那個想法又擠進了他的腦袋，「開這樣致命的玩笑，對國家和我們大家都很危險。它可能分裂國家，推翻王權。」他轉身說道：

「湯瑪斯爵士，逮捕他……不，等等！」他臉上一亮，對這個衣衫襤褸的王位候選人提出這樣一個問題：

「大國璽在哪兒？只要如實回答我這個問題，國王是誰的謎題就有了解答，因為只有威爾斯親王能答得出來！王位和王朝就繫在這麼微小的事情上！」

這是一個幸運的想法，一個令人高興的想法。朝臣要員們環顧四周，彼此投以愉快讚許的目光，像沉默的掌聲，顯示他們也是如此認為。是的，只有真正的王子能解開大國璽遺失這個棘手的謎題——這個無助的小騙子將王宮的一切背得滾瓜爛熟，但是他所學的一切在這件事上頭沒有用，因為教他的人自己也不知道這個問題的答案——啊，非常好，的確非常好，現在我們很快就能擺脫這件煩人且危險的事情了！所以他們滿意地悄然點頭，內心在微笑，打算看這個愚蠢的小鬼因內疚慌亂而癱瘓。但出乎他們意料之外，接著，他們沒有看到這樣的事情發生，他們驚奇地聽到他立即自信而平靜地回答道：

「這個謎題一點都不難。」接著，他沒有對任何人說請您下令之類的話，逕自回頭下達了命令，樣子十分從容，像是他早習以為常似的：「聖約翰大人，你去王宮裡我的私人廂房——因為沒有人比你更瞭解那個地方——在離通往接待室的門最遠處的左邊角落，緊貼著地板處，你會看到牆上有個黃銅釘頭，按它一下，就會彈出一個小珠寶壁櫥，這個壁櫥連你都不知道，不，除了我和設計它的可靠工匠以外，世界上所有其他人都不知道。映入你眼簾的第一件東西就是大國璽，把它拿到這兒來。」

所有的人都對這段話感到十分驚訝，當看到小乞丐毫不猶豫、看起來一點兒也不怕出錯地叫喚這位貴族，而且那麼平靜有力地叫他的名字，彷彿認識了他一輩子時，更是驚訝不已。這位貴族幾乎驚訝得要執行命令了。他甚至做出了要走的架勢，但是他的態度很快恢復了平靜，並為自己的莽撞而紅了臉。湯姆．康迪轉向他，嚴厲地說：

「你為什麼猶豫？沒有聽到國王的命令嗎？去！」

聖約翰勳爵深深鞠了躬——可以看出，那是個非常謹慎不選邊站的鞠躬，沒有朝向任何一個國王，而是朝二者中間的地方——然後就離開了。

現在這些華貴的官員群中的每個人，慢慢地開始有種極其微小的動作，幾乎察覺不到，卻一直緩緩進行，就像是萬花筒慢慢地旋轉時所見到的景象，美麗集合中的元素散開，重組形成另一種組合。以現在來說，這個動作正一點一點地解散站在湯姆．康迪身邊閃閃發光的人群，並使人群聚集到旁邊新來者的周圍。湯姆．康迪幾乎是孤身一人站在那裡。現在，接著，四周暫時全無動靜，眾人屏息等待，在這段時間，甚至連仍留在湯姆．康迪身邊的寥寥幾個人都逐漸鼓足了勇氣，一個個悄悄地走到大多數那邊。因此，到最後，穿著王袍、戴著珠寶的湯姆．康迪孤零零地站在那裡，與世隔絕了，一個顯眼的人物就這樣站在了華麗的空地上。

這時，我們看到聖約翰勳爵回來了。當他往前踏上中央走廊時，人們的關心如此熱切，偉大人群中竊竊私語的談話聲消失了，接著是深邃的寂靜，眾人都屏息不動，在一片靜寂從中傳來他枯燥而遙遠的腳步聲。他走近時，每只眼睛都死死地盯著他。他走上平臺，停頓了一下，然後朝湯姆．康迪深深地鞠躬，說道：

「陛下，國璽不在那兒！」

朝臣們嚇得臉色蒼白的火速離開那衣衫襤褸的小小爭位者，跑得比暴民逃離瘟疫病人還快。一瞬間，他孑然一身，沒有任何朋友或支持者，人們嘲弄與憤怒的眼神聚焦成為仇恨的火焰向他撲來。攝政大臣憤怒地大喊道：

「把這個乞丐扔到街上，遊街鞭打示眾，不需要再為這個無足輕重的流氓費神！」

禁衛軍官上前執行命令，但是湯姆揮手令其退下，說道：

「退下！誰碰他，就是找死！」

攝政大臣困惑至極，他對聖約翰勳爵說：

「你有仔細找嗎？可是顯然不用問這個問題。這件事確實蹊蹺。人們不會因為找不到小東西這種雞毛蒜皮的小事而感到訝異，但是英格蘭國璽這麼大的東西怎麼會不見了，而且沒有人能夠再找到它，那可是個又大又沉的金圓盤……」

湯姆．康迪眼睛一亮，上前喊道：

「等等，這就夠了！它是圓的嗎？還很厚？上面還刻有文字和圖案？是嗎？噢，我現在知道這顆讓人這麼擔憂煩惱的大國璽是什麼了。要是你跟我描述一下它的樣子，三個星期之前你就找到它了。我很清楚它在哪兒，但最初不是我把它放在那裡的。」

攝政大臣問道：「那麼，是誰呢，陛下？」

「站在那邊的他——真正的英格蘭國王。他會親自告訴你它在哪兒，然後你會相信那是他自己原本所知。請您想想，吾王，啟動您的記憶，那是最後，就是您那天穿著我的破衣服，從宮殿裡跑出去懲罰羞辱我的士兵之前，所做的最後一件事。」

接下來是一陣安靜，沒有任何動作或私語打擾，所有的眼睛都盯著新來的人，他站著，歪著腦袋，皺著眉頭，從繁多無用的記憶中搜尋一件易忘的小事情，找到它，將讓他登上王位，找不到，他將永遠是現在的他：一個乞丐和流浪漢。時間一秒又一秒地流逝，秒鐘積累成分鐘，而這個男孩仍然在默默地掙扎，沒有任何反應。可是最後，他嘆了口氣，慢慢地搖了搖頭，嘴唇發抖、聲音沮喪地說：

「我回想了那一幕，徹底地回想了，但就是想不起來國璽的事。」他停頓一下，然後抬起頭，帶著溫柔的高貴說道：「各位大人和先生們，如果你們因為他無法提供，而缺乏這項證據，就要奪去你們合法君王的王權，我無能為力，也許阻止不了你們。但是……」

「噢，愚蠢，噢，瘋狂，吾王！」湯姆．康迪驚慌地喊道，「等一下！再想想！不要放棄！還不到絕望時刻！也不該絕望！聽著我說的話，跟上每個字，我要重現那天早上，每個偶然的細節，就像當時發生的一樣。我們談話，我跟您談起我的姐姐小南和小貝，啊，是的，您記得這個；我告訴您我老奶奶的事，還有渣滓院裡的夥伴玩的粗野遊戲，是的，您也記得這些；很好，接著跟著我，您就會記起每一件事。您給我吃的、喝的，用高貴的手勢讓僕人退下，這樣我卑微的出身就不會在他們面前出醜，啊，是的，這個您也記得。」

當湯姆一一核對細節，另一個男孩點頭表示對其認同的時候，眾多觀眾與官員迷惑而驚奇地凝視著，故事聽起來像真的發生過，但是一個王子和一個乞丐怎麼可能會扯上關係呢？從來沒有這麼一群人，感到如此困惑、如此興致勃勃，又是如此瞠目結舌。

「為了好玩，我的王子，我們互換了衣服。接著，我站在鏡子前面，而我們如此相像，都說像是沒有換過衣服一樣，是的，您記得這個。接著，您注意到那個士兵傷了我的手，看！傷就在這邊，我現在手指僵硬到甚至都不能用手寫字。於是殿下跳起來，發誓要報復那個士兵，就朝門口跑去了，您經過一張桌子，你們稱之為國璽的東西就放在那張桌子上，您抓起它，焦急地四下看看，好像在尋找地方把它藏起來。這時，您的眼睛看到……」

「好了，這樣就夠了！老天有眼！」身著破爛衣衫的爭位者極為興奮地喊道，「去吧，好心的聖約翰，在牆上掛著一副米蘭盔甲的護手裡，你會找到大國璽！」

「對，吾王！對！」湯姆．康迪大聲說，「現在，英格蘭王權是您的了，這樣比我當國王更好，因為一個出身低愚的人很可能會濫用王權！快去，聖約翰閣下，飛也似的去啊！」

整個人群都站起來了，不安、憂慮與勞人心神的興奮讓他們幾乎快要發瘋。地面和平臺上的人們開始瘋狂地交談，爆出震耳欲聾的吵雜聲。有好一會兒，每個人只能聽見身邊的人向他耳朵裡喊的話，或他向身邊的人耳朵裡喊的話，除此之外，什麼都聽不見，什麼都不知道，也什麼都不感興趣。時間悄然流逝，沒有人知道過了多久，沒人留心，也沒人注意。終於，房子裡突然安靜下來，同時，聖約翰出現在了平臺上，手裡高捧著大國璽。接著他朝天大喊：

「真正的國王萬歲！」

長達五分鐘的歡呼聲與樂器擊打聲使空氣都為之震動，如狂風暴雨般揮舞著的手絹使全場一片白，這當中站著一個衣衫襤褸的小孩，他是英格蘭最顯赫的人物，他站在寬敞平臺中央，高興而自豪，國家重臣們跪在他的周圍。

然後，大家起立，湯姆．康迪大聲說：

「現在，哦，吾王，拿回這些帝王的衣服，再把那些破衣爛衫還給可憐的湯姆，您的僕人。」

攝政大臣大聲說道：

「扒光這個小無賴，把他扔進倫敦塔。」

但是新國王，那個真正的國王，說道：

「我不會允許這麼做。要不是他，我還回不到我的王位上——任何人都不許傷害他。至於你，我的好舅舅，攝政大臣閣下，你這樣做對這個可憐的孩子是忘恩負義，因為我聽說他封你為公爵。」這話讓攝政大臣臉紅了，「可是他不是國王，因此，你的高貴頭銜現在值什麼呢？明天，你得透過他，來向我請求確認封爵，否則你就不是公爵，依然只是個伯爵。」

受此指責，薩默塞特公爵閣下此時從前面往後退了一些。國王轉向湯姆，友善地說：「我可憐的男孩，我自己都不記得把大國璽放在哪兒了，你怎麼會記得呢？」

「啊，吾王，這很容易，因為我用了很多天了。」

「你用了它，卻說不出它在哪裡？」

「我不知道他們想要的是這個。他們並沒有描述它的樣子，陛下。」

「那麼，你用它做什麼了？」

紅暈悄悄爬上了湯姆的臉頰，他垂下眼睛，沉默不語。

「說吧，善良的孩子，什麼都別怕，」國王說，「你拿英格蘭大國璽做什麼？」

湯姆結巴了一下，可憐兮兮，意識有些混亂，然後脫口而出：

「用來敲堅果！」

可憐的孩子，這句回答引起雪崩般的笑聲，讓他幾乎跌了一跤。不過，即使還有人心中懷疑湯姆·康迪熟悉王室威嚴的場面，怎麼會不是英格蘭國王，這個回答也完全打消了他們的疑慮。

同時，湯姆從肩上脫下華麗的加冕典禮長袍，穿到國王身上，完全遮住國王的破爛衣衫。然後，加冕儀式繼續進行；為真正的國王施塗油禮[1]，將王冠戴在他的頭上。當加農大砲的隆隆砲聲將此消息傳到城裡時，整個倫敦似乎都在掌聲中震動。

[1] 塗油禮（anointing），又稱「受膏」，將油、奶、水混合香料塗抹於身體，用於許多宗教儀式上，代表受神祝福。

# 第三十三章　愛德華國王

捲入倫敦橋的騷亂之前，邁爾斯．漢堂就已經夠怪模怪樣的了，當他從騷亂中出來後，變得更怪模怪樣了；他進去時只有一點點錢，出來時已身無分文，扒手將他最後一點兒錢都偷走了。

不過無所謂，他就兩手空空的找尋他的男孩。作為一個士兵，他可不會無頭蒼蠅般的執行任務，第一步，首先要安排行動計畫。

這個男孩一定會去做什麼呢？他一定會去哪裡呢？啊，邁爾斯想到，他一定會去以前常去的地方，因為這是頭腦不健全的人的本能，而無家可歸又無依無靠時，就連頭腦健全的人也一樣會這麼做。他以前的住處在哪裡？他的破爛衣服，還有那個好像認識他、甚至聲稱是他父親的下流惡棍，在在說明他家位於倫敦最貧窮、最低劣的地區之一。找他會很難嗎，花費的時間會很長嗎？不，可能會很簡單又很快結束，他不需要找這個男孩，他要找的是一群人，在一大群或一小群人裡，他遲早會找到他可憐的小朋友，肯定的。骯髒的暴民可能正以騷擾與激怒男孩為樂，他則會像往常一樣聲稱自己是國王，接著，邁爾斯．漢堂會打斷其中幾個人的腿，帶走他年少的受保護人，以關愛的話語安慰與鼓舞他，這兩人將永遠不再分開。

於是，邁爾斯開始了他的搜尋。經過一個又一個小時，他走在後巷和骯髒的街道上，尋找成群結夥的人。他遇上了數不清的人群，可是沒見到男孩的影子。這真是讓他大吃一驚，但並沒有使他洩氣。他認為，他的行動計畫沒有什麼錯誤，只是時間計算失準，行動時間會拖得很長，不是他原本以為的會很快結束。

終於到破曉時分，他已經走了好幾英哩路，細查了許多人群，但是唯一的結果是他非常疲倦、相當飢餓，而且十分想睡。他想吃點早餐，但是弄不到，他絕不肯為了早餐而乞討，至於典當他的劍，他立即會想到那跟扔掉他的榮譽沒兩樣，他可以賣件自己的衣服，是沒錯，可是為這樣的衣服找買主，就跟要人花錢買病痛一樣地困難。

到了中午，他還在四處遊蕩，現在，他混在跟隨王家遊行隊伍的烏合之眾裡頭，因為他認為這種君王的表演會對他的小瘋子產生強烈的吸引力，他跟著遊行隊伍迂迴曲折地穿梭在倫敦城內，一直到了西敏宮和大教堂。他在聚集於此的人群中四處走來走去，疲憊地耗了許久，既困惑又不知所措，最後終於若有所思的離開，想著該怎麼盡力改善他的行動計畫。漸漸地，當他從冥想中清醒過來時，發現城市已經被他遠遠拋在身後，天色也漸晚了。他身處於河邊的郊區，這是一片富裕的郊區，並不歡迎穿得像他這樣的人。

天氣還不怎麼冷，所以他在樹籬背風面的地上伸開四肢躺下，邊休息邊思考，不一會兒，睡意開始侵襲他的知覺，遠處隱隱約約的隆隆砲聲飄進他耳朵裡，他想著：「新國王登基了」，然後立即睡著了。在此之前，他已經三十多個小時沒有睡覺或休息了，直到第二天快到中午時，他才醒來。

他站了起來，一瘸一拐，全身僵硬，餓得半死。他在河裡洗了把臉，往胃裡灌了一兩品脫水，並開始向西敏宮前進，一邊喃喃自語，抱怨自己浪費了這麼多時間。現在，飢餓讓他有了新計畫：他要試著找到老韓福瑞・馬洛爵士說句話，借幾個馬克[1]，還要……不過現在看來這個計畫就夠了，完成這第一步時，就會有足夠的時間來擴展這個計畫。

將近十一點鐘時，他來到了王宮，儘管周圍有很多光鮮亮麗的人群與他同行，但他還是很顯眼——都是他身上衣著的功勞。他仔細看著這些人的臉，希望找到一個面善的人，可能願意替他帶話給那位老官員。至於想自己試圖進宮，那顯然是不可能的。

不久，我們的那位挨鞭童經過他身邊，然後繞著他打轉，仔細瞧著這個人，自言自語道：「如果這不是陛下十分擔心的那個流浪者，那麼我就是蠢蛋——雖然也許我以前是。他分毫不差地符合描述，如果上帝創造兩個這樣的人，那就是把神蹟浪費在重複造相同的人上頭，讓奇蹟變得不值錢。希望我能想出一個和他搭上話的藉口。」

邁爾斯・漢堂為他省了這個麻煩，因為每個人被身後的人死死盯著看時，都會轉頭看，接下來，漢堂也一如人人的反應，轉過頭來，看見男孩眼中強烈的興趣，他走上前，對他說：

「你剛從王宮裡出來，你是宮裡的人嗎？」

「是的，先生。」

「你知道韓福瑞・馬洛爵士嗎？」

男孩吃了一驚，心想：「天啊！那是我早已去世的老父親！」然後他大聲回答道：「很熟悉，閣下。」

[1] 馬克（mark），英格蘭古計價單位，並沒有實際貨幣，一馬克等於一百六十便士。

「太好了，他在宮裡嗎？」

「是的，」男孩說，又在心裡加上一句：「在他的墳墓裡。」

「我可以請您幫忙，向他通報一聲，說我請求與他說句話嗎？」

「我會非常樂於做這件事，親愛的先生。」

「就說理查爵士的兒子邁爾斯．漢堂在外面。我會對您感激不盡的，好心的小夥子。」

男孩看起來有些失望，「國王說的名字不是這個，」他對自己說，「不過沒關係，這是他的雙胞兄弟，我保證他一定能為陛下提供另一位雜七雜八爵士的消息。」所以他對邁爾斯說：「請到那邊等一下，好心的先生，等我帶回訊給你。」

漢堂退到指定的地方，那是宮牆上給人休息的凹處，裡頭有個石凳，天氣不好時，哨兵們就在這裡躲雨。他才剛坐下，有名軍官率領幾個戟兵著經過，軍官看到他，叫他們停下，並叫漢堂上前，他依言照辦，卻被對方當作是潛進宮內的可疑人物，遭當場逮捕。事情開始變得不妙。可憐的邁爾斯正要解釋，可是這個軍官粗魯地要他閉嘴，命令手下沒收他的武器並搜他的身。

「好老天，保佑他們找到什麼，」可憐的邁爾斯說，「我自己就已經搜遍了，什麼都沒有，而我可是比他們更需要找到東西呢。」

什麼都沒找到，只有一封信。官員打開信，當漢堂認出這是在漢堂府邸那倒楣的一天，他走失的小朋友所畫的「沒有意義、歪歪扭扭的文字」時，他笑了，當這位官員讀這段英文時，臉色越來越黑，邁爾斯一邊聽著，臉色則成了相反的蒼白色。

「又新來一個自稱是國王的人！」這位官員叫道，「今天，他們真是像兔子一樣繁殖。士兵們，抓住這無賴，緊盯著看好他，我去將這封珍貴的信送給國王。」

他匆匆離去，留下囚犯在戟兵手裡。

「現在，我的厄運終於要結束了，」漢堂嘟囔著，「因為我一定會被吊在繩圈上絞死，就為了那封信。我可憐的夥伴會變的如何呢！啊，只有天知道了。」

過了不久，他看到這位官員腳步十分匆忙地回來了，所以他鼓足勇氣，打算像個男子漢一樣堂堂地面對他的困境，這位官員卻命令士兵們鬆開囚犯，把劍還給他，然後尊敬地鞠了躬，說：

「請先生您跟我來。」

漢堂跟著他，心想：「要不是我因為犯了這條死罪，正要前往受審，希望能靠表現良好獲得減刑，我一定要掐死這個還惺惺作態侮辱我的混蛋。」

兩人穿過人群擁擠的院子，來到了輝煌的宮殿入口處。在這裡，這位軍官再度鞠躬，將漢堂交給一位優雅的官員，這名官員萬分尊敬地接待他，繼續引領他穿過宏偉的大廳，大廳兩邊有兩隊穿著華麗的奴僕（兩人走過時，他們鞠躬表示敬意，當他轉過身時，他們卻對我們這位神態莊嚴卻衣衫襤褸的漢子使勁憋著笑，以免笑出聲來），他們走上一級寬敞的臺階，走進華麗的人群中，最後由人引領至一間大房間，英格蘭貴族們為他讓出一條路，然後鞠躬，這提醒他摘掉帽子。他被留在房間中央獨自站著，成了所有目光的焦點，也成了許多人憤憤不平的皺眉，以及滿堂消遣和譏笑的目標。

邁爾斯．漢堂完全糊塗了。五步之外，在豪華的天篷下坐著年輕的國王，他頭朝下斜向一旁，正與某種只存在天堂裡的、像鳥一樣的人說話，那也許是一位公爵。漢堂心想：在正當壯年時遭判處死罪已經夠殘酷了，何必還加上這種奇怪的當眾侮辱，他希望國王能快點結束這一切，旁邊幾個裝扮浮華的人們變得相當無禮，這時，國王稍微抬了抬頭，漢堂看清楚了他整張臉，這一眼差點讓他一口氣喘不上來！他站直直、呆若木雞地看著這張漂亮年輕的臉孔，過了一會兒，他突然說：

「看，南柯一夢王國的君王坐在寶座上！」

他喃喃說了些不連貫的話，仍然呆呆凝視著，心中驚奇無比。然後，他轉動眼睛四下瞧瞧，掃視美麗的人群和華麗的大廳，喃喃道：「但是這些是真的，這些確實是真的，肯定不是作夢。」

他再度盯著國王看，心想：「這是個夢嗎……還是他真的是英格蘭國王，而不是我認為的無依無靠、可憐的湯姆．偶貝憐……誰來幫我解答這個謎？」

有個念頭突然在他的眼裡閃過，他走到牆邊，抓起一把椅子，拿回原處，放在地上，然後坐了上去！

立即冒出了一陣義憤填膺的抗議聲，一隻粗糙的手落在他身上，有個聲音大叫：

「起來，你這個沒有禮貌的小丑！在國王面前，你能坐嗎？」

騷動引起了國王陛下的注意，他伸出手，大聲說：

「別碰他，那是他的權利！」

眾人目瞪口呆的退下。國王繼續說道：

「夫人、大人和先生們，你們都聽著，這是我深深信賴，而且非常喜愛的僕從邁爾斯．漢堂，他舉起他的利劍搭救王子，王子才免於身體受到傷害，才死裡逃生，為此，他受封為騎士，這是國王欽賜的。聽著，還有更高尚的事情：為了使他的君王免於鞭打與屈辱，他自己代替他的君王承受了鞭打，他成為英格蘭貴族，肯特伯爵，他將會擁有符合他身分地位的黃金和領地。此外，他剛才所做的，是王室授予的特權，因為我們已經規定，此後他的家族直系子孫，擁有在英格蘭至尊面前坐下的權利，代代相傳，只要王位還存在，特權就存在。不要妨礙他行使特權。」

有兩個從鄉下來的人，因為耽擱了時間，今天早上才到達這裡，現在才剛進入房間五分鐘，站著聽了這些話，看著國王，又看看這個衣衫襤褸的人，又看看國王，兩人都茫然又困惑，他們是休爵士和艾迪絲小姐。可是新伯爵沒看到他們，他仍恍恍惚惚地直視著君王，嘴裡咕噥著：

「噢，我的天啊！這是我的小乞丐！這是我的瘋子！是那個我朝他炫耀我那有七十間房和二十七個僕人的住宅有多麼宏偉的他！是那個我以為他在世上只穿過破爛衣衫，只知道挨踢挨打，只吃過剩菜剩飯的他！是那個我所收養，還想讓他體面的他！天啊，我真希望有個袋子把我的頭藏起來！」

然後，他忽然又變得有禮貌了，他雙膝跪下，雙手放在國王的雙手中間，發誓效忠並對國王賜予他的土地和頭銜行封建禮儀謝恩，然後他起身，謙恭地站到一邊，但他仍舊是大家注視的焦點，也是人們萬分羨慕的焦點。

這時，國王發現了休爵士，眼睛一亮、怒氣沖沖地說道：

「扯掉這個強盜的假面具，奪回他偷取的房產，將他牢牢地鎖起來，直到我需要他為止。」

遲到的休爵士被拖走了。

現在，房間另一頭一陣騷動，眾人讓開，穿著優雅而華麗的湯姆．康迪由引座員領著，從人牆之間走上前來。他跪在國王前面，國王說道：

「我已經知道過去幾個星期所發生的事情，我對你非常滿意，你用恰當的王者寬容和仁慈心腸統治這個王國。你總算又找到你的母親和姐姐了嗎？很好，她們將得到照顧，而如果你希望且法律允許的話，你的父親將要處以絞刑。所有聽到我說話的人都聽清楚，從今天開始，那些由基督公學[1]收容並依靠國王恩賜維生的人，在滿足他們的基本需求之際，更要充實他們的頭腦和心靈；這個男孩將終其一生住在那兒，擔任總管指揮所有光榮的管理人員。並且，因為他曾經當過國王，一般的形象不適合他，因此，他穿的服裝將成為他的國服，人們看到國服就能認出他，而且不許任何人仿製，不管他到何處去，它都將提醒人們他一生中曾經當過國王，人人都要給他應得的尊敬，都要向他致敬。他擁有王權的保護，他擁有王權的支持，在此授予他光榮的頭銜，名為：國王監護之人。」

自豪又開心的湯姆．康迪站起身來，親吻國王的手，之後由人引領離開。他迫不及待地立即飛奔到他母親身邊，把這件事告訴她和小南還有小貝，讓她們與他同享這重大的好消息。（原註22）

## 原作者註

原註22：基督公學，或藍袍學校，「世界上最高貴的機構」。英王亨利八世把倫敦灰袍修士教堂所在地的所有權轉移給倫敦市法團，（亨利八世在此設立貧窮男女兒童收容之家。）隨後，愛德華六世下另妥善修復這座修道院，於其中建立一所高貴的慈善機構，名叫藍袍學校或基督公學，以收養及教育孤兒與貧苦人家的孩童……

[1] 基督公學（Christ's Hospital），一五五二年愛德華六世在倫敦灰袍修士教堂（基督堂）創立該學校，原本目的為針對基督堂收容的貧童棄嬰進行教育。但在十七世紀後半逐漸成為私立貴族名校，喪失原本社福機構的立意。基督公學在一九〇二從倫敦都會區遷往外郡，不過仍會派學生參加舊倫敦市的遊行，截至二〇一四年時該學校名義上的所有者（主保）為英國女王伊莉莎白二世。

愛德華直到寫完（給倫敦市長的）信件才讓他（黎德雷主教，時任倫敦主教）離去，並要主教親自送信，並表示他的特別關注與要求，要十萬火急，儘速讓此事能順利進行，並且要時時告知他進度。整個工程狂熱地進行，黎德雷自己親身參與其中；最後的成果就是建立了「為教育貧童而設之基督公學」。（國王在同時間內贊助其他幾項慈善設施）「主啊，」他說，「我衷心感謝祢賜予我如此長的壽命得以完成這番事業以榮耀祢的名！」這個清白又足以成為典範的生命沒多久就走向了盡頭，幾天之後他蒙主寵召，並祈求上帝保護他的故土免受天主教徒染指。[1]

——J. 亨尼吉．傑西（J. Heneage Jesse, 1809~1874）著《倫敦：其著名特色與獨特景點》（*London: Its Celebrated Characters and Remarkable places*, 1871）。

大廳懸掛一幅巨大圖畫，畫中國王愛德華六世身穿深紅色貂皮禮袍，左手拿著權杖坐在王座上，另一隻手拿著皇家特許狀遞給跪在地上的倫敦市長。在他的身旁站著英格蘭大法官，手上拿著數個印璽，大法官身旁則站著另外幾位國務大臣。黎德雷主教高舉雙手跪在他身前，像是在為這件事祈求上天的祝福；同時倫敦市法團的各參事委員等人則跪在倫敦市長兩側，佔據畫面中央的地面；最後則是畫面最前方，一邊是兩排男孩，一邊是兩排女孩，在老師與女舍監帶領下，男孩與女孩從他們致敬的隊列中向前對國王跪下並高舉雙手。

——廷伯斯著《倫敦佚事》，第九十八頁。

[1] 此處主教祈求「免受天主教徒染指」，乃因亨利八世脫離天主教，創立英國國教，引起天主教國家的敵意，國內許多天主教徒也相當不滿，日後愛德華六世去世後，即位的瑪麗一世即信奉天主教，撤銷許多愛德華時期的宗教改革，殘忍鎮壓新教，要把英國恢復為天主教國家，直到伊莉莎白一世即位，新教才又恢復地位。

當一國之君來到倫敦市接受倫敦市法團設宴款待時，依古老的慣例，基督公學擁有面見君王的特權。

——前引書。

大食堂本身即擁有的大廳與附屬的廂房，佔據建築物一整個樓層，大約一百八十七英呎長，五十一英呎寬，四十七英呎高；由九扇位於南側的大窗戶提供照明，南側窗戶上鑲滿彩色玻璃，緊臨西敏大廳，西敏大廳是整個大倫敦都會區最高貴的房間。大約八百名男童在此用餐；這裡會舉辦「在公眾前用餐」，財務官員與基督公學教職員會發售門票，參觀民眾購票進入食堂參觀。餐桌上有許多裝在木碗中的起士；啤酒從皮製酒囊中倒進木桶裡；麵包一大籃一大籃的送來。官員們進場；倫敦市長或校長坐在威嚴的座椅上，那張椅子是以倫敦塔旁的聖凱瑟琳教堂裡的橡樹做成的；學生在風琴伴奏下唱著聖歌；一名「最高年級」或十三年級男學生在聖壇上祈禱，此時會敲擊木槌三聲要求所有人肅靜。餐前祈禱結束後，訪客就可以在各餐桌間漫步參觀。用餐結束，男童們會拿起餐籃、木碗、皮製酒囊、汲水桶與燭臺，依序走過教職員面前以奇特的形式向他們鞠躬。這是一八四五年維多利亞女王與她的夫婿亞伯特親王親眼目睹的景象。

在眾多傑出的藍袍男童中有約書亞．巴恩斯，阿那克里翁與歐里庇得斯文選的編者；傑瑞米．馬克蘭，優秀的文評家，特別專長希臘文學評論；康登，古物學家；斯提林弗利特主教；山繆．理察森，小說家；湯瑪斯．米樹爾，阿里斯托芬著作的譯者；湯瑪斯．巴恩斯，泰晤士報的資深編輯；柯勒律治、查爾斯．蘭姆與雷．漢特。

男童年齡需年滿七歲，並小於九歲，才能准予入學；男童年齡超過十五歲亦不得繼續於學校就讀，只有國王的男童或「最高年級」學生例外。全校教職員共約五百人，他們的頂頭上司就是君主與威爾斯親王。擁有教職員資格者，年薪五百英鎊。

——前引書。

# 結尾：正義與懲罰

隨著休．漢堂招認自己的罪行，一切謎團都真相大白，那天在漢堂府邸，他的妻子不認邁爾斯，的確是受到休的命令，原本，休告訴她，要她否認邁爾斯的身分，並且堅持不認得他的立場，要是她不這麼做，那麼他保證絕對會要了她的命，她叫對方只管動手，她不會珍惜自己的性命，而且她也不會否認邁爾斯的身分；但接著她的丈夫說，他會饒她一命，只是要反過來暗殺邁爾斯！面對如此截然相反的威脅，她只好被迫答應照辦。

休並沒有因為威脅自己哥哥，或因竊取哥哥的家產與頭銜而遭到起訴，因為他的妻子與哥哥並沒有作證指控他，就算他妻子曾想這麼做，不過他哥哥卻不允許她如此。休拋棄妻子逃往歐洲大陸，不久就在那裡過世了，沒多久，肯特伯爵迎娶休新寡的妻子，當這對夫婦新婚後首度回到漢堂府邸時，漢堂村落歡天喜地為他們慶祝。

湯姆．康迪的父親從此不知所蹤。

國王找到那位曾經遭到烙印與販賣為奴的農夫，使他脫離首領的幫派改邪歸正，並讓他過著舒適的生活。

他也釋放那位老律師出獄，並免除他的罰款。他提供居所，安頓那兩位他親眼目睹遭處火刑的浸信會女教徒的女兒，還好好地懲罰了那名鞭打邁爾斯・漢堂背部的官員。

他從絞刑臺上救下了那個帶走脫逃獵鷹的男孩，以及那個偷了織工一小塊布的女人，但是他卻來不及救出那個因為殺了一頭王室御林野鹿而遭定罪的男人。

那位當他被控偷豬時同情他的法官，也得到他的讚賞，他很高興看到法官受到公眾的尊敬，成為一位偉大崇高的人。

國王活著的時候總喜歡說這段冒險故事，從頭到尾的說，從衛兵把他扔出王宮大門開始，講到最後一天半夜，他混進一群忙碌的工人中，偷偷溜進大教堂，然後爬上懺悔者愛德華的陵墓[1]，接著睡得太久，差點錯過整場加冕典禮。他表示，經常描述這寶貴的教訓給別人聽，讓他能堅定自己的意志，以從中學到的啟示為他的子民謀福利，因此，在他有生之年都要持續地講述這個故事，確保其中令人傷心的慘狀總是記憶鮮明，並讓他心中常保泉源不竭的同情心。

在國王整個短暫的在位期間中，邁爾斯・漢堂與湯姆・康迪是他最寵信的人，他們也在他過世時真心哀悼。好心的肯特伯爵為國王顧慮許多，所以沒有濫用他獨一無二的特權，在上次如我們所見地使用過一次後，一直到他過世前，他只使用過兩次，一次是瑪麗女王即位時，一次是伊莉莎白女王

1 懺悔者愛德華（Edward the Confessor, 1004~1066），韋塞克斯王朝君王，因信仰虔誠，故稱。

即位時。他的後代在詹姆斯一世[1]即位時又用了一次。這位後代子孫的兒子再次決定使用這項特權之前，中間過了將近四分之一個世紀的時間，使得「肯特家的特權」從許多人的記憶中消失，所以當肯特伯爵某天出現在國王查理一世[2]的朝廷上，當著國王的面坐下，主張家族不朽的權利時，引起很大的騷動！不過他很快解釋清楚原委，也再次確認了這項權利。這個家族最後一位伯爵在國王與共和政府的戰爭中陣亡，這項古怪的特權也隨著他的身亡而結束。

湯姆．康迪活了很久，成為一位英俊又滿頭白髮的老先生，既莊重又和藹，一直到他過世都活在榮耀中，他也受到人們的尊敬，因為他搶眼又獨特的服裝讓人們永遠都記得「他一生中曾經當過國王」，所以無論他出現在何處，人群總會自動分開，特地讓路給他，並彼此互相低語道：「快脫帽，是國王監護之人！」接著他們就會對他致敬，他也會溫和地微笑做為回應，他們很珍惜這一切，因為那是一段輝煌的活歷史。

是的，國王愛德華六世只活了短短幾年的時間，可憐的男孩，但是他活得很有價值。不只一次，當一些位高權重的要人，一些戴著貼金冠冕的家臣，提出主張反對他的仁慈，堅持認為某些他決心修

---

1 詹姆斯一世（James I, 1566~1625），愛德華六世的遠房表親晚輩，原為蘇格蘭國王，一六〇三年伊莉莎白女王過世後接任英格蘭國王。

2 查理一世（Charles I, 1600~1649），詹姆斯一世的次子，詹姆斯一世過世後繼位為英格蘭國王，因不斷與國會衝突，爆發兩次英格蘭內戰，最後查理一世戰敗，遭到國會判處死刑。英格蘭國會接掌國政，短暫成為共和政體國家，是為共和政府時期。

正過後的法律已經太過溫和，無法達成原本目的，也就是帶來苦痛與壓迫，而人人都需要苦痛壓迫的強烈提醒，才能收以儆效尤的效果，此時，這位年輕國王就會以極富同情心的雙眼，以帶有憂傷說服力的眼神直視對方，並回答：

「你經歷過苦痛與壓迫了嗎？我與我的子民經歷過，但是你沒有。」

在那個殘暴年代中，愛德華六世統治的時代是個仁慈的時代。現在我們要與他道別了，讓我們試著將這點記在心中，以紀念他的貢獻。

## 馬克吐溫的補充注釋

聽說了太多關於「康乃狄克恐怖的藍色法律」的內容，聽到有人談起它們時，總會情不自禁的顫慄。美國的民眾——甚至是英格蘭的民眾——想像藍色法律是古早年代兇惡、無人性的代表遺跡；然而，事實上這些法律大概是第一次徹底脫離「文明」世界過去所見的嚴刑峻罰。這些人道與和善的藍色法律條文其實在兩百四十年前曾經獨樹一格，成為通行一又四分之三個世紀的英格蘭血腥法律，與過去更為血腥的法律壁壘分明。

在康乃狄克，無論是在藍色法律施行之際或其他時期，判處死刑的重大犯罪從未超過十四件。但是在英格蘭，許多身心仍舊健康的耆老記憶中，判處死刑的重大犯罪多達兩百二十三件！[1]這些史實值得我們探究，當然也值得我們思考。[2]

---

1 參見J. 漢默．川布爾博士著《藍色法律之真假》，第十一頁。

2 所謂的藍色法律（blue laws）原本是指星期日放假時因宗教戒律而立法禁止某些行為，但是後來逐漸演變成意指跟不上時代的奇怪法律，本書作者所引用的著作：《藍色法律之真假》就是作者川布爾博士描述康乃迪克州奇怪法律的起源。川布爾博士是十九世紀美國康乃迪克州的歷史學家，許多著作都是與康乃迪克州的歷史有關。照川布爾博士的說法，康乃迪克還是殖民地時，本身法律往往照抄殖民母國原本的法律，照抄的結果就是該部法典有時無法配合北美洲的風土民情。而本書作者也指出，殖民母國英格蘭這些看似血腥的法律其實正是英格蘭從中古時期邁入近代之際法律思想逐漸演進的結果，將原本血腥無比的中古法律轉變為較符合人性的近代法條，之後不斷演進成為現代的法律。本書作者也多少暗示美國人，看到都鐸時期的血腥法律時，別將今世的看法完全套用到古代的事件上去。

釀小說90　PG1742

# 王子與乞丐


| | |
|---|---|
| 作　　者 | 馬克・吐溫 |
| 譯　　者 | 藍弋丰、江則誼、夏明煌 |
| 責任編輯 | 洪仕翰 |
| 圖文排版 | 周政緯 |
| 封面設計 | 葉力安 |

| | |
|---|---|
| 出版策劃 | 釀出版 |
| 製作發行 | 秀威資訊科技股份有限公司<br>114 台北市內湖區瑞光路76巷65號1樓<br>電話：+886-2-2796-3638　傳真：+886-2-2796-1377<br>服務信箱：service@showwe.com.tw<br>http://www.showwe.com.tw |
| 郵政劃撥 | 19563868　戶名：秀威資訊科技股份有限公司 |
| 展售門市 | 國家書店【松江門市】<br>104 台北市中山區松江路209號1樓<br>電話：+886-2-2518-0207　傳真：+886-2-2518-0778 |
| 網路訂購 | 秀威網路書店：http://www.bodbooks.com.tw<br>國家網路書店：http://www.govbooks.com.tw |
| 法律顧問 | 毛國樑　律師 |
| 總 經 銷 | 聯合發行股份有限公司<br>231新北市新店區寶橋路235巷6弄6號4F<br>電話：+886-2-2917-8022　傳真：+886-2-2915-6275 |

| | |
|---|---|
| 出版日期 | 2017年7月　BOD一版 |
| 定　　價 | 300元 |





**Printed in Taiwan**

國家圖書館出版品預行編目

王子與乞丐 / 馬克.吐溫著 ; 藍弋丰、江則誼、夏明煌譯. -- 一版. -- 臺北市 : 釀出版, 2017.07
面 ; 公分. -- (釀小說 ; 90)
BOD版
譯自 : The prince and the pauper
ISBN 978-986-445-199-9(平裝)

874.57 106005203

# 讀者回函卡

感謝您購買本書，為提升服務品質，請填妥以下資料，將讀者回函卡直接寄回或傳真本公司，收到您的寶貴意見後，我們會收藏記錄及檢討，謝謝！
如您需要了解本公司最新出版書目、購書優惠或企劃活動，歡迎您上網查詢或下載相關資料：http:// www.showwe.com.tw

您購買的書名：________________________________

出生日期：________年________月________日

學歷：□高中（含）以下　□大專　□研究所（含）以上

職業：□製造業　□金融業　□資訊業　□軍警　□傳播業　□自由業
　　　□服務業　□公務員　□教職　□學生　□家管　□其它_____

購書地點：□網路書店　□實體書店　□書展　□郵購　□贈閱　□其他

您從何得知本書的消息？

□網路書店　□實體書店　□網路搜尋　□電子報　□書訊　□雜誌
□傳播媒體　□親友推薦　□網站推薦　□部落格　□其他__________

您對本書的評價：（請填代號　1.非常滿意　2.滿意　3.尚可　4.再改進）

封面設計____　版面編排____　內容____　文／譯筆____　價格____

讀完書後您覺得：

□很有收穫　□有收穫　□收穫不多　□沒收穫

對我們的建議：________________________________

________________________________

________________________________

________________________________

請貼
郵票

11466
台北市內湖區瑞光路 76 巷 65 號 1 樓
**秀威資訊科技股份有限公司** 收
BOD 數位出版事業部

.......................................................................................

（請沿線對折寄回，謝謝！）

姓　　名：________________　年齡：________　性別：□女　□男

郵遞區號：□□□□□

地　　址：________________________________________

聯絡電話：(日) ________________ (夜) ________________

E-mail：________________________________________